臻丽优品
Merry Product

*G*小调进行曲

影 视 版 2

小妮子◎著

江西人民出版社
Jiangxi People's Publishing House
全国百佳出版社

图书在版编目（ＣＩＰ）数据

G小调进行曲：影视版. 2 / 小妮子著. -- 南昌：

江西人民出版社，2019.12

ISBN 978-7-210-11076-7

Ⅰ. ①G… Ⅱ. ①小… Ⅲ. ①长篇小说－中国－当代

Ⅳ. ①I247.5

中国版本图书馆CIP数据核字(2019)第010078号

G XIAODIAO JINXINGQU ： YINGSHI BAN . 2

G 小调进行曲：影视版 . 2

小妮子 著

策划编辑：李航庆　童晓英

责任编辑：吴丽红

装帧设计：吴　丹　杨思慧

出　　版：江西人民出版社

发　　行：各地新华书店

地　　址：江西省南昌市三经路47号附1号

编辑部电话：0791-86898873

发行部电话：0791-86898815

邮政编码：330006

网　　址：www.jxpph.com

E-mail：jxpph@tom.com　web@jxpph.com

2019年12月第1版　2019年12月第1次印刷

开　　本：880mm × 1230mm　　1/32

印　　张：10

字　　数：200千字

ISBN　978-7-210-11076-7

定　　价：38.00元

承 印 厂：湖南锦泰数字印刷有限公司

赣版权登字—01—2019—28

权熙正，

你这么优秀，

我唯有拼了命的认真才配得上你。

目录

G 小调进行曲

影视版 2

7

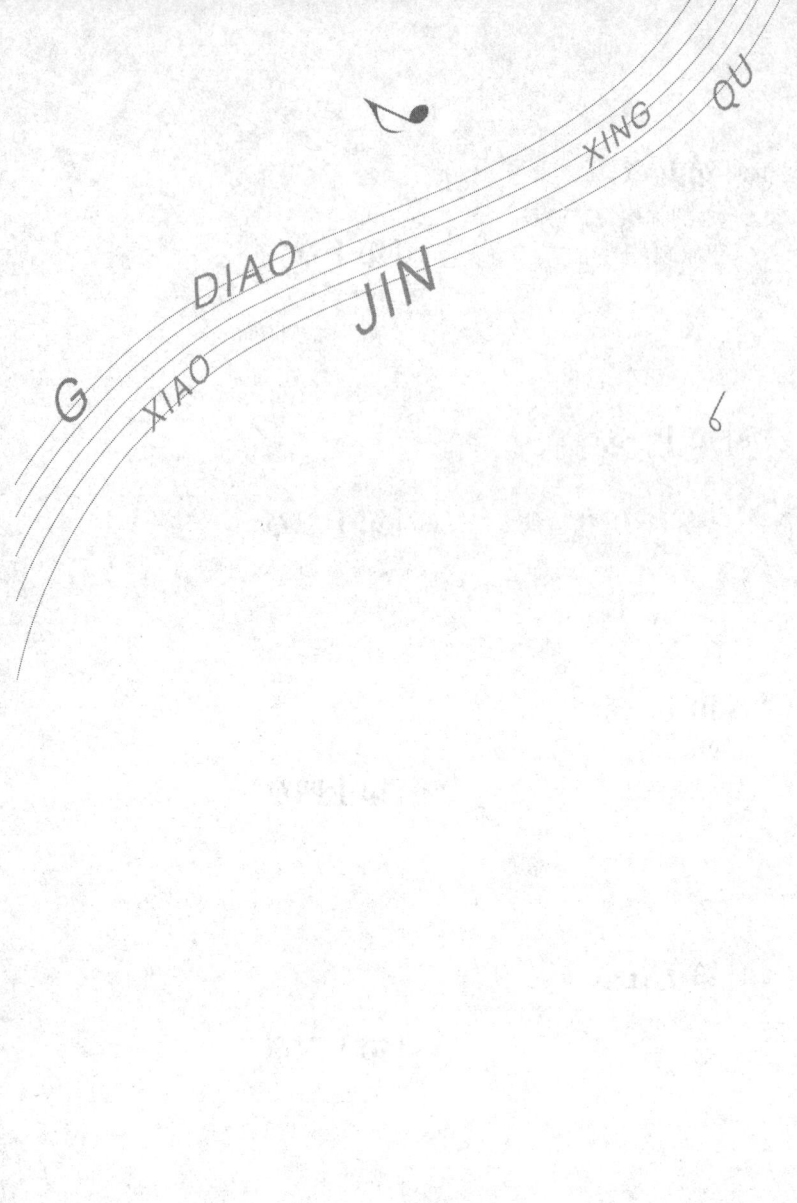

G DIAO XIAO JIN XING QU

6

第一章

我难过的不是她们瞧不起我，

而是我只在乎你。

（一）

校园小路上，一片片樱花随风飞舞，周围的美景也渐渐让朴七彩的心情好了起来。

她和何沉珠在小道上散步，又想起权熙正因为自己被众人攻击的事情，她低落地说："最后还是权熙正自己解决了，我一点忙都没有帮上。"

何沉珠拍了拍朴七彩肩膀，安慰道："好了好了，至少你出过力啦。"

"都是因为我，权熙正才被那么多人攻击，我一定要为他做点什么，不然我过意不去。"

何沉珠摸着自己的下巴，扫视着朴七彩全身，用怀疑的语气说道："那你能为他做什么呢？当牛做马？你这小胳膊小腿的也做不了啊。以身相许？想追权熙正的美女可以从学校大门排到你家。任劳任怨？我怕是权熙正对你任劳任怨啦。"

朴七彩随着何沉珠的话语，头慢慢低下了，脸色也渐渐变黑。

何沉珠摊开双手做出无奈的动作："我想半天都没想到你到底能为他做什么啊？"

不料朴七彩突然怒吼道："叛徒！你到底是谁的朋友！我让你瞎说，我让你瞎说！"边抱怨边和何沉珠追逐打闹起来。

"我只是实话实说嘛，我真想不起你能为权熙正做什么嘛。大不了你自己去问他啊。"何沉珠无奈地说。

行动力极强的朴七彩觉得何沉珠说得很有道理，于是立马就动身了。只见权熙正正在教室的一角专注地看着书，四周的女生时不时痴迷地看着他。

朴七彩从一个书柜后面探出头，扫视着权熙正四周的情况。她小心翼翼地过去，拘束地站在权熙正面前。

权熙正抬起头看见鬼鬼祟祟的朴七彩，便问道："有什么事吗？"

"因为我的缘故，害你被迫召开新闻发布会，我想为你做点什么。"朴七彩颇为愧疚。

权熙正无所谓地说："不用了，这件事已经解决了。"

朴七彩瞪着权熙正，坚决地说："不行，那是你自己解决的。我一定要弥补自己犯下的错误！"

权熙正带着些笑意说："所以你要做什么来弥补呢？"

"我要……"

权熙正好笑地看着朴七彩。

"我不管，我一定要做件事补偿你。你说吧，想让我做什么？"朴七彩暗暗下定决心。

权熙正站起来整理了下衣服，看到朴七彩一副不达目的誓不罢休的样子，沉吟片刻说道："那你就报名参加学校乐团吧。只要你能加入学校乐团，就算你弥补了自己的'过失'。"权熙正淡淡地说道。

朴七彩惊讶地看着权熙正："我？加入学校乐团？"

权熙正点点头说："没错，怎么？做不到吗？"

"哼！怎么可能做不到！不就是加入学校乐团嘛，小意思。"朴七彩豪情万分地说道。

"那我就等着看你的名字出现在乐团成员名单中咯。"权熙正微笑道。

朴七彩自信满满地离开，边走边说："那你就看好吧，我分分钟加入乐团给你看！"

身后权熙正看着她认真的背影，不免"扑哧"一声笑了出来。

回家的路上，朴七彩一会儿开心一会儿失落，开心的是她终于能够补偿权熙正了，失落的是校乐团好像很难进。

朴七彩开门走进客厅后，就看到朴在羽正坐在沙发上专注地翻阅着书，沙发上放满了一摞摞和舞蹈比赛有关的书籍，她一下扑到朴在羽的怀里抱住他，四周的书籍散落一地。

她摇晃着朴在羽急切地问："五哥，快给我想个办法，我要如何才能加入学校乐团。"

朴在羽按住她的手说："别摇，头快被你摇晕了。你怎么突然想要加入学校乐团了？"

朴七彩坐到沙发上："是权熙正说，只要我能加入乐团，就算弥补了自己的过失。"

"那你自己是怎么想的？是仅仅因为权熙正的要求才想加入乐团，还是你自己想要加入？"

朴七彩低下头思考，朴在羽则严肃地看着她。

"现在不是谈论我想不想加入的问题，而是我该用什么办法才能加入学校乐团。我现在一想到要在好多人面前演奏钢琴就特别紧张。"朴七彩苦恼地说道。

"只要你真想加入乐团，五哥相信以七彩的实力一定可以成为三名候选人之一的。担心自己在人多时紧张的话，你就把旁观的人都想成熟人。在熟人面前弹琴你总不会紧张吧。"

听到朴在羽的主意，朴七彩激动地说："在你们面前弹我当然不会紧张啦。"她数着自己手指说："那天我就把评委当成大哥，把参赛的人当成五哥你，把观众当成三哥……"

朴在羽微笑地看着朴七彩说："比赛时你要发挥自己的长处，不要在意别人的看法。"

朴七彩点点头："嗯，我知道那天该怎么做了。"

（二）

　　鲸鱼乐团筛选钢琴师的时候，钢琴室门口排起了一条长龙，朴七彩站在队伍中好奇地前后张望。只见一个女孩紧张地走进钢琴室，一阵杂乱的琴声后，女孩又低落地走出，在朴七彩旁边沮丧地说："我这次估计通不过海选了，这么多评委真是吓死人了。"

　　朴七彩听闻冷汗直冒。

　　很快，轮到朴七彩展示自己了，她走进钢琴室后对四周的评委小心翼翼地鞠躬，自我介绍道："各位评委老师好，我是大一钢琴专业的朴七彩。"

　　"朴同学，你现在随性弹奏一曲吧。"评委示意她开始。

　　朴七彩点点头，拘谨地走到钢琴前坐下，坐在钢琴前的朴七彩鼓励自己慢慢放松下来。她看着不同的评委低声嘀咕说："这个这么严肃一定是三哥，那个一看就和四哥一样……"

　　"朴同学，请开始你的演出吧。"另一个评委提醒道。

　　朴七彩心虚地回答："哦，好的。"

　　朴七彩将手指放在琴键上，按照五哥告诉的方法将评委都想象成自己的熟人，深吸一口气后，她开始了自己的弹奏。

　　随着琴声，朴七彩慢慢沉浸在弹奏中，弹得也越来越好。

　　权熙正站在角落中，看到朴七彩专注地弹琴，嘴角露出笑容。

　　各个评委仔细地倾听着，偶尔互相低声讨论，有的评委在手中的笔记本中记录着什么。

　　朴七彩一曲弹罢，端庄地离开钢琴，走到评委面前。

　　"你回去稍等，我们要讨论下你是否能够通过这次海选。"评委们示意朴七彩可以出去了。

　　"好的，麻烦各位老师了。"朴七彩再次鞠躬，转身离开。

　　"老师，你觉得她弹得怎么样？"朴七彩走后，权熙正从角落的人群中

走到评委席旁。

评委甲说："我觉得不行。从她的演奏中可以听出来基础很薄弱，技巧上有很多瑕疵。"

评委乙说："虽然基础薄弱，但是她弹出的琴声富有感情。在钢琴演奏中技巧都是可以通过训练进行提升的，但是饱满的情感是极其难得的。我觉得她可以。"

"没错！出色的钢琴家都拥有饱满的情感。我同意她通过。"听取了评委乙的意见，评委甲突然觉得朴七彩也是个可塑之才。

"我也觉得她很有潜力，值得培养。"评委乙点头道。

……………

在众人有些意外的情况下，朴七彩被鲸鱼乐团录取了，只是她没有想到进了鲸鱼乐团以后，考验才真正开始。

这时，朴七彩和一群人在台上合奏着，在和谐的奏鸣中，朴七彩的钢琴声有些高，破坏了合奏。指导老师对着她喊道："停，朴七彩，你弹的声音高了，要降下去点，这是合奏不是独奏。你们记住，合奏是要相互配合的，重来一遍。"

朴七彩站起来，不好意思地向四周的人点头致歉。

姚瑶趁着朴七彩不注意，瞪了她一眼，不屑地撇嘴。

周五弦等乐团成员无奈地摇了摇头，接着重新拿起各自的乐器开始准备演奏。

朴七彩看到有人摇头，紧张地坐到钢琴前，两手僵硬地放在琴键上。

指导老师看到乐团成员都拿好乐器准备就绪："预备……起。"

指导老师话音刚落，朴七彩两手不慎僵硬地按到琴键上，发出了刺耳的琴音。

"朴七彩！又是你！能不能不要出错了！不抢拍这么基础的知识都不知道吗？真不知道你这么差的基础，是怎么被选上的。"指导老师十分恼火，说完看了看手腕上的表，说："今天的训练就到这，解散！"

指导老师走出训练室。

朴七彩低落地坐在钢琴前，乐队成员三三两两地走出训练室，每人路过她时都用异样的眼神扫过她。姚瑶路过朴七彩时，不屑地哼了一声。

朴七彩看了一眼空旷的训练室，一个人孤零零地走向校外，何沉珠冲到她旁边。

何沉珠拉住她的手笑着问："第一次参加乐团训练的感觉如何，是不是特别有意思？"

朴七彩有些沮丧地哀叹道："糟糕透了。"

"哎呀，你当初选上时不是元气满满的吗？怎么训练一次后就成这个样子了？"

朴七彩一边转身往校外走去，一边低落地说："今天因为我的原因，整个合奏一团糟。我不是看错琴谱就是弹奏失误，指导老师一直吼我，感觉乐团里的很多人对我产生不满了。"

何沉珠安慰道："这不是第一次嘛，总是要有个熟悉的过程，慢慢就好了。走吧，看你可怜兮兮的样子，我们去大吃一顿，用食物慰藉你受伤的心灵吧。"

朴七彩一听有吃的，就高兴地说："好啊好啊，我知道学校附近新开了一家火锅店，我们去尝尝吧。"

"走走走，我最喜欢吃火锅了。"

当朴七彩吃完饭走进训练室时，乐团其他成员都已到齐。朴七彩不好意思地说："大家来得真早。"

姚瑶对周五弦说："都说笨鸟先飞，有的笨鸟飞得可真'早'啊。"说完还看了看朴七彩。

"喂，你说这话什么意思！"朴七彩指着姚瑶道。

姚瑶冷笑着说："哟，本事不大，脾气不小啊，什么意思你心里没有点数吗？"

周五弦站起来说："朴七彩你下次来早点，不要让大家等你一个人。姚瑶你也少说两句，大家毕竟都是乐团的一员。"

朴七彩看了看墙上挂着的钟表，发现才四点五十七。她觉得自己来得还挺早的，于是委屈地说："哦，我下次会来早点的。"

姚瑶在一旁不屑地说："就她这技术，加上她这种态度，真不知道怎么被选进乐团的。"

指导老师走进训练室，看了看乐团成员，又看了看自己手腕上的表，于是欣慰地说："大家不要因为乐团的训练而影响到日常的学习，下次在五点半之前到就行了，不用来得太早。"

除了朴七彩外，所有乐团成员都说："好的老师。"

朴七彩惊讶地看了看时间，又看了看乐团成员，翻了个白眼。

乐团开始合奏训练。

指导老师对朴七彩说："朴七彩，你和昨天相比有所进步，但刚刚弹得有点快了。你要记住，你们是一个整体，一定要合拍。你们将刚刚那段再演奏一遍。"

乐团开始合奏训练，在合奏中，姚瑶和周五弦等乐团成员时不时不满地看着朴七彩，朴七彩战战兢兢地弹奏着。

整个合奏音乐充满了不和谐的声音……

"还没有上次演奏得好。姚瑶、王德海，你们几个是怎么回事，刚刚的演奏不是你们应有的水平啊。今天只练这个曲目，什么时候练好了什么时候开始下一阶段训练。"指导老师训斥道。

姚瑶等一群人不善地看着朴七彩，她无辜地看着四周的乐团成员。

墙上的钟表一点点地转着，乐团排练了一遍又一遍，指导老师听着合奏，黑着脸一直摇头。

训练完一段，姚瑶和周五弦等几个乐团成员聚在一起聊天。等到朴七彩走到姚瑶等人旁边时，一个乐团成员碰了碰背对着朴七彩正在说着什么的姚瑶，她扭头看到朴七彩，就不再说话。

朴七彩很想融入她们，她挤出笑容说："大家聚在这里聊什么呢？"

姚瑶与其他几人意味深长地对视了一会儿，然后对旁边的人说："走，我们乐团的全体成员去聚餐吧。"

朴七彩听到聚餐，笑着说："好啊，我知道有一家火锅店特别好吃。"

姚瑶等人无视朴七彩，直接离开。

朴七彩看着姚瑶等人的背影，举起的手慢慢放下，笑容变得苦涩，随后一脸委屈。

朴七彩一人走在步行街上，路灯照射下的她显得有些情绪低落。随后一对情侣路过，男生正在安慰女生："那几个人对你太苛刻了，你根本就没错。好了，别伤心了，你一伤心我的心也跟着难受了。"

女生抱住男生幸福地说："就知道你最好了。"

朴七彩边走边回头看这对情侣，脸上露出羡慕的表情。然后她竟然想起了权熙正："要是他在就好了。"

随后摇了摇头，满心苦涩。

此时权熙正面前放着很多资料，他正在编写电子邮件，突然打了个喷嚏，桌上的资料散落到地上。权熙正并没有联想到什么，只是将资料捡回桌子上，继续编写电子邮件。

（三）

第二天，朴七彩拉着何沅珠往音乐厅走着，何沅珠一脸不明白地问："七彩，你拉我去哪里啊？"

朴七彩可怜兮兮地说："沅珠，我被乐团里其他人孤立了。昨晚乐团全体成员聚餐，从我面前走过都不叫我。"

"不会吧！我们七彩这么可爱的孩子，怎么会有人舍得孤立呢？"

"因为我拖累了整个乐团的训练进度，所以其他的人都开始不理我。现在没人陪我聊天，还有人对我冷嘲热讽，我感觉音乐厅的空气都是压抑的，你陪我去音乐厅吧。"

何沉珠心疼地看着朴七彩："不会吧，乐团的人都是这样啊？"

"嗯。"朴七彩哀伤地点头。

何沉珠气愤地说："哼。冷暴力啊！七彩你先去音乐厅，我去找权熙正和车允宪，一会我们三个一起去给你撑腰！"

朴七彩期待地点头："你们快点来啊。"

足球场上，车允宪正穿着一身足球运动服和朋友踢着球。

何沉珠跑到足球场边后，淑女状地走到车允宪旁边。

车允宪满头大汗，一头雾水地看着何沉珠。

何沉珠细声细语地说道："七彩她被乐团其他成员孤立了，还总被那些人嘲笑。"

车允宪一脚将脚边的足球大力踢飞，气愤地说："我去看看，到底是谁敢欺负七彩！"没有理还在后面气喘吁吁的何沉珠，车允宪率先跑到了乐团训练室。

何沉珠看了一眼还在踢球的阿翔，想起自己答应过还要去找权熙正，便也离开了球场。找到权熙正的时候，他正低着头专注地用电脑查阅资料。何沉珠一步步挪到权熙正面前，拘谨地站立着。

权熙正抬头扫视了何沉珠一眼，又低下头查阅电脑，他一边打字一边冷淡地说："有什么事吗？"

何沉珠小声地说："那个，七彩被乐团其他成员孤立了，想让你在她训练时陪陪她。"

权熙正打字的手停顿下来，手按着下巴思考了一会。

何沉珠花痴地看着低头沉思的权熙正，内心不禁感慨："帅死了！帅死了！不行，扛不住了，受不了啦！"

权熙正却抬起头说了句："我就不去了。"

何沉珠晃了晃脑袋不敢相信地说道："什么！你不去？你就看着七彩被

欺负？"

权熙正点了点头，又低头继续查阅资料。

"我们真是看错你了，哼，不去算了！"何沉珠跺了跺脚，说罢便头也不回地走了。

穿着足球运动装的车允宪坐在训练舞台前的椅子上。在他旁边，何沉珠拉着朴七彩小声嘀咕："权熙正说他不来了。"

"哦，不来就不来，谁稀罕他来啊。"朴七彩满脸失落。

回到乐团训练室，姚瑶一脸高傲地走进屋。

朴七彩挥着手向她打招呼说："下午好啊姚瑶。"

姚瑶没有理朴七彩，向周五弦走去。

车允宪站起来看着姚瑶的背影，恼火地说："喂，七彩给你打招呼，你没听见吗？"

姚瑶扭头不屑地说："哟，我听见了？那又怎么样？"

"呀！七彩可是你的同伴啊，对待同伴，你这样做合适吗？"车允宪十分气愤。

姚瑶看了看四周自顾自做事的乐团成员后，又不屑地看了看朴七彩，说："嘀，我们可没有承认她是我们乐团的一员啊。"

朴七彩脸色因为生气变得通红，看到别的乐团成员对姚瑶的话都是默认状态，脸色变得煞白。

姚瑶盯着朴七彩说："以她的基础，我们都不明白她凭什么能成为钢琴师的三名预选者之一。因为她的原因，整个乐团的训练进度都被拖延了。哼，也不知道哪来的勇气还好意思待在这，要是我早就主动退团了。"

何沉珠看到朴七彩煞白的脸，冲到姚瑶旁边怒气冲冲地指着姚瑶，吼道："你个死丫头瞎说什么！我家七彩是泡了你男朋友还是抢了你的奖学金啊！你凭什么这么说她！"

"怎么？自己水平不行还不允许别人说了？"

"我看你是嫉妒七彩吧。"

车允宪走到朴七彩旁边安慰她："别把她的话放在心上，你才练习钢琴几个月就能加入乐团，要相信自己的能力。不过这群人真是够差劲的。"

此时何沅珠上前一步，用力地抓了一把姚瑶的脸："我要你嘴臭！"

何沅珠和姚瑶厮打起来，朴七彩和四周的人纷纷拉架。车允宪有些无奈地看着拉扯在一起的一群女生。

然后，朴七彩和姚瑶被指导老师叫到了办公室，姚瑶怨恨地看着站在身边的朴七彩，用手抚摸着脸上被抓青的地方。朴七彩则可怜兮兮地低着头站在老师面前。

指导老师无奈地看着姚瑶说："你怎么会和别人打起来？"

"这要问朴七彩了，谁知道她那朋友怎么突然犯病一样，冲上来就扯着我不放。"

朴七彩不服气地说："你才犯病呢！"

指导老师苦恼地说："姚瑶你先回去吧。"

姚瑶扭头走到门口，和朴七彩互相厌恶地瞪了一眼，然后走出办公室。

"虽然不是你动的手，但是因为你才导致的这次斗殴。"指导老师定定地看着朴七彩。

"谁叫她说我拖累乐团。"朴七彩无比委屈。

见朴七彩不仅不反省自己，还要狡辩。指导老师瞪着朴七彩说："因为她们说你两句，你朋友就打她们，怎么这么霸道啊。再说，你的确需要多多练习啊。"

"可是……"可是听到她们说这样的话，她的心里真的很难过。

指导老师打断朴七彩的话，说："别可是了，你现在出去给姚瑶道歉。不要把私下的矛盾带到训练舞台上。"

朴七彩委屈地说："哦。"

乐团训练教室里。

周五弦等乐团成员围着姚瑶站着，姚瑶照着镜子，用手巾擦着脸上青色的地方，因为疼痛，她张口吸着冷气，姚瑶看着自己脸上的青肿恼火地说："你们看，我只不过说了朴七彩两句就被打了，再这样下去还不知道会发生什么事呢！"

周五弦冷冷地说："的确，她已经严重影响整个乐团的训练，想个办法让她自己退团吧。"

"在明天的训练上，我们把她弹奏中的问题都挑出来。我就不信了，到时她还能厚着脸皮留在乐团！"姚瑶恶狠狠地说道。

朴七彩走进音乐厅，看到姚瑶等人目光不善地看着自己。她沉重地走到姚瑶面前，对着姚瑶90度鞠躬，抱歉道："我替沉珠向你道歉，对不起！"

乐队成员根本没有搭理她，姚瑶一行人则看都不看她一眼，径直走出音乐厅。

朴七彩沮丧地坐到椅子上，有点气馁："我就不该加入乐团。"

此时，朴七彩听到门外传来一连串的脚步声，以为他们愿意给自己一个机会，又回来了，于是站回原地对着门鞠躬，并喊道："对不起！"

权熙正推开音乐厅门，看到朴七彩正在鞠躬。

"你这是在做什么练习吗？"权熙正满脸疑惑。

朴七彩站起来恼怒地背对着他："你来干什么！看我被别人欺负吗？"

权熙正走近朴七彩说："我刚从这里路过，所以就进来看看。"又继而问道："今天怎么没有训练，乐团其他人呢？"

朴七彩难过地看了权熙正一眼，然后沉默地离开。

音乐厅外，衣服上都是褶皱的车允宪和眼角被打青、脸上被抓出一道红印的何沉珠在门口看到朴七彩和权熙正走出来。

何沉珠立马冲到朴七彩身边，担心地说："七彩没事吧，那个老师没难为你吧。"

朴七彩挤出一个微笑说："我没事啦，又不是我动的手。"继而抚摸着何沉珠的伤口担心地问："你没事吧，伤口疼不疼？下次不要这么冲动了，

我只是被嘲讽两句，没什么的。"

"我没事啦。走吧，我们回去吧。"为了不让朴七彩担心，何沉珠假装没事，用力地挤出一个笑容。

车允宪瞪着权熙正嘲讽地说："你还真为她着想啊。是不是因为她在公众面前爆出你不能弹琴，所以想用这种办法来让她出丑！"

权熙正鄙夷地看了车允宪一眼，看着朴七彩和何沉珠离开的背影，说道："你根本就不了解她。你以为圣·迦伯利大学乐团是谁都能随随便便加入的吗？"

车允宪走到权熙正面前，注视着权熙正双眼，气愤道："但是她在乐团里不开心！"

"不开心又如何，这是通往梦想的路途中必然会遇到的。"权熙正仍旧是冷冷地说。

车允宪最看不惯权熙正这种不在乎的态度，说道："让自己痛苦的梦想不要也罢！"

（四）

就算再不开心，训练还是要继续，这天下课朴七彩心情低落地走进音乐厅，看到权熙正时还颇为惊喜，但转眼看到簇拥在权熙正周边的姚瑶等人，她脸上的笑容瞬间消失不见了。

权熙正冷漠地注视着舞台，将姚瑶等人无视。

"你怎么来了？"朴七彩对权熙正说。

权熙正的脸色瞬间变得严肃："来看看你训练得怎么样。"

朴七彩低落地"哦"了一声，然后登台坐到钢琴前。

乐团成员坐在各自位置上，乐团开始合奏。朴七彩心不在焉地弹着琴，目光斜斜地瞟着权熙正。

一脸严肃的权熙正听着朴七彩的琴声，皱起眉头。

演奏完毕后，姚瑶迫不及待地批评道："你这弹的是什么啊，完完全全就是噪音！"

朴七彩看到权熙正站起来，满怀期待地看着他。

权熙正隐蔽而又快速地瞪了姚瑶一眼，随后看着朴七彩，严肃地说："你刚刚走神了，精力完全不在弹奏上，所以你弹出的声音杂乱无序，把整个合奏都搅乱了。弹琴要专心致志，不能被别的事物扰乱注意力。"

朴七彩难以置信地看着权熙正。

姚瑶站起来赞同地说："说得没错，朴七彩就不该出现在这。她的存在已经完全扰乱整个乐团的训练进度。"

"你现在需要多加练习，将整个琴谱都记于心中。"权熙正语重心长地说道。

朴七彩看到乐团成员聚在一起冷漠地望着自己，又看了看一直说着自己弹琴错误之处的权熙正，便红着眼转身往外走了。

权熙正一把将朴七彩拉到自己面前："你要干什么去？"

朴七彩红着眼盯着他，恼怒地说："我要干什么？我不干了！从一开始我就不该加入这个乐团。没错，她们说得对，我在这就是一个错误！我就是一无是处！"

"谁说你加入乐团是错误！谁说你一无是处！你能加入乐团就证明了你的天赋和实力。你能不能不要遇到点挫折就放弃！记住，你能胜任乐团钢琴师，我相信你能够胜任！"

朴七彩挣脱权熙正，吼道："那只是你以为！你以为死人能够复生，就能复生？你以为铁树能够开花，就真能开花？"

姚瑶一脸嘲讽地看着他们，其他乐团成员也一脸看笑话的样子。

朴七彩扫视了一眼四周表情各异的乐团成员们："你看，我在这里就是一个笑料。"

权熙正拉住朴七彩认真地说："我不允许你退出乐团！"

朴七彩惊讶地看着权熙正，他的眼神极其认真，刚才的话语仿佛是从心底深处发出来的。

可是现在正伤心的她怎么感受得到，很久，朴七彩才慢慢低下头，将自己脆弱的内心剖给他看："其实，她们怎么看我，怎么瞧不起我，我都不在乎。我只在乎你的态度！我以为你会安慰我，会为我出气，会迁就我。但发现，我此刻的狼狈都是拜你所赐！"

朴七彩抬起头，眼泪滑过脸颊："现在，你开心了吗？"说完，她一把推开权熙正，转身离开。

朴七彩从来不知道权熙正的内心对她是有多期待，就在不久之前，他还自豪地拿着朴七彩弹琴的照片，指着照片中的她向电脑屏幕中的茱莉亚音乐学院的资深教授介绍着。视频中的教授一副很感兴趣的样子。

看着朴七彩离开的背影，权熙正万分失落。

第二章

我能对自己负责，
请你不要管我的事。

（一）

伤心的朴七彩红着眼跑到校门口，看到东张西望的何沅珠，她擦了擦眼角的泪水，装作若无其事的样子，走到好朋友身边。

"你刚刚为什么打电话让我来校门口等你啊，是不是那些人又欺负你了？"何沅珠担心地问道。

看到朴七彩有些发红的眼睛，以为她又受欺负了，生气地说："看起来我给她们的教训还不够，我现在就去找她们算账去！"

朴七彩赶紧拉住何沅珠，说道："我没事啦，就是终于下定决心要退出乐团了。"

何沅珠仔细看了看朴七彩，打抱不平地安慰道："退出就退出了，乐团里有那些烂人在，你留在那也是自讨苦吃。"

朴七彩深吸了一口气，看着夕阳下的美丽校园，脸上露出笑容，感到了一丝轻松，她长舒一口气："从那个压抑的地方走出来后，感觉心情舒爽了，空气清新了，连校园都变得好看了。"

"就是，你根本就不适合乐团那种复杂的环境嘛。好了，为了庆祝你逃离魔窟，我们去老地方大吃一顿吧。"

说起吃，朴七彩像是换了一个人，拉着何沅珠边跑边说："走走走，烤肉店！我和你说啊，最近为了训练，我都没时间去那家烤肉店耶，想想真是不值得啊。"

而乐团这边，看到朴七彩离开后，姚瑶都开心得快要跳起来了，她兴奋地问道："朴七彩刚刚是不是说了要退团啊？"

权熙正瞪了姚瑶一眼，冷冷地说："你听错了。"说完就快步离开。

见权熙正为朴七彩说话，姚瑶愤愤不平："真是不知道那个朴七彩有什么好的。"

朴七彩跟着何沉珠屁颠屁颠地来到向往已久的烤肉店，相对而坐，点好餐，两眼放光地看着服务员将一片片五花肉摆放到烤盘上。

"五花肉在烤盘上'滋滋'作响，白色的纹理慢慢变得焦黄。啊，这种美丽的场景真是百看不厌啊。"朴七彩感慨道。

此时，何沉珠看到五花肉已经烤熟，迅速地夹起两片肉一口吃掉。

"呼呼，你犯规！哪有一次夹两片肉的啊。"朴七彩马上夹起三片肉一口吃掉。

何沉珠张开嘴呼着热气说："还好意思说我？你这不是夹了三片吗？"

"……"执着于烤肉的两人都很有默契，对于烤肉的喜爱程度也一样，二人拿起筷子，在"刀光剑影"中和美食斗争着，互相比画着抢夺五花肉。

不过吃了差不多十分钟，待何沉珠歇下来，一抬起头，就看见一脸严肃地站在朴七彩背后的权熙正。

何沉珠轻轻碰了下旁边大快朵颐的朴七彩，朴七彩不为所动，仍然大口吃着烤肉。

"七彩，七彩！"何沉珠又扯了扯她的衣袖。

吃得嘴角全是油的朴七彩抬起头疑惑地看着何沉珠："干吗啊，天大地大烤肉最大啊，不要打扰我吃肉！"

何沉珠示意她看后面。

"不要打扰你吃烤肉？"权熙正低沉地说。

随着身后响起的熟悉声音，朴七彩犹如被定住一般，她慢慢地扭头，看到不知什么时候出现在背后的权熙正，惊得她手上的筷子都掉在桌子上。

"你怎么会在这？你来这干吗？"

权熙正二话不说，直接在她旁边坐下，将朴七彩爱吃的烤翅、五花肉等食物都摆放到烤盘上，然后说了一句丝毫不合时宜的话："我不允许你退出乐团。"

"你凭什么不允许！你是我什么人？有什么权利干涉我的决定。"

"我是你……"

朴七彩以为他要说什么，一脸疑惑地看着他。

"我是你的朋友……好朋友。"权熙正顿了一下，立马尴尬地改口道。

权熙正将肉一块块夹到朴七彩的盘子里，垒得整整齐齐。朴七彩却将自己盘子推远："我……我才没有你这样的朋友。"

"你不能退出乐团，乐团对实现你的梦想会有很大帮助。"权熙正放下筷子，认真地说。

趁二人说话的间隙，何沅珠快速把她盘子中的肉夹到自己盘子中。朴七彩看到何沅珠的动作，马上伸手将盘子拉到自己身边，一口把盘子上的肉全部吃掉。

权熙正无语地看着两人……

"你不要因为遇到困难感到难受就躲开，这些困难会帮助你成长，让你蜕变成更好的自己……"权熙正觉得这是自己人生中第一次这么有耐心对待一个人。

何沅珠、朴七彩一脸痛苦地看着他。朴七彩见他说话态度和唐僧一样，没有停下来的意思，脑袋都大了，她赶紧做出一个停止的手势。

权熙正也很配合，朴七彩立马用筷子夹了一块肉，迅速地塞到权熙正嘴里，堵住他的嘴。

"好了，你不要唠叨了，我不退团了，我明天回去继续训练可以了吧！求你别唠叨了！真是的，能不能让我安安静静地吃肉啊。"朴七彩作举手投降状。

权熙正看了看朴七彩的筷子，吞下肉以后，立马回归到正题："那你记得明天按时到音乐厅训练啊。"

朴七彩不置可否，权熙正就当她同意了，也不再碎碎念了，于是三人一同开吃，吃到撑得不行才走出烤肉店。

"哇，好饱好饱，果然烤肉还是要来这家吃嘛。"朴七彩一脸心满意足的样子，但她一转头看到旁边的权熙正，立马没了笑脸，拉着何沅珠说，"沅珠，我们回家吧。"然后直接从权熙正身前走过。

"别忘了，明天按时去训练！"权熙正还不忘提醒道。

何沅珠扭头看了看还站在烤肉店门口的权熙正，回头看着抱住自己胳膊的朴七彩，担忧地问道："你真的决定继续留在乐团吗？"

"我也不知道。"朴七彩有些迷惘。

"你个小傻瓜。不想去就不去了，不要因为别人而勉强自己。"何沅珠为自己的朋友感到心疼。

朴七彩转头看了看权熙正，说真的，她真的不知道。

就像她也没有想到权熙正居然会来劝她回去一样。

（二）

晚上回到家，只见哥哥朴在微坐在沙发上低着头专注地写作，朴七彩没打招呼就直接往自己房间走去。

朴在角系着围裙从厨房走了出来，感觉似乎有人回来了，于是疑惑地问："刚才是谁回来了？"

朴在微抬起头，困惑地看着朴在角："啊？"

"以后不能让你一个人待在家里，否则小偷进门了你都不知道。"朴在角颇为无奈。

"好像是七彩回来了。"朴在微想了想说道。

平时大大咧咧的朴七彩回家都是很高兴的，这次竟然没声没息，朴在角猜测到她可能是和权熙正闹了矛盾。于是朴在角从厨房端出一盘刚做好的饼干，去朴七彩的房间找她。

朴在角来到朴七彩的房间外，敲了敲门："七彩，刚做好的饼干要不要尝尝啊？"

没开灯的房间一片昏暗，朴七彩衣服没换，躺在床上发呆。

"七彩？"朴在角再次喊了一声。

朴七彩起床将门打开，朴在角走了进来，看看一片漆黑的屋子，摇了摇头，将灯打开，把饼干递给她，说："这不是我们七彩的作风啊，平时饼干做好后你总是第一个冲上来，今天怎么看着饼干没反应呢？是哥哥的手艺退步了，做的饼干不好吃了吗？"

朴七彩将饼干放到桌子上，又趴到床上，有点不高兴地说："不是啦，我就是在考虑，要不要退出乐团。"

"刚加入乐团的时候不是挺高兴的嘛，怎么突然想退出乐团了？是不是跟谁闹别扭了？"朴在角在朴七彩旁边寻了个位置坐下来。

朴七彩想起权熙正在音乐厅对自己的指责和姚瑶等人对自己的嘲讽，心情就很不好。

突然，她坐起来看着朴在角，大声说："凭什么你要我加入我就加入，你不让我退出我就不能退出！我这次就是要退出乐团！"

朴在角被朴七彩吓了一跳："我没说不让你退啊，想退出就退出嘛，不要气坏自己，开心最重要啊。"

"我不是说你。"朴七彩闷闷不乐地低下头，说罢，坐到桌前，拿出纸笔开始写东西。

朴在角苦恼地看着朴七彩，无奈地摇头。

第二天，朴七彩拿着退团申请书，气势汹汹地推开门走进训练室。

姚瑶被吓了一跳，恼火地瞪着她，讽刺地说："嘀，不是说要退团吗？

怎么还来啊？"

　　无视她的嘲讽，朴七彩走到周五弦身边，将手上的申请书交给她。

　　"来也不来早点，让乐团所有人等你一个，真是厚脸皮啊。"姚瑶丝毫不觉得自己过分，继续戳朴七彩刀子。

　　反正都要走了，也不用管什么人际问题了，朴七彩忍无可忍地走到姚瑶面前，然后指了指墙上显示五点二十五的表，瞪着她说："你是脑子有问题看不清时间，还是对老师的话置之不理啊，现在才五点二十五，还不到训练的时间！"

　　姚瑶一时间被说得语塞，转头看了看四周成员，红着脸说："你弹得那么差不该早点来吗？笨鸟先飞，懂不懂？"

　　"我弹得好坏关你什么事！你是指导老师还是乐团团长？我告诉你，我忍你很久了，真以为我朴七彩好欺负是吗？告诉你，兔子急了还会咬人呢，你不要太过分了！"朴七彩指着姚瑶说。

　　"我怎么过分了？你拖累整个乐团的训练进度，我说你两句怎么了？你不爱听可以退团啊！非死皮赖脸地待在这做什么！"

　　朴七彩扫视了四周看热闹的乐团成员，懒得理她，对大家说："放心，我才不会待在这么冷血的乐团！你们觉得弹得好就可以趾高气扬评判别人？就可以肆意欺凌别人？就可以随意抱团排挤别人？在我看来，你们都是一群垃圾，一群只会向弱者挑衅的垃圾，和你们在一起训练真让我恶心！"说完，便头也不回地走出了训练教室。

　　这是第一次，朴七彩站出来说出自己的心底话。

　　或许是朴七彩这番话起了作用，开始有成员审视起自己的行为来，有的乐团成员羞愧地低下头，有的互相之间窃窃私语，有的装作若无其事。

　　姚瑶恼火地看着周五弦，说："弱还有理了。不想和我们在一起训练就向指导老师申请退团啊，在这嚷嚷什么！"

　　周五弦看了看手上的退团申请书。

申请书上写着：老娘不玩了，你能把我怎样！

最下方画着一个硕大的鬼脸。

周五弦将申请书放到衣兜中，看着四周的团员，若无其事地说："好了，我们开始训练吧。"

乐团成员开始走向自己的位置，准备训练。

（三）

正在校园散步的权熙正感觉裤兜里的手机震动了一下，他拿出手机，就看到一条短信：朴七彩大闹音乐厅，并提交了退团申请书。

得知朴七彩退团，权熙正也顾不上散步的事情了，急匆匆地去寻找她。

到了教室，没有看到朴七彩的身影，权熙正又大步离开前往别处。

教室里的学生看着急匆匆的权熙正都疑惑不已，不过想想，他们还是能猜到原因。

"看，绝对是在找朴七彩。"

…………

找遍了校园也不见朴七彩，权熙正决定换一种解决办法，于是他前往练习室去等周五弦，问清楚实情。

乐团成员一个个从音乐厅走出来，看到权熙正还不忘调侃一番："朴七彩不是退团早走了吗，他在等谁啊？"

"会不会是来帮朴七彩出头的啊，毕竟是宠妻狂魔。"

"不会吧，昨天他不是当众指责朴七彩，让她下不了台吗？"

"这你就不懂了吧，这样才够玛丽苏，全世界只有我能够欺负她，别人休想！"

"哇哇哇，这样啊，完完全全'霸道总裁'范儿。"

这都什么跟什么啊……权熙正满脑袋黑线，完全被她们的脑洞打败了。

不一会儿，周五弦走了出来，权熙正看到后，立马走近，谦和地说："你好，可以占用你一点时间吗？"

周五弦疑惑地看了看权熙正，思考了一会后点点头，然后便跟着权熙正走进旁边一个空教室。

"我听说朴七彩将她的退团申请书交给你了。"权熙正开门见山道。

周五弦点点头说："是的，有什么事吗？"说着，她就将朴七彩的退团申请书拿了出来。

"能否把它给我？"

"不行，我要转交给老师。"周五弦想都没想就拒绝了。

"你真的这么想让朴七彩退出乐团吗？"

"她基础不行，留下来只会拖慢我们的训练进度。再说退团是她自己的决定，并没人逼她。"周五弦没有正面回答这个问题，而是实实在在指出朴七彩的缺点。

"她能跟上乐团进度。因为她有天赋，并对钢琴充满了热爱。她仅用了几个月的时间，就能达到现在的水平，别人用几年都未必可以。你们抱怨她拖延乐团进度，嘲讽她基础不好，但在这段时间的训练中，你们真没有看到她的进步吗？"权熙正据理力争。

听到权熙正的话，周五弦想起每次训练完朴七彩都是最后一个走，她的努力连老师都夸奖过，想到这，她便有了迟疑之色。

看着权熙正略带期待的眼神，周五弦还是将退团申请书交给了他。

"估计，已经有人告诉老师朴七彩要退团的事了，这份申请书给不给都一样。"

"谢谢，老师那边我会处理的。"权熙正感激地说道，说完，他便大步离开了。

教室外姚瑶看到权熙正走了出去，便进来问道："权熙正找你干什么啊？聊这么久。"

"你在外面偷听？"周五弦皱眉。

"哪有，你想多了。"姚瑶否认。

周五弦懒得跟她解释，转身就离开了。

交了退团申请后，曾经把所有课余时间都拿来训练的朴七彩瞬间感觉一身轻松，找了个时间便拉着好朋友何沅珠愉快地逛街购物。

"还是购物让我快乐啊！"没有了训练，朴七彩感觉生活多姿多彩了。

"就是就是，以后你不用去乐团训练，我们有大把时间去吃好吃的，有大把时间去逛街。"何沅珠附和道。

趁着心情好，二人逛了很多地方，买了很多东西，吃了很多美食，逛到下午，两人才踏着夕阳的余晖回家。

刚走到朴家门前转角处，眼尖的何沅珠就看到站在门口的权熙正，以为权熙正是来找朴七彩算账了，未免伤及她这个无辜，她还是赶紧溜吧。

"七彩，我刚想到还有事，我先走了。"

何沅珠指了指权熙正，然后提着买的东西兔子一样跑走了。

朴七彩被她滑稽的行为戳中笑点，刚笑了两声一转头就撞入迎面走来的权熙正怀中，抬起头就看到黑着脸望着自己的"黑脸包公"，是的，现在望着自己的权熙正的脸很黑，再给额头上画个弯月，这就是包公转世无疑了。

见权熙正没有放手的意思，朴七彩挣扎着要挣脱开他的怀抱。

权熙正恼怒地说："你不是答应我留在乐团吗？为什么突然交退团申请书了？"

"你能不能不要再管我的事了。我不是你手中的木偶，不是你说什么我就能做到什么！我能进入乐团，完完全全是瞎猫碰上死耗子，我根本跟不上乐团进度，我已经很累了，你能不能不要再来强迫我，让我做一些自己根本做不到的事情了！"

"我知道你在乐团承受了很多压力，但你要对自己有信心，你一定可以成为乐团正式钢琴师的。"权熙正安抚道。

朴七彩丢掉手上的东西，伸手一把用力推开他："我就是一根朽木，就是一条咸鱼，你就趁早放弃让我进入乐团的想法吧，你就让我好好躺着吧。地上很舒服，我真的不想动啦！"

"滴水尚能穿石，没到最后你怎么就那么确定自己不行！"权熙正抓住她的双肩，让她别乱动，声音也提高了几分贝。

"那你证明给我看啊！既然你觉得努力就能获得成功！"朴七彩头也不回地走回家了。

昏黄的路灯下，权熙正失落地看着朴七彩的背影，深深地叹了一口气，然后走了。

一推开门，朴七彩就看见站在门口的三哥朴在角，正打算越过他直接回房间。

朴在角叫住她："刚才和权熙正吵架了？"

朴七彩停下来回头看了他一眼，点点头，继续往自己房间走去。

"唉！"朴在角叹了一口气，欲言又止，还是没说什么。

（四）

晚上，回到家。

权妈妈一眼就看到坐到沙发上的权熙正一脸疲惫，关心问道："怎么了？情绪这么低落？"

"妈妈，是不是出于善意的说教也会让人厌烦？"权熙正好看的眉眼中尽是不解。

"说教啊，很多时候太过于高高在上了。语言在很多时候会显得过于苍白，因此在教育上我更喜欢用自己的行动来带动别人的自主性，毕竟言传不如身教。"权妈妈耐心地用自身经历回答，希望他能找到答案。

"言传？身教？"权熙正的目光垂到地上，看着一旁放置着的小提琴，发现这样的办法也不无道理，自古以来言传身教就是学习最好的榜样，一点就通的权熙正仿佛有了好思路，站起来跑近权妈妈亲了一口，感激地说，"我明白了，谢谢妈妈。"

回到房间，权熙正立马从柜子中翻找出一把小提琴，还有当年考的小提琴四级证书。他将小提琴和四级证书整齐地放到桌子上，翻开手边朴七彩写的退团申请书，想到自己的好方法，不免笑容满面，然后坐下来拿出纸笔，开始以朴七彩的语气写努力训练宣誓书……

第二天，权熙正起了个大早，一到学校就朝指导老师办公室走去，将昨晚写好的宣誓书以朴七彩的名义给指导老师。

指导老师看了看宣誓书，挑了挑眉，疑惑地看着他："朴七彩昨天训练没来，今天却写了一份宣誓书让你转交给我？转变这么大？而且我听人说朴七彩要退团啊？"

"朴七彩昨天突然有事，所以没来参加训练。退团是绝对不可能的，如果有人说她要退团，那绝对是嫉妒她的天赋。"说罢，权熙正用手机播放了之前朴七彩与周五弦的比赛视频给老师看。

上次朴七彩的表现有目共睹，指导老师也有耳闻，只是看到现在朴七彩的表现就忽略了以前的她，指导老师十分惊讶："这么难的曲子，听一遍就能复制出来？我教了这么多学生，像她这种音准是绝无仅有的啊。只要她能够刻苦训练、用心钻研，成为莫扎特、贝多芬那样的世界级钢琴大师也是可能的！我绝对不允许她这样浪费自己的天赋，放心，我会好好栽培她的。"

看到老师对朴七彩这么满意，权熙正也很高兴："那谢谢老师了！"

上午下课期间，朴七彩顶着一副黑眼圈，脸色憔悴地坐在何沉珠旁边，看到她，八卦的何沉珠忍不住问："昨晚我走后，你和权熙正之间有没有发生什么啊？"

说起这个就来气，朴七彩转头瞪了何沅珠一眼："哼，没义气的家伙，昨晚跑得那么快！"

"那不是突然有事嘛，我又不是故意的。"何沅珠尴尬地解释道。

"你不是故意的，你是有意的！"

何沅珠撒娇抱着朴七彩的手臂左右摇摆，说："好了，我这不是不想当电灯泡吗？"

"哼。"朴七彩动了动手臂，转过头不理她。

一转头就看到背着小提琴走进教室的权熙正，他正向自己这边走过来，看到他朴七彩的气就不打一处来："你又来干什么？提前说好，让我回乐团这类的话就不要说了。"

"你不是说不相信自己能跟上乐团进度，成为乐团钢琴师吗？"权熙正笑了笑，他没有直入话题，而是采用了更加温柔更加迂回的方式。

朴七彩点点头，很自然地跳入他设的陷阱："没错，以我的技术根本不可能的嘛。"

"那你敢不敢和我打个赌？"权熙正继续设套。

"打什么赌？"朴七彩显然没有注意到他嘴角的笑意。

权熙正让朴七彩在桌子上腾个位置，自己从背包里拿出一本小提琴四级证书，然后说："我现在是小提琴四级，你觉得以这个水平，我一个月后能不能进入学校乐团，成为小提琴候选人之一。"

"四级水平想加入乐团？不可能的。"一旁的何沅珠一脸吃惊。

听闻这个回答，权熙正一点也不生气，反而转向朴七彩："你也认为不可能吗？"

朴七彩点了点头。

"如果一个月后我能成为小提琴候选人，你就要留在乐团好好训练。如果失败了，那我以后就不逼着你留在乐团了。"

"好，我答应你，反正你也不可能成功嘛。"

　　鱼儿上钩了，权熙正笑容更盛："那就一言为定！我现在就开始练习小提琴，你也要继续跟着乐团训练哟。否则等我加入乐团，你却因为长时间不去训练而被踢出乐团就不好了。"

　　"嗯。"单纯的"小白兔"朴七彩就这样落入了"大灰狼"权熙正的圈套里，两人还拉钩盖章签字，做完这些，权熙正带着满满的笑意走了。

　　八卦的何沉珠立马凑上来问："你真要回乐团吗？乐团那些人再欺负你怎么办？"

　　"再坚持一个月不就好了，反正他也不可能成功啦。乐团那些人如果还欺负我的话，不是有你在吗？"朴七彩还是认为权熙正以目前的水平是不能进入鲸鱼乐团的。

　　听到这个，何沉珠很开心，于是伸出拳头，说："哼，没错，她们再欺负你的话，我就让她们尝尝铁拳的滋味！"

　　…………

　　下午，鲸鱼乐团训练时间一到，朴七彩迈着轻快的步伐去了。

　　一向对朴七彩不满的姚瑶看到她，立刻像易怒的狐狸一样张开爪子："哼，你怎么又来了？"

　　见乐团成员不团结，指导老师十分不满，瞥了姚瑶一眼，训斥说："朴七彩是乐团一员，为什么不能来？"

　　朴七彩疑惑地看着指导老师，姚瑶则被老师瞪得满脸委屈。

　　"以后临时有事记得请假，给我打电话说明下情况就可以，不要一声不吭就走了。"因为早上权熙正跟老师打过招呼的关系，老师很看好朴七彩。

　　"哦，好的，以后我会注意的。"

　　"嗯，开始训练吧，你要加油练习啊，不要浪费自己的天赋。"

　　朴七彩点点头，心中万分满足，又有些疑惑，今天这是怎么了？可是又说不出哪里有问题。

　　心大的朴七彩没有心思去想那么多，现在她的任务就是好好练琴。她走到钢琴面前坐下，抚摸着带着些温度的黑白键，仿佛每个键在她的手上有了跳跃的灵魂，脸上慢慢也浮现笑容。

　　权熙正，你等着，我一定让你刮目相看。

G XIAO DIAO JIN XING QU

6

第三章

梦想这东西，
因为你相信，
所以我相信。

（一）

下课铃声响起，同学们收拾好笔记后，三三两两起身离开教室。

尽管知道朴七彩这段时间在乐团受了委屈，但是关于鲸鱼乐团的练习，还是要朴七彩自己决定，于是何沅珠小心翼翼地问："你真的还要回乐团训练吗？"

朴七彩边收拾东西边无奈地说："没办法，已经和权熙正约定好要好好训练了，我总不能言而无信吧。不过也就这一个月而已，一个月后，他如果没被乐团录取，那就没理由强迫我待在乐团了。"

"那当然了，虽然现在乐团缺小提琴手，但以他小提琴四级的水平，是绝对不可能经过短短一个月的训练，就打败别的竞争者加入乐团的。"何沅珠认真地点了点头，表示同意。

朴七彩看了下时间，站起米往教室外走去。

"马上就到训练时间了，我先走了。"

她刚走到教室外，就看见权熙正背着小提琴等在门口。

"喂！你在这做什么！监视我吗？"

权熙正淡然地说："我不是监视你，只是顺路和你一起去乐团训练。"

"哦，这样啊。"朴七彩有些不好意思地低下了头，但是一想到他冷淡的样子就不开心，于是又傲娇地说，"哼，谁要和你一起去训练啊！"

朴七彩没敢看权熙正的表情，红着脸快步越过他就走了，走的时候还时不时小幅度扭头看看背后紧跟着的权熙正，他正背着小提琴走在自己后面。

看着走进乐团训练室的权熙正，指导老师客气地说："权熙正同学，你还不是鲸鱼乐团的成员，不能在这里训练。"

"老师，这个我知道，我不会对大家的训练造成干扰的。但不知道我可不可以旁听，学习一下，因为我真的很想成为乐团的小提琴手。"权熙正态度一反往常的诚恳。

听到他这么诚恳的请求，指导老师也很欣慰："那好吧，难得你这么努力，老师怎么能拒绝你呢。但一定注意不能影响别人。"

"谢谢老师，老师请放心，我绝对不会打扰到大家的。"

指导老师看着他笑了笑，然后她拍了拍手，对团员们说："各位同学，从今天开始，权熙正同学会在这里旁听大家训练，大家欢迎。"

"以后要打扰各位了。"权熙正很恭敬地向大家说道。

训练室响起乐团成员稀稀拉拉的掌声。

说完，权熙正意味深长地看了朴七彩一眼，以暗示自己在这里还是很受欢迎的。朴七彩不甘示弱地对权熙正做了个鬼脸。

一直关注权熙正的姚瑶见状，不甘心地瞪了朴七彩一眼，对旁边的周五弦说："真不知道这个朴七彩有什么好，权熙正总是变着法子给她撑腰。"

"有时间议论别人，不如好好练练你的琴，否则掉队的人就是你了。"关于别人的八卦，周五弦一点也不感兴趣。

姚瑶自知失礼，哑口无言，表情委屈。

讲台上指导老师看了看时间，说："好了，大家开始训练吧。权熙正，只要不影响别人，你随便坐。"

权熙正望了望整个教室，最后选择坐在朴七彩身边。

"你在这做什么，一边去！你这样会影响到我的。"朴七彩瞪着他，她可不想一整天都被人监视。

"无视我，将所有注意力放在钢琴上。"

"你一个大活人站在这里，我怎么无视你？"朴七彩无奈地问道。

"那是你的事情。"

朴七彩瞪着一脸认真的权熙正，正想反驳，指导老师看了过来，她只好收回目光，慌忙地注视着面前的琴谱，紧张地弹奏起来。

弹完一段钢琴曲之后，管弦乐队紧接着演奏，指导老师在一旁时不时摇着头。

权熙正低头，指着乐谱，小声跟朴七彩说着刚才弹奏中她存在的问题。

虽然姚瑶手拉着大提琴，但是眼神却一直看着权熙正跟朴七彩，看着他们亲密的互动，她的眼神充满怨恨，因此她的大提琴演奏有几个音失准而格外突出，与整个乐曲曲调违和。

突兀的音在和谐的演奏中很容易发现，指导老师和乐团成员都注意到了，他们不时望了过来，微微皱眉，姚瑶只好羞愧地低头看着乐谱。

一曲演奏结束，指导老师转头望着朴七彩，刚想开口指正错误，就看到权熙正温和地对朴七彩说："你独奏的地方没有问题，但是要注意跟乐队衔接的地方不要太快了，要给乐队其他乐器留一定的演奏空间……"

显然权熙正给朴七彩的意见很正确，指导老师边听边微笑点头，转而又看向姚瑶，说："姚瑶，你节奏不对，注意不要抢拍。"

被点到名的姚瑶愣了一下，看向朴七彩，怨恨地低语说："凭什么说我！我的演奏，比朴七彩好多了！"

"我都说了，我根本不适合留在乐团，你非逼着我留在这。别人都配合得很默契，只有我……"这次演奏明显暴露了朴七彩的短板，她有些自责。

"你没发现吗？你这次已经比上次进步很多了。相信我，只要你坚持训练下去，一定能行的。"权熙正鼓励道。

"哼，别光说我啦，你先把小提琴练好吧。别到时你没被乐团选中，跑到我面前哭鼻子。"

"等你们训练结束后我再开始训练，不打扰你们。"权熙正满脸温柔。

朴七彩无视他温柔的表情，继续挑衅："好，那我到时候倒要好好听听你小提琴拉得好不好听。"

"我们继续！刚才的曲子再来一次！"指导老师说道。

作为第一个独奏的朴七彩压力有点大，好在每次演奏完毕，权熙正便及时为朴七彩指出她的不足，然后让她改正。

鲸鱼乐团的训练直到傍晚才结束，不过权熙正没有回家，他站在窗前，背对着钢琴，看着远方，独自练习小提琴。

小提琴的声音悠扬婉转，轻缓的乐曲飘荡得很远，窗外传来傍晚虫蚋鸣叫的声音，清风微拂，音乐的美妙被无限放大，有一瞬间，他仿佛站在色彩斑斓的舞台上，周遭的声音就如那些为他尖叫呐喊的观众，使他更加沉浸于音乐的海洋之中。

"叮——"突然背后传来一声琴声，他边拉着小提琴边回头，看到正坐在钢琴前的朴七彩，她一边弹琴，一边冲他点头。

权熙正也回以微笑。

这是第一次，朴七彩没想到，自己有了一点进步，原来会这么开心。

两人将所有感情融入了弹奏中，一开始小提琴声和钢琴声还略有隔阂，渐渐地开始融洽起来。在和谐的奏鸣中，朴七彩和权熙正四目相对，或许是感受到对方在乐曲中投入的感情，也从音乐中听出对方的意思，他们很有默契地演奏着。

一曲罢，朴七彩抚摸着手边的黑白琴键，有些羞涩地抬头看着权熙正，他也正看向自己，权熙正放下小提琴，关心问道："你怎么还没回家？"

"我来看看你的训练成果啊。"

"虽然还有些生疏，不过你已经懂得变换演奏节奏跟我的小提琴配合了，明天训练的时候，再跟大家演奏几次，多练习几次应该就没问题了。"

"我是在说你的训练成果，不是我的。不过话说回来，虽然你的小提琴拉得很好听，可是要想进入鲸鱼乐团，还是有点难度哦，我看我们的赌不用

打了，我赢定了！"

"所以才要多训练啊。"

"你自己练多枯燥啊，不如就让我这个乐团前辈带带你吧。"说着，朴七彩把双手放在琴键上准备演奏。

权熙正无语地望着她，却默默地拉起小提琴。

听着权熙正的琴声，朴七彩会心一笑，手指优雅地在琴键上跳动，配合着他的演奏。

这个夜晚，因为这美妙的曲子而情意浓浓。

（二）

朴七彩的"追权熙正"生活慢慢走向了正轨，但朴家内部其他人的生活却渐渐起了波澜，几个哥哥迎来了自己的挑战。

朴在羽穿着围裙在厨房忙活了好一阵，然后将一道道菜端到饭桌上。

这时朴七彩走进了餐厅，惊讶地看着几个哥哥："咦，好奇怪啊，三哥你在家，怎么会让五哥做饭啊。还有四哥呢，平常一闻到饭香，就立刻跑出来了，今天怎么没见他？"

大哥和二哥见妹妹出来了，对着朴七彩偷偷做了一个闭嘴手势，紧张的气氛在餐厅盘旋，他们坐在饭桌旁，欲言又止地看着冷着脸双手抱拳坐在桌边的朴在角。

朴七彩疑惑地望着哥哥们，自己悄悄坐到了饭桌前。

"七彩回来了，我就再重述一遍，从今天开始，你们遇到困难要学会自己面对，不要总是想着依靠别人。从生活小事开始学会自立自强！还有，小徽这件事你们谁都不许帮他，让他自己去处理，听到没有！"看着满脸疑惑的朴七彩，朴在角没有多做解释，说完他就起身回房间了。

"到底怎么回事啊？三哥怎么像变了个人似的？"看着哥哥们奇怪的言行，朴七彩觉得莫名其妙。

"好像是出版商没有和四哥商量，就发行了他的新书，还拖欠尾款。四哥让三哥帮忙讨薪，结果三哥拒绝了，还说以后所有事情都要四哥自己处理。"端菜出来的朴在羽一边解身上的围裙，一边小声地和朴七彩解释。

"不会吧！四哥除了写书，其他的事儿不都是三哥帮着打理吗？怎么突然转变这么大啊？"朴七彩惊讶地问。

朴在商忍不住唏嘘道："就是因为转变太大，可怜的小四无法接受老三的突然冷淡，自己窝在房间里正伤心着呢。"

"怎么能这样对四哥，至少给个缓冲时间嘛，突然改变这么大，谁都接受不了啊。我去看看四哥。"说着，朴七彩端起饭食，往朴在徽房间走去。

房间里，朴在徽正低落地抱着腿坐在床边，听到敲门的声音，朴在徽以为是三哥，激动地跑过去，一打开房门，看到是七彩，他瞬间泄气："七彩，是你啊。"

注意到四哥脸上的情绪变化，朴七彩小心翼翼地看了看四周，快速地走进房间，将门关上，转身小声地说："你小声点，不要把三哥引来了。"

朴在徽低落地接过朴七彩端着的食物，放到桌上，又重新回到床上抱着腿坐着。

"四哥，三哥不就是想让你自立嘛，又不是要跟你断绝关系，你不至于这样吧。"

"在我心里，三哥是世界上最温柔的人。我还记得六岁时，我爸妈出车祸死了，我被收养回家。三哥牵着我的手，告诉我，以后这里就是我的家，他会永远陪着我，保护我，不会再让我受伤害。"朴在徽陷入了回忆。

朴七彩点点头说："那倒是，我们几个里，三哥最疼的就是你了。我还记得你最怕黑了，连睡觉也要开着灯。小时候我和五哥最喜欢关灯吓唬你，然后三哥就会揍我们一顿，帮你出气。"

"三哥以前对我最好了，可是为什么这次突然就不帮我了，是我哪里做错了吗？"朴在徵不禁开始反思自己最近的行为。

"男人嘛，总有几天不对劲，过段时间就好了。三哥不帮你，不是还有我嘛，我帮你要回稿费！"朴七彩拍了拍自己胸膛说道。

"真的？"

"当然。不过，总要吃饱肚子才有力气去要回稿费吧？"

"吃吃吃。"朴在徵开心地蹿到桌边，狼吞虎咽地吃起来。

吃完饭，朴七彩又端着盘子小心翼翼地走出房门，她在门口低声说："明天你在学校门口等我，我和你一起去出版社要稿费。"

朴在徵感激地点了点头。

朴七彩刚转身，就发现站在一旁的朴在角，她被吓了一跳："三哥！"

朴在角瞥了一眼朴七彩里的空碗盘。

"我……我刚才在四哥屋里吃的饭。"朴七彩低头看了一眼手上的碗，心虚地说道。

"再给你说一遍，不许帮他。他如果连追回稿费都不敢的话，他还能干什么？他的心理太脆弱了，我们不能惯着他！还有，以后不许给他送饭，他必须学会独立生活。"朴在角黑着脸说。

"为什么啊？三哥你以前不是最疼四哥的吗？"

"这是为他好。"

"最讨厌你们这些打着为别人好的旗号，完全不顾别人感受行事的家伙了。你为什么突然这么对四哥，哪怕你要培养他的独立性，也总该循序渐进吧！先给四哥做做思想工作，然后再从吃饭睡觉这些小事开始……"

"你觉得做做思想工作就能让他意识到问题的严重性？"朴在角挑了挑眉毛，他并不相信循序渐进的"断奶"对朴在徵有用。

"不管怎样，总不能用这种铁血手段，四哥太可怜了。刚刚边吃饭边哭，我看着都心疼。"

"还有胃口吃饭，死不了。"朴在角瞥了一眼朴在徽房间的方向，转身便要离开。

朴七彩生气地白了三哥一眼，喊道："朴在角！"

"再说一遍，不许帮他！"撂下这样一句冷冷的话，朴在角头也不回地离开了。

"你真好笑！那是我哥，我不管天不管地，我也得管他！"

朴在角背对着朴七彩不禁皱眉，这个妹妹他很了解，是个不折不扣的烂好人，更何况遇到自己哥哥的事，不管是不可能的，肯定会做什么事出来。

学校一下课，朴七彩就急匆匆地跑出教室，准备去帮助四哥朴在徽讨薪。她一想到四哥受了委屈就火冒三丈，却在半路上被权熙正拦下了。

"你天天不上课吗？怎么每次都能在门口等我啊。"

"很难吗？每节课下课时间和自己的步行速度都是固定的，只要经过简单的计算就能精确把握。走，去练琴吧。"权熙正没发现她正怒火中烧，淡然地说道。

"那个，我今天有事要办，就不去练了。我已经跟老师请假了。"

听到朴七彩不去，权熙正瞪大了眼睛，有些生气地说："不行，训练不能中断，否则会半途而废的。你如果今天为自己找借口不去，那以后每天都会想办法逃避训练。"

"不就请一次假嘛。你和三哥一样霸道，自己想怎么样，别人就要按照你们的想法去做，凭什么啊！"

看到权熙正一副下指示的模样，朴七彩就想到这样对待四哥的三哥，气就不打一处来。

盯着朴七彩怒气冲冲的样子，权熙正觉得莫名其妙，这又是发的哪门子无名火？

（三）

某出版社大厅，黑着脸的朴七彩站在前台，朴在徽畏畏缩缩地站在朴七彩身后，望着前台小姐傻笑。

朴七彩直入主题，严肃地说："你好，我们有事想见你们社长。"

接待员客气地说："请问您有预约吗？"

"没有。"

"对不起，如果没有预约，我就不能让你们上去。"接待员保持着程式化的语气。

"这位是你们出版社最有人气的小说家朴在徽先生，他有很重要的事情要跟你们社长说。"朴七彩将朴在徽推到前面说。

接待员听到朴在徽的名字后，疑惑地望向面前的小青年，朴在徽的大名在文学界还是有点名气的。

"没错，我是朴在徽。我写的一本书是你们出版的，但是尾款……"

朴七彩打断朴在徽的话："这件事情很重要，我们今天必须要见到你们社长！如果他现在没有时间，那我们就在这里等，等到他有时间为止！"

两人做出一副不到黄河心不死的样子，接待员害怕惹麻烦，只好讪讪地拿起电话打给社长："社长，请问您有时间吗？朴在徽先生和一位女士希望能和你面谈……有时间是吗？好的，我让他们上去找您了。"接待员放下电话抬头对二人说道："你们上去吧，社长办公室在二楼左边第三个房间。"

"好的，麻烦你了。"见人家这么好说话，朴七彩也不好意思再为难，拉着三哥往二楼走去。

可是朴在徽始终觉得胆怯，他拉了拉朴七彩的衣角，苦着脸说："七彩，要不我们再等等吧，也许社长只是因为忙，所以忘记告诉我图书出版的事情，过几天就会把尾款给我了。"

"哪有那么好的事，你不找他，他就会把钱给你？想都别想。三哥我给你说啊，这些资本家一个个都心黑着呢，都是想方设法压榨劳动者的。再说，来都来了，你不会不好意思要钱吧。"朴七彩拽着朴在徽往社长办公室走去。

"我会不好意思？搞笑，又不是我欠钱，该不好意思的是出版社好吧。"朴在徽说得吞吞吐吐的，一点自信都没有。

"你说这么多做什么。快点走，早点把钱要到手，我们好回家吃饭。"

两人磨磨蹭蹭地来到了社长办公室外，朴七彩抬手敲了敲门，里面传出"请进"的声音，他们推门而入。

社长吩咐助理倒了两杯咖啡，放到朴七彩和朴在徽面前，然后在他们对面坐下，露出不好意思的表情，说道："哎呀，你看我这记性，都忘了告诉在徽，你的书出版的消息了。还劳烦你们跑过来，真是不好意思啊。"

"没事没事，我就是顺路和妹妹过来看看，不麻烦，一点都不麻烦。"

见自己没出息的四哥一点气势都没有，朴七彩恨铁不成钢地用口形无声地说："钱，要钱啊。"

一旁社长看到两人的互动，大概能猜出他们的来意，笑着说："在徽，你来得正好。我和你说，你的新书大受欢迎啊，很多书店已经卖断货了。我们准备加印10万册。"

听到自己的书大卖，朴在徽高兴得难以言喻，激动地说："加印10万册！天啊，这太好了。"

看到自己哥哥怒意全无，朴七彩很是无语，用眼神示意朴在徽冷静，朴在徽见状，连忙收敛神色。

"就是现在遇到一些困难。"社长见朴在徽天真的样子，心里打起了小算盘。

"什么困难？"朴在徽一脸认真地问道。

"啊，其实也没什么，就是现在公司资金有点紧张。如果加印了就没有多余资金把尾款结给你了。所以我想着还是先把尾款给你，加印的事以后再说吧。"

"没事，先加印吧，尾款的事情不急。"说到加印，朴在徵连尾款都不在乎了。

看着朴在徵被出版社社长牵着鼻子走，一旁的朴七彩忍不住了，眼睛瞪得圆圆的："四哥，你傻啊。"

那边社长立马打断她的话："好，我这就让人开始加印。放心，等加印的书卖完后，我马上将尾款给你。"然后拿起电话，准备打电话："在徵，还有什么事吗？没事的话我就打电话让人开始加印了。"

"没事了没事了，你忙吧社长，太感谢你了。"朴在徵激动地拉着满脸怒色的朴七彩离开。

被拉走的朴七彩回头看时，社长已放下了手机，一脸狡黠地看着他们。

出了社长办公室，朴七彩特别生气地甩开了朴在徵的手，说："四哥！你是不是傻啊，他明明是在忽悠你啊！"

"我不是听到要加印，所以一高兴就……"

"真拿你没办法，走，我们再去找社长。记住啊，这次不管他说什么，都要让他把尾款给你。"

两人刚走到门口，就被保安拦住了："抱歉，现在我们已经要下班了，请两位离开。"

朴七彩喊道："喂，我们刚从里面出来，这就要下班了？你骗谁呀。"

保安态度强硬："现在的确已经到了下班时间，请你支持我们的工作，谢谢。"

"哼，支持你的工作？那谁支持我们维权啊！四哥，你现在给社长打电话，说我们被保安拦在门口，让他出来接我们。"

朴七彩瞪着保安，朴在徽则给社长打电话，但一直没有人接电话。

"七彩，社长一直不接电话，怎么办啊？"朴在徽有些手足无措。

"他绝对是故意的！找个借口把我们忽悠出来，然后就让保安拦着我们，不让我们进去。哼，四哥，我们冲进去，当面找他要稿费！"面对无良公司无良老板，朴七彩已经气得语无伦次了。

看着保安推搡着朴七彩，朴在徽着急得不得了："你给我让开，别碰我妹妹！"

朴在徽直接冲了过去，与保安扭打在一起。

朴家客厅只点亮着一盏灯，昏暗的灯光下，朴在角在客厅举着哑铃，一边时不时瞥一眼墙上挂着的钟表，弟弟妹妹还没有回来，他有些担心。

"丁零零——"门口响起开门的声音，踱步的朴在角立马坐在沙发上，摆了个舒服又有气势的姿势。

朴在徽和朴七彩蹑手蹑脚推门进来，一看到坐在客厅沙发上的三哥，两人愣在了原地。

朴在徽心虚地遮着脸上的伤，躲着朴在角的目光走向自己的房间。朴在角皱着眉一直盯着他，然后随手打开中央的大吊灯，顿时客厅亮堂了起来。

"去哪了这么晚才回来？"朴在角的声音在朴在徽身后响起。

"要债。"

朴在角走到朴在徽面前，看着朴在徽脸上的伤，朴再微像犯了错的小孩一样心虚地躲避朴在角的眼神，朴在角盯着朴在徽的伤看了一会，什么都没有说，转身离开了。

望着朴在角离开的背影，朴在徽有些着急："三哥，我受伤了，我被人打了！"

"看出来了。"

"就这样？"朴在徽有些失望。

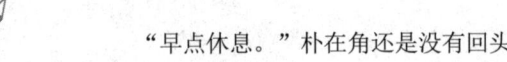
"早点休息。"朴在角还是没有回头。

"三哥！你以前不是这样的！以前只要我被人欺负了，你会第一个站出来替我打回去的。"朴在徽万分委屈。

"这次你要自己打回去了。"

"你还是我三哥吗？你这几天变得我都不认识你了，我被人打了，你不管我了是吗？"

"以前别人欺负你，我帮你打回去，以前你惹了麻烦，我帮你解决麻烦，但是现在不一样了……"

听到三哥再也不会管自己了，朴在徽无助地流下了眼泪，气愤的声音中带着哽咽，打断了他的话："现在有什么不一样！从小到大，不论我遇到什么麻烦，你都能替我摆平。就是因为有你在，所以我什么都不怕，我被同学孤立不怕，我没了爸妈不怕，可是你现在什么意思？"

朴在角激动道："现在我意识到错了，我以前那么做是错的！我总觉得你小时候遇到了大的变故，所以一直怕你再受伤害，是我把你保护得太好，以至于你现在被打了都不会还手，只要遇事儿就想着躲，就想着逃避，再这样下去，你连做自己的能力都没有了！我不可能护你一辈子！"朴在角的语气越来越平淡，最后变成无奈，说完便径直离开了。

"为什么不行？"朴在徽愣在原地，实在无法相信眼前的人是他认识的三哥。

朴七彩看着红着眼的朴在徽，安慰说："四哥，三哥不帮你不是还有我吗？明天我问问权……"

遇到困难，朴七彩下意识地想找权熙正帮忙，也和四哥依赖三哥一样，她也在依赖权熙正。

想到这儿，她便话锋一转："我问问车允宪有什么办法可以将尾款拿到手，放心，我一定会帮你的。"

"麻烦你了七彩。我回屋了，你早点休息吧。"

说完，朴在徽便一瘸一拐地向自己的房间走去。

看着朴在徽的背影，朴七彩深深叹了一口气。

（四）

第二天，一大早朴七彩就去找车允宪了，这可把他高兴坏了。

因为昨晚下过雨，小路上湿湿的，石桌上也有水渍，坐在教学楼前面的小路的石凳上，非常凉爽。

那边车允宪激动地跑了过来，高兴地说："是不是终于发现我的好，准备和我在一起了？我早就说了权熙正不适合你，我才是你的好归宿。"

"别别别，我真的只是把你当哥们看，别想太多了。"看到车允宪笑容满面，朴七彩却还在烦恼四哥朴在徽的事。

"总有一天你会改变想法的！对了，今天叫我过来有什么事吗？"车允宪满怀自信。

朴七彩顿了一下才说："我四哥写的书出版了，但是出版社一直拖欠着尾款不给。昨天我和四哥去出版社讨要尾款，一开始说得好听，把我和四哥忽悠出去了。等我们缓过神想再去找那个社长的时候，结果被保安拦住不让进，给社长打电话也一直不接。你帮我想个办法，看用什么办法可以把尾款讨回来。"

这个是车允宪从未经历过的事，他面露难色："讨要尾款？这我还真没什么经验，并且那社长如果真不想把尾款给你们，我也没有什么好办法。要不我帮你叫几个人把那个社长打一顿？给你们出出气，尾款就不要了吧。"

"不行，这钱一定要拿回来，那可是我四哥的血汗钱，可不能便宜了出版社那些黑心的资本家。算了，我去找权熙正问问吧，他一定有办法。"

听说要去找权熙正，车允宪急了，眼看朴七彩就要转身走了，他赶紧跟了上去，在她的后面絮絮叨叨地说："别找权熙正啊，给我一点时间，我绝对能想到帮你四哥把钱要回来的办法。"

看他这个样子也不太可靠，朴七彩有些失望地说："别跟着我啦，你去忙你的事吧。"

"别啊，给我一个证明自己的机会吧。"

"等你想到办法黄花菜都凉了。"

此时，后面响起了四哥朴在徵的声音，他激动地挥舞着手机跑了过来，说："七彩！刚才出版社社长给我打电话说会在明天把尾款给我，而且还有分红！"

一听到这个好消息，朴七彩好像并没有那么开心，转头睨着车允宪说："你这么快就让人打了社长？"

"没啊，我还没叫人呢。难道他会未卜先知，知道我们要打他，所以害怕之下就给钱了？"

"一定是七彩你想办法帮我把钱要回来的。还是七彩你最好了，不像三哥那么冷漠无情。"朴在徵抱着七彩欢呼说，"七彩你太厉害了，真的太谢谢你了。"

知道并不是自己的功劳，朴七彩一脸尴尬："还好啦，一般般啦！"

可是心底还是纳闷，钱到底是谁去要的？

回到家，朴七彩一想到昨晚三哥一副傲气的样子就生气，今天四哥的尾款也拿回来了，看到朴在角坐在桌前，于是想上去炫耀一番，装作无意在他身边坐下："哼，四哥的稿费我们要回来啦，而且出版社还要给四哥分红呢。看到没有，你不帮忙我们也有办法解决这些困难，根本就不需要你！"

看到朴七彩过来了，朴在角连忙将桌上的文件塞到抽屉中，桌上有一个写着"起诉书"的文件还没来得及藏，朴七彩看到了，指着文件对朴在角说："起诉书？这是什么东西？"

还是被发现了，朴在角捏了捏眉心，无奈地说："我找到了出版社和在微签订霸王合同的证据，将社长做的其他违法违规操作做了个表格，连同这份起诉申请书交给了出版社。"

　　"所以……出版社突然转变态度，是因为三哥你用这些文件警告了他们？"朴七彩瞪大了眼睛，看来这不是自己的功劳呀！

　　"嗯，没错。对于这种欠钱不还的只用协调、请求是没用的，只能用法律武器来制裁他们。"

　　"你这不是帮四哥了嘛，为什么不告诉他？四哥以为你真的不管他了，这段时间情绪特别低落。"朴七彩满是不解。

　　"不管他是为他好。你看，这段时间他是不是独立很多，开始敢于和陌生人对峙了，也敢于诉说自己的内心想法了。过去他总是把所有事情压在心里，不敢和别人争执，也不敢说出自己的看法。他今年已经二十一岁了，不是小孩子了，不能和原来一样事事都依靠着我来帮他出头。"朴在角语重心长地说道。

　　"那你就告诉他啊，说明白不就好了吗？"朴七彩理所当然地说。

　　朴在角从抽屉拿出之前被权熙正扔掉的药，交给朴七彩。

　　"为什么要给我药？我的病早好了。"朴七彩疑惑地问。

　　"这是权熙正原来送来的药。"

　　"权熙正？怎么可能！"

　　"他很关心你，只是不知道怎么表达。就好像这个药，明明想给你，却最后放在咱们家门口。包括在乐团时，你和成员之间发生矛盾，他没有帮你也是在为你考虑。你有没有想过，如果他帮你出头了，那别的成员是不是会更加排斥你？"

　　第一次听到权熙正原来为自己做了这么多事，朴七彩由衷地感动。

　　"我知道啦……你们都是为了我们好。你为了让四哥独立，才对他这么严格，希望他能独立解决问题，而不是选择逃避，依赖你。权熙正……他也和你一样。你们这两个笨蛋，对别人好还要藏着掖着，让别人误会。四哥讨厌你，我也……误会了他……"

"现在明白还不算晚。"朴在角笑着摸了摸朴七彩脑袋。

"可是四哥……"

朴在角瞪着眼睛："不许告诉他。"

"哦，好……"

口是心非的家伙。

通过这件事情，朴七彩总算明白了有些人的关心是默默的，并不是浮于表面的。

"怪不得权熙正当时的反应那么激烈，看来每个人心里都有不能被人触碰的秘密。就像三哥默默地帮助四哥，虽然从来不说，但做的每一件事都是为了他好，就算被四哥埋怨也毫不在意。权熙正……以后我会注意保护你的秘密，不会再随意泄露了。虽然我真的很想知道你心里的秘密，但是我相信总有一天，你会主动跟我说的，对不对？"

房间里，朴七彩抱着盒子，微笑着躺在床上，想到权熙正为自己做的事情，她高兴地在床上滚来滚去。

在她不理解他的时候，她以为他就是一个高高在上不顾他人的人，可当她慢慢靠近他以后，她才发现他只是习惯把一切藏起来不说。

但是无论怎么说，权熙正，感谢你为我做的一切。追你，我付出了最大的努力。你对我的一切好意，也是我收到的最好的回报。因为权熙正，朴七彩再一次获得了极大的满足。

知道权熙正的好，朴七彩想亲口对他说声抱歉和谢谢，第二天下课后就一直在找他。

她来到教室，扫视四周，没有看见权熙正，就随意向一名同学问道："同学，你好，请问你知道权熙正在哪里吗？"

"他这几天都在训练室训练，你不知道吗？"

"我最近在忙别的事，所以不清楚。我先去找他了，谢啦！"朴七彩有些尴尬地说。

想到自己已经很久没有训练了，朴七彩匆匆往训练教室走去。

走在训练教室外的走廊上，耳边传来一阵悦耳的小提琴声，琴声袅袅，带着深深的感情，颇有在音乐节上听到的那些参赛者的演奏风范。

难道是权熙正？他的演奏水平已经这么好了吗？

这样想着，好奇和希冀的心理使她加快了去教室的脚步。

来到教室门口，朴七彩远远地看见权熙正站在空荡荡的教室中。窗口边，他迎着清晨的日光，忘情地演奏着，偶有清风吹来，扬起了他的碎发，晨间鸟语与小提琴音完美契合，像一幅栩栩如生的水墨画那样美！

为了不打扰到他的演奏，朴七彩悄无声息地推开门进来。

那样的画面，她永远都不会忘记，那个早晨，阳光正好，少年真美！

很快一曲终毕，权熙正慢慢地放下了小提琴，耳畔仿佛还能听见自己的演奏声。

"啪啪啪——"身后响起激动的鼓掌声，权熙正回头一看，是朴七彩，他淡定地放下小提琴，没有说话。

"想不到你还挺厉害的！才练了这么短的时间，已经拉得这么好了。"

"没什么，只不过是多练习了几次。你来找我，有什么事儿吗？"

想到来意，朴七彩有点不好意思："也没什么特别的事儿，就是上次我因为四哥的事情，没有去参加训练，你没有生气吧？"

"没有。"权熙正冷冷地回答。

朴七彩仔细审视着权熙正，说道："那你怎么对我爱搭不理的？你肯定是生气了。"

"如果你没别的事情，我还要练习。"

"你都已经练习这么久了，休息一下嘛。要不然，我请你吃烤肉吧，好好犒劳一下你。"朴七彩指了指外面，讨好似的说道。

但迎来的依旧是权熙正一副淡淡的神态。

"走嘛，走嘛，吃完烤肉就不要生气了！"朴七彩说着，去拽权熙正的手，权熙正吃痛地低呼一声。朴七彩立即紧张地问："怎么了？"

"没什么。"权熙正忍着痛回答。

朴七彩不依不饶地拉过他的手，发现指尖全是血痕，诧异地望着他。

权熙正有些尴尬地收回手："我真的不饿，你自己去吃吧。"

"你到底练了多久了？"看到他伤痕累累的手指，她觉得有些鼻酸。

"没多久。"权熙正刻意回避朴七彩的目光，转身背对她。

朴七彩不信，一把拽住他的胳膊，让他面对自己，结果不小心扯到他的肩膀，权熙正"哼"了一声，下意识捂住肩膀，朴七彩眉头紧皱，一把扯开权熙正的衣领，肩膀上的一片紫青映入眼帘。

"你干什么！"权熙正皱眉，赶紧推开朴七彩，整理好衣服。

"权熙正，你就这么想赢吗？这只是一个赌约而已，值得你这么拼命吗？如果输赢真的对你这么重要，那我现在就认输，行不行？"

"这点小伤算得了什么。世界上哪一个著名的演奏家是单单靠天赋就蜚声国际的，那些短短几分钟的曲子，哪一首不是演奏者在台下练了成千上万遍，甚至更多。我没有拼命，这只不过是一个演奏者应该付出的努力罢了。"权熙正对这点伤不以为意。

"你不是为了赢我，逼我留在乐团？"

权熙正叹了一口气："我只是想告诉你，放弃很容易，但是留下来为了梦想而努力才是最难的。而这一点我必须以身作则来说服你。"

"你为什么不早点告诉我？"朴七彩泪眼婆婆地望着他。

"我能做的只是尽最大的努力，至于结果如何，我还不知道……"

没等权熙正把话说完，朴七彩便哽咽着抱住他："不管结果如何，你都赢。权熙正，我再也不说退团的事情了。"

想到他被伤得千疮百孔的身体，她就止不住伤心的眼泪。

权熙正愕然地被朴七彩抱着，双手尴尬得无处安放，但是嘴角依然不由得微微扬起。

原来被人重视，是这种感觉，感觉……还不错！

G XIAO DIAO JIN XING QU

第四章

人生需要狗屎运，
越努力才越幸运。

（一）

一个月后，权熙正参加了鲸鱼乐团的遴选，在这一个月的练习中，他都没有丝毫懈怠，朴七彩也在帮助他，他拉小提琴，她就弹钢琴，两人合奏默契，常常忙到很晚才离开学校回家。

在此期间，朴七彩亲眼看着他的小提琴一点点拉得越来越美妙，可是这样大量的练习，对手的伤害也很大，他的手指上缠着的创可贴，都是她去药店买来，亲自给他缠的。

此时，看着同一众比赛选手站在舞台上的权熙正，朴七彩心中生出一种心疼感，很希望他能通过选拔，成功地和她一起在鲸鱼乐团练习……

舞台上，一个选手站着演奏小提琴。舞台下，指导老师以及几个专业小提琴老师听着选手的演奏，不时耳语几句。朴七彩坐在老师们后面，一脸紧张，不免为权熙正担忧："大家的发挥都太好了，权熙正行不行啊。"

这时，台上的选手演奏完毕，向台下评委鞠躬退场。下一个就是权熙正了，他正站在舞台一旁拿着小提琴候场，见台上主持人报到他的名字，他才不紧不慢地走上舞台。

朴七彩伸长了脖子看着他，心中为他默念祈祷。

"开始吧。"评委示意。

台上权熙正看了一眼台下的朴七彩，微微点头，深呼了一口气，然后架起小提琴，开始演奏。

七彩看着上面的权熙正，由衷地为他高兴，但是一想到他受伤的手指，又心疼不已。

舞台上，权熙正轻合眼眸，将小提琴放置肩上，微拨琴弦，正式演奏起来。随着乐曲的推进，他的演奏也渐入佳境，指导老师和乐团成员还有台下的观众都慢慢被他的琴声所吸引，露出陶醉的神情。

朴七彩坐在台下，望着台上深情演奏的权熙正，眼眶渐渐湿润了。她在心中默默道：权熙正，所有人都说你是天才，你的每一次演奏，不管是钢琴，还是小提琴总是那么完美，可是又有谁看到你背后付出的汗水和努力。这一次，你真的说服我了，不管多难，我一定要成为出色的钢琴演奏家，跟你一起演奏出最完美的乐章。

待他演奏结束，朴七彩激动地站起来鼓掌，指导老师、众乐团成员诧异地望了她一眼后，也跟着热情鼓掌。

顿时，整个会场响起了热烈的掌声。

望着台下眼眸含泪的朴七彩，权熙正微微一笑。

全部参赛学员考核结束后，权熙正、朴七彩等其他的小提琴候选人焦急地在外面等结果。

朴七彩十分焦急地等待着，不时朝门内看去。

权熙正笑了一下："怎么感觉你比我还紧张。"

"我当然紧张了，大家的演奏都那么优秀，但是候选人只有三个名额，万一你要是没选上，那岂不是白受那么多苦了。"

"哪里白受，你难道听不出来我演奏水平明显提升了吗？"权熙正摇了摇头。

"有是有，但是我还是希望你能选上嘛。"

这时，门被推开了，指导老师拿着选拔结果走出来。

七彩和大家都一脸期待地望着，权熙正反倒十分淡定。

"首先呢，感谢大家来参加鲸鱼乐团小提琴手的选拔，大家的演奏都非常精彩，但是我们候选人的名额只有三个，虽然不忍心，但还是要有所取

舍。下面就由我来公布入选的三位同学。"指导老师直入主题。

朴七彩眼睛瞪得大大的，一脸期待地望着指导老师。

"王一川、顾小小……"

指导老师每说一个名字，朴七彩的眼睛就瞪得更大一些，只有最后一个名额了，她吸了一口凉气，更加紧张了。

指导老师看了一眼朴七彩，笑着说："最后一位同学，权熙正。"

一听到权熙正的名字，朴七彩兴奋得不得了，立马转身抱着他，高兴地跳了起来："权熙正！你成功了！你成功了！"

指导老师说："经过海选，三位同学通过了考核，现在正式成为了乐团一员。希望大家以后能好好相处，相互学习。"

权熙正有些不好意思，扒开朴七彩的手："我进了乐团，赢得赌约，那你以后一定要好好待在乐团，知道了吗？"

"嗯。"朴七彩郑重地点点头，走到指导老师面前，"老师，之前我因为基础不好，在日常训练中拖慢了乐团进度，以后我一定会好好努力的。"

这段时间以来朴七彩的努力和进步，老师都看在眼里，听她这么说，指导老师很是欣慰地看着她，鼓励道："好好好，老师相信你。"

朴七彩郑重地点了点头，笑着转头望向权熙正。

权熙正也同样微笑着看着她。

因为朴七彩，他才努力把小提琴练好，也因为她一直的陪伴，他的小提琴水平才会进步这么大。

对于二人来说，这一刻，是非常值得纪念的……

权熙正正式加入鲸鱼乐团的第一天。

下课后，朴七彩发现权熙正在教室门口徘徊张望，于是她贼兮兮地凑上前去问："又是专程来等我的吗？"

权熙正只是淡然地瞟了她一眼，说道："顺路罢了。"

朴七彩可不相信，她笑眯眯地地盯着他，权熙正被她看得有些紧张，两颊一红，反而害羞了。看到权熙正这个样子，朴七彩"噗"地笑出了声，然后很自然地上前拉住他的手，说："走吧，我们去训练。"

权熙正怔怔地跟在她身后，他没想到朴七彩这么直接，但他却默默把朴七彩的手握得更紧了。

就这样，二人一起手牵手，仿佛正走向追寻音乐之梦的道路。

权熙正首次以正式团员的身份参加训练，不免有些拘谨，朴七彩以为他害羞，于是走到他的身边，拉着他走到钢琴边，以前辈的口气说道："既然你加入乐团了，那以后就坐在我旁边训练吧。"

"真的让我在你旁边训练吗？要知道我可是很严厉的。"

"没办法，谁让你打赌赢了呢。再说，我可是向指导老师保证了，绝对不会再让自己拖累乐团训练进度了。我朴七彩可是说话算话的人，所以只能让你就近监督我啦。"

权熙正一脸严肃地盯着她的眼睛："被我监督可是会很辛苦的，你真的下定决心了吗？"

朴七彩摆摆手，脸上洋溢着自信的笑容："可别小看我啊！再说，你不是一直说我很有天赋吗？说不准，我只要稍微用点心，琴艺就能突飞猛进，拳打李斯特，脚踢贝多芬，成为新一代的钢琴女神。"

看着过度陷入幻想的朴七彩，权熙正无奈地轻轻用手指弹了一下她的额头："不要做白日梦！还有，对大师们要抱有最基本的尊重，知道吗？"

朴七彩抱着额头撒娇道："呀呀呀，谁让你敲我的啊，很痛的知不知道。你看，额头都被你敲红了。"

看到朴七彩的额头上并不存在的那一道红印，权熙正笑着说："谁教你这样碰瓷的，演技不错嘛。"

"我不管，反正你打疼我了。我要亲亲抱抱举高高！"朴七彩嘟起了自己的嘴巴，眨巴了两下自己水灵灵的大眼睛。

权熙正无视朴七彩的撒娇，转身拿起小提琴，坐在了七彩旁边。

朴七彩生气地坐到钢琴椅上："哼，冷血鬼！"

姚瑶站在远处不屑地看着她，脸色已经很是难看了，旁边的一名乐团成员还无心说道："真的好羡慕朴七彩啊。"

"她有什么可羡慕的，琴艺那么差，迟早有一天要被乐团踢出去。真以为说两句漂亮话就真的不会拖乐团后腿了？哪有那么简单！咸鱼就是咸鱼，说得再好听还是咸鱼，根本就不可能翻身！"姚瑶瞥了旁边人一眼，气冲冲地提着乐器走到自己位置上。

上课时间到了，指导老师简单说了几句，就开始指挥乐团训练："好了，同学们，让我们开始训练吧。"

底下同学们拿起乐器，翻开面前的乐谱，准备演奏。

轻扬悠远的乐曲响起，大家都沉醉在演出中……

合奏完后，老师让大家自由练习，权熙正细心地帮朴七彩指出不足的地方："弹得有些生疏，有几个地方联系不紧密。一定要把琴谱记清楚，争取能做到'心中无曲，手上无误'的境界。"

朴七彩仔细看了看曲谱，想了想自己刚才的失误处，点了点头："好的，那我再弹一遍吧。"

权熙正看到她认真的模样，也觉得很开心。

好久没有和朴七彩一起去吃烤肉的何沉珠，实在馋得忍不住了，于是她蹦跶到朴七彩身边问道："七彩，咱们好久都没有去逛街了，一会去逛街吧，顺便去老地方吃烤肉吧。"

"烤肉啊……好想吃啊。"可是一想到自己曲子还没练习好，朴七彩又有些犹豫。

"想吃那就去吃啊。"说着，何沉珠拉着朴七彩的手就往外走。

朴七彩任由她拖了两步，想了想还是摇了摇头："算了，马上乐团就要开始训练了，我就不去了，下次有时间再说吧。"

看到为了练好钢琴连最喜欢的烤肉都放弃了的朴七彩，何沉珠惊讶得连话都说不出来了，这还是她认识的那个朴七彩吗？她将书卷成话筒状伸到朴七彩面前，装成记者采访的样子："请问，是什么改变了朴七彩同学呢？是爱情吗？"

朴七彩接过"话筒"："不，是对钢琴的热爱，对理想的追求，还有对誓言的实践！"

何沉珠不信，白了她一眼："不就是打赌输了嘛，至于这样认真吗？"

"既然权熙正办到了，那我也不能让他小看了。我一定要留在乐团的，而且要向他证明我朴七彩也可以很优秀。好了，我去训练了。咱们周末再出去玩吧。"

何沉珠看着朴七彩的背影叹了叹气："算了，我还是自己去吃吧。"

（二）

最近这段时间，朴七彩的进步是乐队其他成员有目共睹的，原来连跟上节奏都十分勉强的她，如今已经完全能在乐团演奏中把握平衡。

对于朴七彩来说，遇见权熙正，不仅让她成为更好的自己，也让她开始坚定了自己的音乐梦想。

一遇到问题，朴七彩便主动问老师："老师，琴谱中这一段我不是很理解，请问应该怎样处理这一段呢？"

指导老师看着越来越用功的朴七彩，也露出了赞许的神情，老师将琴谱拿到手上，指着音符为朴七彩讲解起弹奏技巧。

训练时间结束后，乐团成员纷纷将乐器清理好，拿起背包准备离开。指导老师见状站起来，他拍了拍掌吸引大家的注意力，然后大声地说道："大家过来下，我有件事要说。"

于是乐团成员们又将自己的乐器放好，重新坐回了位置上。

"各位同学，咱们学校一年一度的'夏季音乐演出'马上就要开始。但因为我家中有些事，可能要离开一周，这段时间就无法指导各位训练了。"

朴七彩听闻，忍不住扭头对身边的权熙正窃窃私语："呀，这样岂不是会让乐团训练停下来吗？怎么这样，我才下定决心要好好练琴的。"

"难道老师不在你就不训练了吗？要记住，你不是为了老师才要努力练琴的。"

朴七彩翻了个白眼："我只是随便说说嘛，至于这么严肃吗？"

权熙正看着朴七彩无奈地摇了摇头。

指导老师接着说："大家知道，每年的'夏季音乐演出'是咱们鲸鱼乐团最重要的演出之一，事关学校的声誉，一定不能马虎。为了不影响乐团训练，我决定在乐团成员中选择一位成员来代替我监督指导各位训练，也希望通过这次的锻炼，增加咱们乐团成员之间的默契跟凝聚力，所以这次我就不点名了，哪一位想当代班指导可以向我报名，或者向我推荐都行。"

一直以来，不管是学习还是音乐都胜人一筹的周五弦则得到了同学们的力挺。

"周五弦的能力大家有目共睹，由她来当最合适了。"

周五弦却冷漠以对，她淡淡地说道："我不想因为这种无聊的事情浪费时间。"

姚瑶旁边的同学见势立马举手发言："老师，我推荐姚瑶。她是我们这届中进团时间最早，技术也最好的，绝对适合当代班指导。"

姚瑶故作谦虚地摆了摆手："怎么能说我技术是最好的呢？还有很多成员比我强很多啦。不过，如果没有别的同学自荐的话，我愿意当代班指导为老师分忧。"

不过她的声音不大，指导老师只看到她在摆手，便以为她不愿意，只好继续在人群中搜索。

这时朴七彩举手喊道："老师！我推荐权熙正当代班指导！"

一下子被点名的权熙正一脸错愕地看着朴七彩，那边姚瑶也因自己未能如愿而狠狠瞪了朴七彩一眼。

"权熙正可是钢琴王子啊，由他来当代班指导最合适了！"朴七彩骄傲地指着权熙正说道，仿佛权熙正是她的荣耀一般。

"不能弹钢琴的钢琴王子，有什么用！"一个声音从人群中飘出。

听到这话，包括朴七彩在内支持权熙正的同学都一起瞪向了说话的人。

朴七彩大声反驳："虽然权熙正现在无法弹琴了，但他对钢琴的认识绝对比很多人都强。有他在的话一定可以指导好钢琴手们。并且他经过不到一个月的训练就能通过小提琴手选拔加入乐团，可见他对于训练方法也很擅长。所以我推荐权熙正当代班指导！"

很多乐团成员觉得朴七彩说得很有道理，纷纷点头赞同。

指导老师扫视着姚瑶和权熙正，低头思考了一会，然后说道："既然这样，那么权熙正你就当代班指导吧。"

朴七彩率先鼓掌。但权熙正立马摇了摇头："抱歉老师，因为我最近在忙着报考茱莉亚音乐学院，所以没有那么多精力来当代班指导。"

听到这个殿堂级的音乐学府的名字，乐团成员们都惊讶地看着权熙正。

周五弦有些惊讶地问道："茱莉亚音乐学院？那可是世界闻名的大学啊，有很多知名的钢琴师都是从那里毕业的。你有信心被录取吗？"

权熙正淡然地点了点头。

"既然这样，那就让……"指导老师开始为难地左右扫视乐团成员了。

姚瑶期待地看着指导老师。

不料权熙正突然说道："老师，我推荐朴七彩当代班指导。"

一瞬间，教室里安静了。

朴七彩和其他乐团成员难以置信地望着权熙正。

"哈哈，别开玩笑，就朴七彩这水平能当代班指导？"姚瑶大笑起来。

不光姚瑶反对，大家也觉得连平时训练都错误不断的人并不适合当代班指导。

权熙正温柔地看了朴七彩一眼，然后向众人说出了自己选择朴七彩的理由："乐团合奏虽然需要每个人的技艺过关，但更重要的是团队协助。如果团队合奏不协调，那么就算全体成员技艺再高超也只能演奏出一些杂音罢

了。而朴七彩热情善良又乐于助人，她为人处事的态度是我不具备的，有这种态度还怕做不好代班指导吗？"

听了权熙正的话，指导老师又想到这段时间朴七彩训练的积极性，于是赞同地点了点头。

权熙正又继续说道："并且，朴七彩善于发现每个人的长处，可以在合奏中找到每个人最好的一面并展示出来，而且我也会好好协助她，帮助她当好这个代班指导的。"

指导老师点了点头，做出了自己的决定："那就这样，明天开始，朴七彩当代班指导，权熙正协助朴七彩。"

朴七彩难以置信地指着自己："我？我当代班指导？我没做梦吧！"

"没错。以后要更加努力啊。"权熙正在一边淡淡地说道。

姚瑶见状立马恼火地拿起背包离开了，另一些不支持朴七彩的乐团成员也跟着离开了，以示抗议。

下课后，朴七彩和权熙正走在学校小路上，想到训练课上不支持她当代班指导的同学们，她有些担忧。

"我怎么可能当好代班指导啊，你真是坑死我了！"

权熙正停下脚步，诚恳地说道："你一定可以的。你忘了上次篮球赛吗？你能在篮球场上把大家组织得那么好，那么在乐团中也一定可以组织好大家的。"

"篮球是篮球，乐团是乐团，它们根本不一样啊。"朴七彩气愤地跺了跺脚。

权熙正安慰地拍了拍她的肩膀："没有什么不一样的。再说不是还有我在你背后帮助你支持你吗？所以放手去做吧，相信我，也相信自己。"

朴七彩盯着权熙正的眼睛，再次确认道："我真的可以？"

权熙正郑重地点了点头。

（三）

朴七彩非常重视担任代班指导这件事。在被选中成为代班指导的当天，她就马不停蹄地做起了功课——用电脑查阅着各种管理书籍和乐团训练注意事项，一直忙到了凌晨都没有休息。

第二天一大早，朴七彩就将整理出来的资料放进书包中带去了学校。

下午一放学，她赶忙去了训练室，看到周五弦走进来，她特别热情地打招呼："五弦，下午好啊。"

竟然这么早？周五弦奇怪地看着朴七彩："下午好，你来得真早啊。"

"还好吧，就提前了几分钟而已。"朴七彩不好意思地说。

周五弦看了一眼朴七彩，也没有再多说什么，就往自己训练位置走去。

乐团成员们一个个走进训练室。作为代班指导的朴七彩很热情地向每一个人问好。

权熙正这天来得比较晚，朴七彩埋怨道："你怎么才来啊？"这可是她当代班指导的第一天啊！

权熙正看了看时间后，不好意思地笑了笑。

随后还陆陆续续有几个成员走进训练室。6:23的时候，朴七彩数了下人数，发现仍有部分同学没有到场。

她有点着急地看着权熙正："怎么回事？都到训练时间了，还有几个人没到啊！"

权熙正也不清楚实况，只得皱着眉头看着门外。

一边的周五弦听见了，回答道："她们好像说今天有事，所以就请假不来了。"

一些唯恐天下不乱的人趁机抱怨道："这么多人都没来，那今天还怎么训练啊。"

"才当上代班指导就这么多人没来，我看这乐团训练是没戏了。"

"我去把她们叫回来！权熙正，你先组织大家熟悉曲谱各自训练，我去把她们找回来。"

权熙正颇为欣慰地看着朴七彩的背影，她终于会为做好一件事情主动去努力了。

权熙正微笑地看着各位乐团成员，并安抚道："那各位，我们先训练吧。相信朴七彩会很快带着大家回来的。"

乐团成员们都心不在焉地训练着，一副等着看笑话的样子。

朴七彩去了很多教室寻找，几乎快把学校翻过来了，但都没有什么结果。想到第一天就这么艰难，她深深地叹了一口气，感觉有些难过。

可是面对这种情况她又无计可施，只好急匆匆地回了训练教室。

"对不起大家……"话还没说完，她就发现排练室空空荡荡的，只有权熙正站在屋子中央收拾桌椅。

朴七彩诧异地看了一眼墙上的电子表，现在才7:30，远远没到训练结束的时间。

"大家人呢？"

"缺席的人太多，没办法排练合奏，大家都说自己回家练习。"权熙正也是一脸无奈。

朴七彩沮丧地低下头去，今天累了一天，跑了这么多地方，还是没能让大家接受自己，不免失落起来："我才第一天当代班指导，大家就都不来训练了，他们真的这么讨厌我吗？"

权熙正走近她安慰道："别多想。"

这时，门外传来孔主任怒斥声："这是怎么回事儿？"

两人循声望去，只见孔主任一脸怒容地站在门口，孔主任指着手腕上的表骂道："这才几点，怎么就剩你们两个人排练了！其他人呢？指导老师不在，你们乐队成员就这么懈怠，也太不像话了。不知道'夏季音乐演出'马上就要开始了吗！"

朴七彩立马反应过来，笑着跟孔主任说："孔老师，您误会了，大家刚才还在训练，现在都趁休息时间去卫生间了。"

"你当我傻啊，整个乐团一起去卫生间？房间里除了钢琴没一样乐器！他们带着乐器一起去的吗？"

"是我怕有人来来回回，不小心把乐器磕碰到，所以就嘱咐大家各自把乐器收起来了。"朴七彩急忙解释道。

孔主任半信半疑地望着朴七彩，审视着朴七彩，看她有没有在说谎。

朴七彩大方地迎上孔主任的目光："孔老师，您就放心吧，我们都知道音乐演出的重要性，所以特地每天加练一个小时呢，大家都很努力。"

"你们知道就好！别怪我没提醒你们啊，这次的音乐演出会有很多音乐界重要人士来听，校方非常重视，要是出了岔子，我唯你们是问。"孔主任严肃地说道。

"一定一定，等他们回来，我们马上就开始训练。"朴七彩点头哈腰地回答道。

孔主任还是不放心，催促道："怎么这么久没一个人回来，你现在马上给他们打电话。"

朴七彩为难地看了一眼权熙正，拿出手机装作打电话的样子："姚瑶啊……你们大概还要多久啊……"

孔主任不耐烦了："把电话给我，我来跟她说！"

朴七彩吓得手机都差点掉了，她支支吾吾地退后了两步，说道："不，不用了吧……"

权熙正见状，立马上前挡在朴七彩面前："孔主任，是这样的……"

这时，因落了东西而折返的周五弦走了进来，她淡淡地看了一眼朴七彩，转而对孔主任打招呼："孔老师好。"说完就若无其事地走到钢琴边坐下，又看似无意地跟朴七彩说："今天晚饭叫的哪家外卖啊，以后不要再叫了，害得大家都拉肚子了，肯定不卫生。"

朴七彩愣了一下，反应过来，赶紧附和："哦，好的，我记住了，我一会儿就打电话投诉他们。"

孔主任听周五弦这么说，面色也缓和不少："排练虽然重要，但是也要注意身体啊。朴七彩，既然指导老师把代班指导的重任交给了你，你就要负起责任了，知道了吗？"

朴七彩装出一副聆听教诲的样子点了点头，说道："我知道了，放心吧，孔老师。"

训斥完她，孔主任就走了，望着他离开的背影，朴七彩笑容渐渐消散。她深吸了一口气，转头望向周五弦想致谢，却不知道怎么开口，只好作罢。

那边朴七彩刚应付好孔主任，这边姚瑶等乐队成员就被孔主任在楼下抓了个现行。

"真不知道指导老师怎么想的，怎么会让朴七彩给我们当代班指导，她够资格吗？"姚瑶嘲讽地说道。

乐团成员李慧珊附和道："就是，今天还有脸来找我们，我们为什么不去排练，难道她不知道吗？"

几个成员你一句我一句，把朴七彩贬得一文不值。

不过她们只顾着谈话，没有发现一个身影出现在门口，随即而来的声音瞬间吓坏了所有人。

"你们几个在这儿干什么？"

姚瑶一时语塞："孔主任，我们……我们……"

"还不赶紧去训练！"孔主任看到几人在排练时间还在悠闲聊天，十分生气。

大家相顾无言，一个个只得灰溜溜地走了。姚瑶边走边跟旁边的同学嘀咕："肯定是那个朴七彩跟孔主任告状了！这件事咱们不能这么算了！"

"就是！"李慧珊也一脸的愤懑。

这边还在排练室等待的朴七彩一脸闷闷不乐："好了，我先回去了，你也早点回去休息吧。"说完转身就要离开。

权熙正看到她沮丧的样子，便安慰着："万事开头难，还有六天的时间，我相信你一定能完成好代班指导的工作。"

朴七彩噘着嘴："为什么你这么肯定呀？整个乐团没有一个人站在我这边，万一这周都没有人来训练怎么办？"

"怎么没有人，我也是乐团的一员啊。"权熙正立马接上了话茬。

"只有你一个有什么用，你能代表整个乐团去演出吗？"朴七彩嘟囔着说道。

"多给他们一点时间。之前，我也觉得开学典礼之后再也不会见到你了，你看现在你不是每天都出现在我身边，赶都赶不走，所以说啊，一切皆有可能。"权熙正认真地说道。

朴七彩恼羞成怒："好啊，你竟然嘲笑我。"

"我说的是事实。"权熙正摆摆手道。

朴七彩追着权熙正打："那也不行，以后不许你这么说了。"

权熙正笑着望着她，眼里都是她的纯真自然的模样。这个自己原以为会是这辈子最讨厌的女孩，不知道什么时候在自己心里扎了根。

第二天，乐团成员陆续地来到乐团训练室，然后便聚在一起窃窃私语。

周五弦淡定的从她们身边走过，姚瑶立刻叫住了她。

"五弦，你怎么才来？你知道吗？朴七彩昨天跟孔主任打小报告，说咱们都没来排练，简直太过分了！"姚瑶气愤地说。

"你们确实没来啊。"周五弦的语气淡淡的。

"可是，我们明明请过假了呀，搞得像我们故意不来排练一样。"李慧珊为自己一行人的行为极力辩解。

周五弦明明知道真相，但是她还是什么都没说，只是自顾自地走到钢琴边坐下练琴。

看着周五弦不理她们，李慧珊又凑到姚瑶耳边，小声道："我跟你说，我想到一个办法整朴七彩……"

姚瑶听着，渐渐露出得意的笑容。

因无法组织好乐队成员训练的朴七彩垂头丧气地来到训练室外，叹了一口气，结果看到乐团所有成员都在，她欣喜地跑进来，合掌表示感谢："大家都来了！太好了！"

一直不喜欢朴七彩的姚瑶抓住机会就开始对她冷嘲热讽："有你这么当代班指导的吗？所有人都在等你！"

朴七彩也意识到确实是自己的不对："不好意思，我下次一定早到，大家准备好了吗？准备好了就开始训练吧！"

此时孔主任正领着校长和校领导兴冲冲地走向乐团训练室，他特别热情地向校领导介绍着学校最具实力的鲸鱼乐团："校长，您就放心吧。咱们鲸鱼乐团这一届的乐手都是最出类拔萃的，包括名声在外的钢琴王子权熙正，咱们这次的'夏季音乐演出'肯定能大放光彩，为圣·迦伯利大学历届音乐演出添上浓墨重彩的一笔。"

校长听着介绍笑容满面，频频点头。

"校长，您这边请，现在乐团的成员每天都在紧锣密鼓地进行排练，也是为了能在演出上拿出代表咱们圣·迦伯利大学最高水准的演出。"孔主任继续领着他们往训练室走来。

校长点头："那就好，学校方面对于这次的演出也是十分重视，所以我今天特地带大家来看看乐团的排练情况。"

"没问题，没问题，您这边请……"

可当孔主任跟校长等人刚走到乐团训练室不远处，就听到一阵各种乐器混杂在一起的噪音，众人震惊不已，都在找是哪里发出的声音，他们快步走向乐团训练室却看见了令人震惊的一幕。

虽然所有乐团成员都在演奏，但各个成员都极其不配合，只顾争先恐后的演奏，而没有按照谱子一步一步走。

负责安排训练的代班指导朴七彩实在受不了了，走到乐团前面，她拿着指挥棒挥动着，并大声喊道："停停停——"

"噪音"这才慢慢安静了下来，有的乐队成员不耐烦地抱怨："怎么了！练得好好的怎么叫停啊！还练不练了！"

"你们演奏的是什么呀，乱了，乱了，全乱了。"朴七彩焦急地说。

"哪里乱了，我是按照我的谱子拉的，不信你看看，不懂别瞎说。"姚瑶首先站出来质问朴七彩。

"就是啊，钢琴本来就是solo，我弹完了，其他人没接上，跟我有什么关系。"李慧珊也跟着附和，说话间还时不时朝朴七彩翻白眼。

管弦组有人反驳道："明明就是你抢拍了，小提琴也没接上！"

小提琴组不甘示弱："我也是照谱子拉的，怎么就没接上了！单簧管组跑偏，跟主调不协调你怎么不说呢！"

单簧管组并不服气："我们没走调啊，我们配合得很好！"

"你们配合好有什么用，咱们是乐团交响乐，不是单簧独奏！"李慧珊在一边添油加醋。

"你钢琴弹成那样，你还有脸说！"管弦组嘲讽道。

李慧珊脸色极差地拍了一下钢琴："我钢琴弹得怎么了！你要是能行，你上啊！"

…………

顿时，整个教室乱成了一锅粥。

"都别吵了！咱们鲸鱼乐团是一个整体，到时候上台演出也是要互相配合的，交响乐不是一个人的独奏！"朴七彩拿着指挥棒拍在乐器上，马上意识到这是对乐器不尊重，立刻缩回了手。

"你有什么资格说这些话，现在乐团的代班指导不是你吗？乐团排练成这样，最应该负责的人不是你吗？"姚瑶总算露出了真面目，趁机把责任都推到朴七彩身上。

李慧珊跟着煽风点火："就是，没有这个金刚钻别揽这个瓷器活儿，以为鲸鱼乐团是什么地方，阿猫阿狗都能当代班指导吗？"

众人也起哄道："就是！没有指导，我们还练什么啊！"

朴七彩望着这混乱的场面，面对众人的指责，一时间不知该如何是好。她明明很想做好这一件事，也付出了许多努力，可事情为什么会这样发展？难道她就是一个一无是处的人？她缓缓地低下了自己的头，也不再争辩。

（四）

此时，乐团成员看到教室门口出现的几个人影，所有人瞬间安静了下来，而被他们扔出去的乐谱此时正如同一地鸡毛遍布在排练室的各个角落。

朴七彩转头就看到孔主任跟校长等人正怒不可遏地望着众人。

孔主任气急败坏，指着众人就是一顿骂："你们在干什么！不知道学校很重视这场演出吗？你们居然……"

一旁的校长气愤地瞪着孔主任："小孔，这就是你跟我说的紧锣密鼓的排练？这就是你跟我说的出类拔萃的乐手？"

孔主任连忙辩解："校长，不是你看到的这样，他们……"

"好了，你什么都不用说了，如果鲸鱼乐团就是这样的演出水准，那我看'夏季音乐演出'的事也可以取消了。"说完，校长便怒气冲冲地离开了，其他校领导摇了摇头，也跟着走了。

孔主任连忙追上去，一边追一边喊："校长！校长！你听我解释……"

这时，姚瑶她们才知道自己闯了多大的祸，纷纷开始担忧起来。

"怎么办啊？这演出都取消了，我爷爷已经说好要从加拿大回来看我演出的。"

"市交响乐团的老师已经说好要来看我的演出了。"

"我的留学offer可就指着这次演出了。"

"怎么办呀！"

李慧珊凑到姚瑶耳边，小声道："这次好像闹大了！"

姚瑶也意识到事情的严重性，用手肘碰了李慧珊手臂一下，示意她闭嘴，千万不能让人看出是她们一手谋划的。

朴七彩在一旁默默地低下头，虽然这一切不是她想看到的，但是她是代班指导，发生这样的事情她有着不可推卸的责任。

没过多久，孔主任生气地返了回来，他指着众人又是一顿训斥："你们真是太让我失望了！我跟你们强调过多少次了，这次的演出，校方十分重视，可你们呢！一个个不思进取，吊儿郎当，实在太不像话了！现在好了，校长说要取消演出！你们开心了？满意了？"

众人都低着头，不敢说话。

朴七彩咬牙，走到孔主任面前，自觉认错："孔老师，今天的事儿，都是我的错。我身为代班指导，非但没有安排好大家的训练，反而闹出了这么大的事情，这件事情跟乐团其他成员没有任何关系，所有的责任我愿意一人承担，只要您能让校长同意演出，怎么惩罚我都行。"

"我当然要惩罚你！今天校游泳馆就交给你打扫了，不打扫干净，不许回家！"

朴七彩低下头去："是。"

"至于演出的事儿，我也没把握能说服校长，你们自求多福吧！"孔主任说完，便无奈地摇头离去了。

众人面面相觑，纷纷露出愧疚的表情。

权熙正听说了校长来巡查，演出取消，朴七彩受罚的事，便自愿跟朴七彩一起去打扫游泳馆。

游泳馆里，朴七彩戴着手套拖地，权熙正也在一旁帮着做清洁。

朴七彩十分愧疚："对不起，我又把事情搞砸了，让你失望了。"

权熙正安慰道："傻瓜，你已经做得很好了。"

"谢谢！"朴七彩抿了抿嘴唇，实在不知道还能说些什么。

乐队的成员都挤在门口偷看朴七彩，姚瑶不情愿地混在队伍中，看到旁边有一桶污水，她还故作无意地走过去碰倒，使得刚刚拖过的地面又多了一层污水。

朴七彩闻声回头，只见拖过的地方又脏了，眼中微微泛起了泪光。

姚瑶假意道歉说道："真的不好意思，我不是故意的，看来你又要重新打扫了。"

朴七彩微微皱眉："你们来干什么？现在还是排练时间，赶紧去排练吧。我们想要说服校长，就要让他看到我们的行动才行啊。"

说起有关演出的事，大家你看看我，我看看你，都觉得此事并无转机，不想再做无谓的挣扎。

"现在说这些假惺惺的话，早干什么去了。"有些心虚的姚瑶接话道。

此时周五弦走向朴七彩，拿过她的拖把："我帮你吧。"

"不用了，我自己能行的。"

"我们都是乐团的钢琴候选人，夏季演出的演出人员选拔还没开始，我可不想被人说胜之不武。"周五弦满不在乎地说道，然后便拿过朴七彩的拖把拖了起来。

姚瑶气愤地看着周五弦说："五弦，你在干什么？为什么要帮她！别忘了，是朴七彩跟孔主任打小报告说咱们都不去排练的，而且她根本就没有能力当代班指导，凭什么管理乐团。如果不是因为她，我们排练也不会出错，更不会让校长取消演出，这一切都是朴七彩的错！"

听到姚瑶的话，周五弦冷哼了一声，义正词严地说道："你真的这么认为吗？我是不喜欢朴七彩，甚至可以说讨厌她。但是我所看到的事实是，当你们所有人都没有来训练，被孔主任发现的时候，是她帮你们所有人圆了谎；当校长因为乐团排练失误取消演出资格的时候，是她站出来承担了所有的责任；你们扪心自问，今天的排练失误，你们一点责任都没有吗？"

周五弦的话让所有人开始反思，众人你看看我，我看看你，愧疚地低下头。没多久，大家就纷纷拿起清洁工具加入到打扫队伍中来。

（五）

正如同权熙正所言，虽然朴七彩的技艺有待提升，但她对人对事的热心，也是她不可被忽略的闪光点。

自从经历了这件事，乐队成员之间的关系被大大拉近了，甚至颇有些"共患难"的意味。

等到乐团成员再次合奏的时候，众人脸上都是开心的表情，各个乐器配合默契，还不时有些俏皮的小互动，排练室里的氛围也逐渐和谐欢快起来。

一曲终了，大家都为此次演奏而开心，纷纷自发为队友和自己鼓掌。

"太棒了！太完美了！这段时间感谢大家的信任，给我这个锻炼的机会。刚刚知道要管理乐队也很害怕，没有经验，所以可能无形中耽误了大家的排练时间，希望大家原谅。也希望以后大家能真心地接纳我，给我一个跟大家一起学习，一起进步的机会。"作为代班指导的朴七彩第一个起身发表自己的心情。

众乐团成员热烈鼓掌，为朴七彩欢呼："你早就是了啊！"

周五弦笑着走向朴七彩，小声地说道："我现在有点期待跟你的选拔之战了。"

"我可以把这句话当成夸奖吗？"朴七彩不好意思地笑道。

"不可以。"周五弦有些俏皮地说道。

此时，底下有成员感慨道："如果能让校长看到我们刚才的排练就好了，说不定能让他改变主意。"

"是啊是啊，这样校长就会恢复演出了吧。"

听着大家的想法，朴七彩一副若有所思的样子。

朴七彩想如果他们什么都不做，这次夏季演出铁定取消了，但是如果努力争取一把，指不定还有转机。她随后便去找了孔主任，希望孔主任能够说服校长再听一次鲸鱼乐团的演出，让他改观从而收回取消演出的决定。

"孔主任，我们想让校长再听一次我们的演出。"

"校长行程安排那么满，日理万机，根本没有时间见你们，也不想再见到你们。而且校长明天就要出国考察了，哪有时间听你们演出。"孔主任思及上次乐团成员的胡闹，不禁有些懊恼。

朴七彩突然灵光乍现，眼睛一亮："我有办法。"

…………

校长的车缓缓驶过来，突然权熙正拿着小提琴从道路一侧走出来，站在车前，开始演奏。

校外的道路上飘扬着悦耳的小提琴声，悠扬美妙。

车里校长听到了，有些诧异问道："什么事儿？"

这时，车前又有几个乐团成员带着乐器出来，跟小提琴配合演奏。

司机皱眉道："好像是鲸鱼乐团的学生。"

车子缓缓停下，校长打开车门下车，疑惑望着车前的权熙正和成员们。

清新悦耳的音乐声在寂静的校园中显得格外悠扬。

"你们在做什么？"

没有人回答校长，大家只顾纵情演奏。

其他乐团成员不断从各处走出来，演奏的音乐也渐渐变得丰富起来。

校长疑惑地望着众人。

越来越多的乐团成员出现，参与到演奏中来，合奏出的音乐也越发大气磅礴。

校长的神情渐渐变得平和，慢慢地竟露出了一丝笑容。

一曲终了，带着众人的希望，朴七彩从人群中走了出来，她站到校长面前，恭敬地鞠了一躬，介绍道："校长，您好！这是鲸鱼乐团专门为您准备的一场演出，没有提前跟您打招呼，请您见谅。但是我想说的是，现在站在您面前的每一个人都深爱着音乐。'夏季音乐演出'不只是学校一年一度的音乐盛事，对于我们每个人来说也是倾注全部心血的一次演奏。所以，我代表鲸鱼乐团的每一个人，请求您收回取消'夏季音乐演出'的决定。"

校长一一扫过面前的每一个人，大家都是一副期待的神情。校长严肃地说道："看来我要重新写邀请函了。"

"这么优秀的演出应该让更多人看到！"校长感慨着，他看着这群孩子，露出了发自内心的笑容。

听到校长的决定后，乐团成员相拥欢呼。

朴七彩被围在众人中间，大家都从心里感激朴七彩为乐团做的努力。朴七彩却隔着人群拼命往权熙正所在的方向张望，对于她来说，要是少了权熙正，任何成功都索然无味了，她期待着权熙正的肯定。权熙正会意地冲朴七彩点了点头，眼里尽是温柔。

G XIAO DIAO JIN XING QU

第五章

记住，

我一直都很相信你！

（一）

到了"夏季音乐演出"钢琴选拔赛的前一天，朴七彩激动得一宿没睡。当天天还没完全亮，朴七彩就拉着朴在羽呼哧呼哧地跑了过来。朴在羽本来还带有困意，被清晨冷风一吹，瞬间觉得清醒了。

"看，我说怎么着，不会耽误选拔演出的！"朴在羽对自家妹妹提前三四个小时就拉着自己赶过来的行为颇为不满。

"太紧张了，昨晚一直没睡着！今天可一定要好好表现才行啊！"朴七彩脸上挂着黑眼圈却无比振奋地说道。

朴在羽从背包里掏出两根棒棒冰塞到她手里："握在手里冷静冷静。"

朴七彩白了他一眼。

这时朴在羽手机响起，他按下接听键："喂，三哥，到了……嗯，大哥，放心……"

"哎呀，告诉他们别紧张，别紧张，不就一个选拔赛嘛！"

话是这么说，但朴七彩早已经紧张得握着棒棒冰蹦了好几下，发泄紧张情绪。

"啊……权熙正、权熙正……"朴七彩祷告道，"你要在就好了！"

此时，校门缓缓开启了。

朴七彩急忙转身，淡金色的阳光划破清晨的浅雾迎面照过来，权熙正宛若天使降临，就那么毫无预兆地出现在她眼前。

"权……权熙正，你怎么在这儿？"

权熙正淡淡一笑："刚才好像听到有人召唤我。"权熙正抽走朴七彩手中的棒棒冰，将一杯热豆浆放进她那两只凉凉的小手中，转身走进学校。

朴七彩诧异地望着权熙正，难道他真的可以听到我的召唤？看权熙正都已经走远了，她赶紧握着豆浆杯追上权熙正："你怎么这么早？"

权熙正没有回答这个问题，而是指了指朴七彩手边的豆浆："紧张就喝点豆浆，别握棒棒冰了，容易受凉。"

朴七彩狡辩道："谁紧张了，参赛曲目我可练得滚瓜烂熟，很OK的！"刚说完，豆浆便从她手上洒了出来。

权熙正叹了一口气，将豆浆扔进旁边的垃圾桶，拿出纸巾轻轻地替朴七彩擦一根根手指。

"我……我……"看着权熙帮自己擦着手指的温柔模样，朴七彩的脸瞬间发红。

"乐团的指导老师是这次选拔的出题人，也是主评委，他比较注重参赛者的功底和技巧手法，想赢，炫技可以，但不要太花哨。你放轻松，就按照平常排练的节奏演奏就行。"

"你这是关心我吗？"朴七彩愣愣地问道。

权熙正一怔，淡漠地转身往前走："关心你？我只是不想一世英名被你毁了。"

朴七彩小跑着追在他身后说："哼，这么不放心我！"

演出场地被装饰得非常漂亮，各种装饰在灯光的照耀下，闪烁着彩色的光芒。

姚瑶盛气凌人地环视四周，发现了形单影只的朴七彩。她踩着傲慢的步伐慢慢走近，并趾高气扬地睨了朴七彩一眼："哟，一个加油鼓劲的都没有啊？也是，反正也是输，人多反而难堪！"

"马上要开始了，都别浪费时间！"周五弦挑衅地看了一眼权熙正，看也不看朴七彩就拉着姚瑶离开了，似乎她根本就没有把朴七彩作为对手放在心上。

"在所有人眼里，我和周五弦谁输谁赢，是不是早已是定局了啊？"朴七彩瞬间泄了气。

"这只是心理战！"权熙正安慰朴七彩道。

"可是权熙正……"她看向权熙正。

权熙正打断朴七彩："没有可是，记住你上台不是为了打败对手，而是为了演奏。"

朴七彩看着权熙正，慢慢深呼吸，情绪渐渐稳定。

权熙正笑笑："记住，我一直都很相信你！"

朴七彩眼睛瞬间亮了，露出一个灿烂的笑："好，我记住了。"

（二）

比赛现场，舞台上摆放着一架钢琴，周五弦、朴七彩站在台上。鲸鱼乐团的指导老师、孔主任和几名资深团员作为评委坐在台下最前方。姚瑶等乐团成员坐在观众席上。

指导老师走上台说："这次的选拔原本应该是在三位钢琴候选人中选择，但是因为候选人之一的李慧珊身体不适，主动放弃选拔资格，所以这次'夏季音乐演出'钢琴手会在周五弦跟朴七彩两位候选人之中选拔产生，选拔方式不变，一共三道选拔题目，得分高者胜出。"

指导老师说完，走到钢琴前弹了起来。周五弦和朴七彩静静听着，越听越震惊。

弹奏结束，指导老师满头大汗地回到了自己位置上，然后说道："第一道题很简单，品曲。你们告诉我，刚才我的弹奏中包含了多少曲子，级别是多少？创作者是谁，顺序是什么？谁先来？"

朴七彩刚往前站了一步，谁知周五弦却先开了口："我先，一共包含了8首曲子，分别是……"

指导老师指了指朴七彩："朴七彩，你来弹，点到即止！"

周五弦解说，朴七彩随着周五弦的解说弹奏。

"依次是，普罗科菲耶夫《第二钢琴协奏曲》，十级；巴托克《忧伤》，一级；勃拉姆斯《降B大调第二钢琴协奏曲》，十级；克莱德曼《水边的阿狄蒂娜》，四级；海顿《D大调奏鸣曲第一乐章》，八级；车尔尼《三度双音练习曲》，八级；巴托克《碎步舞曲》，六级……"

指导老师看着两人的配合，满意地点点头，随即说道："还有一首！"

"老师，剩下的一首，我想让给朴七彩。"周五弦这是故意给朴七彩出难题。

指导老师微笑着说道："你很聪明。朴七彩，剩下的那一首，你边弹边说吧。"

周五弦微微露出了些许笑意。

朴七彩皱眉沉思："不是一首，是两首！李斯特-帕格尼尼大练习曲，第三首《钟》，十级；还有几个极其快速的不知名音符……"说着抬手弹了起来："我想是老师弹到动情处，即兴创作的。"

指导老师拍手，称赞道："记忆力不错！"

因为朴七彩对音符的超强记忆力，指导老师和其余评委讨论了起来。

"第二题就更简单了，考功底和技法！同一曲，一起弹，前后相隔一个音符，这是曲谱，谁错了或者快了慢了，一目了然！"指导老师宣布道。

朴七彩和周五弦并肩坐在钢琴上，前后弹了起来，演奏到乐曲高潮时，两人都满头大汗，一曲结束，两人竟然同时按在了最后一个键上。

台下一片哗然。

见此，孔主任笑了："你们俩说说，谁错了？"

周五弦傲然地笑了，然后看了一眼朴七彩。

朴七彩讪讪地举起了手来："我中间节奏慢了一个音符。"

孔主任欣慰地点头："你很诚实。"

"最后一题，即兴弹奏。"指导老师点开遥控器，舞台缓缓落下帷幕，出现了一段花样滑冰视频，"现在是静音，你们两个通过读取演出者的表情和节奏，弹出演出者的选择曲目，公平起见，都戴上耳塞。"

信心十足的周五弦静静地注视着滑冰者的双眼，慢慢弹奏了起来。

另一边朴七彩也看着花样滑冰者的视频，跟着欢快激昂的滑冰动作弹了起来。

此时，关了静音，视频中的背景音乐竟然和朴七彩的音乐十分契合，激昂、热血！

评委们交头接耳一番，指导老师宣布了结果。

"我来宣布此次选拔赛的结果！周五弦，你的功底很扎实，而且很聪明，90分！"

周五弦礼貌地弯腰致谢。

"朴七彩，你对音符的感知和记忆力很不错，但是第二题出现了失误，很遗憾，只有89分！"

分数一出，台下一片兴奋和祝贺声。

朴七彩抬头远远地望向坐在最后方的权熙正，难过地转身跑下了舞台，到了后台，撞到了正接受众人祝贺的周五弦，刚想转身就走却被姚瑶挡住了去路。

"周五弦，祝贺你！"朴七彩依然真诚地祝贺周五弦。

"赢了你，没什么值得祝贺的！不过，你是权熙正一手教出来的，战胜你就等于战胜权熙正，毕竟他已经弹不了钢琴了。"周五弦说道。

"可我的能力并不代表权熙正的能力。"她可以接受周五弦对自己的蔑视，但是她绝对不允许别人质疑权熙正！

"没错！可你身上贴着权熙正的标签，不管你是输是赢，大家都会想到权熙正，而你恰恰就是输了！听说你还要赖着权熙正考进茉莉亚学院，求你，别再拖他后腿了！"姚瑶看出了朴七彩的软肋，恶狠狠地说道。

朴七彩攥了攥拳头跑了出去。

此时，权熙正走进来，看到这一幕，瞪了姚瑶一眼，狠声吼道："你真的够了！"

权熙正追上朴七彩，走到她面前，看着她的双眼，说道："表现不错，很棒！"

朴七彩失神的双眼渐渐有了神采："可这次我输了！"

"那就下次赢！"

听到权熙正并没有苛责自己，朴七彩那些压抑的情绪再也藏不住了，她抱住权熙正伤心地哭了起来："一分！只差一分！我要是听你的话好好练习就不会输了！对不起，我让你丢脸了！"

权熙正放开她，柔声安慰道："你要觉得抱歉，就好好给我加油！下次再赢回来！"

"你不要再安慰我了！都是我的错！"朴七彩听到权熙正温柔的安慰，觉得自己给他添了大麻烦，于是羞愧地甩开他跑了出去。

权熙正皱眉望着朴七彩离去的背影，一脸担忧。

朴七彩难过地绕着校园里的湖跑着，企图用运动麻痹自己。何沅珠小跑着从后面跑上来："不就是一次演出嘛，输了就输了，别这么难为自己。"

朴七彩停下来大口喘息，失落地摇头："你不明白！我只是到现在才认清现实，虽然表面上看我和权熙正关系紧密，可其实我们遥不可及，什么同台演出，也许真的是一个梦。"

"别这么灰心丧气，你要真那么在意权熙正，那就继续追，姐们会一直挺你到底的！"何沅珠拍了拍朴七彩的肩膀。

"在哪里跌倒就要在哪里站起来？"朴七彩喘着气抬起头来，试探性地问她。

何沅珠点头，给予她鼓励的眼神："嗯，即使这次落选了，也要继续努力，这样以后才有被选上的可能。"

或许这个时候，朋友的鼓励便是对朴七彩最好的安慰吧！

夜晚的圣·迦伯利校园十分静谧，它已经退去了白日的喧嚣，唯一的声响只有草丛间的虫蚰鸣叫。

放学后迟迟未归的朴七彩留在排练室训练，她掏出一叠钢琴谱放在钢琴上，来回练习。

琴室里的人来了又走，而朴七彩不为所动地闭着眼睛一直弹。随着时间的流逝，钢琴曲谱一张又一张地被换掉。

一直在找朴七彩的权熙正远远就听到了琴室里传来的琴音，这琴音因为弹奏者不在状态而显得杂乱且急躁，更谈不上富有感情了。权熙正走进琴室生气地一把摁住了朴七彩弹钢琴的手，琴声戛然而止。

他一把将她拉出琴室，带她来到一条灯火辉煌的街道。

走了一段距离以后，朴七彩才从晕晕乎乎的状态中回过神来，她甩开权熙正的手："你拉我来这儿做什么？我还要练琴！"

"心若在，哪都可以练！"

朴七彩不相信，转身就往回走："你别逗我。"

权熙正上前一步拉住朴七彩，将她拽了回来。朴七彩一个猛转身，与权熙正四目相对，两人挨得极近。

权熙正意识到这样的距离有些尴尬，于是慢慢放开手："我没开玩笑。你这次失利，表面是技法欠缺功底不扎实，其实是没有学会忘记自我，阅读其他人的情感意识。"

朴七彩摇头："不懂。"

"还记得指导老师的第二道题的曲子吗？"

权熙正努力帮她回忆起之前比赛，朴七彩的手下意识地开始弹动，街道上似乎飘荡起那首钢琴曲。他指着前方的人说道："看到前面那个步履匆匆的中年人了吗？他在为工作焦虑，可是想到家人，他觉得知足！对，就是现在你弹的这一小节！"

朴七彩睁开了眼睛，痴迷地观察着行人，双手随着他们来去的身影改变动作，她从中摄取自己所领悟的部分，将它们想象成漂亮灵动的音符表达出来。她周身飘荡着无声的乐章，但是她或皱眉或舒展的神情却让人感到这乐章是真实存在的。

"想要弹出触动人心的音乐，就要学会阅人，发现人身上的一切细节，他们身处的地点、声音、气味，读取他们的故事，他们身上的一切，都可读取成信息编辑整理，填入你脑海中那个无边无际的世界中去。"权熙正说着，自己也情不自禁地闭上眼睛，握住了朴七彩跳动的双手，一起感受着音乐的美妙。

朴七彩触及他的肌肤，慢慢睁开了眼睛，望着近在咫尺的权熙正，流露出痴迷却又望而却步的神情。

（三）

夏季音乐演出的当天，演出后台身穿精美礼服的周五弦等在一边，脸色非常苍白，她捂着肚子的样子显得十分无助。

鲸鱼乐团的老师听说了周五弦的不适匆匆赶过来："什么情况？演出马上就要开始了！"

"老师，周五弦可能喝了半熟的豆浆，腹泻特别严重，你看人都快虚脱了。"一边姚瑶担忧地说道。

"赶紧送医院。"指导老师立马就做出了决定。

"老师，我还能坚持。"面对这么难得的机会，周五弦并不想放弃。

"你现在的情况必须马上送医院治疗，而且也不适合代表学校演出，我另找人代替你上台，朴七彩跟你只差一分，让她来救场。"

听到自己的努力可能被朴七彩取代，周五弦急得都快哭了。

姚瑶嫉妒极了，说话酸溜溜的："哼，朴七彩真是走了狗屎运了。"

随即，指导老师就拨通了朴七彩的电话，那边响起朴七彩喘着粗气的声音："嗯，我知道了老师！不过，我不能马上过去，我先去一趟离这最近的步行街！"

听了朴七彩的话后，老师急问道："去步行街干什么？现在时间急迫，你要分清轻重缓急！"

这边姚瑶狠狠地说道："肯定去步行街买礼服去了，谁不想闪亮登场，小人得志！"

"那个朴七彩，你赶紧赶过来，礼服穿周五弦的。"指导老师说完就看向周五弦，"你把礼服脱下来，暂时借给朴七彩穿一次，要以大局为重。"

周五弦十分不情愿。

姚瑶也很愤懑："这朴七彩还真会借机自抬身价，什么人哪这是！"

众人交头接耳，纷纷点头。

电话那头没了回应，指导老师焦急地喊道："朴七彩听到没有？什么？你又跑附近美食街去了？这个时候，你难道还想美餐一顿吗？学校的荣誉重要，还是你吃东西重要？"

紧张的气氛在室内蔓延，周五弦难受得手指掐进了肌肤里，冷汗不停地往外冒。

指导老师继续打电话和朴七彩沟通："你如果给学校争取了荣誉，学校食堂任你点！你现在到哪儿了？还有多远，孔主任有车，我请他亲自去接你过来……"

"嘟——嘟——"

电话里响起一阵忙音，指导老师生气说道："喂？朴七彩？真是太不懂事了！"

这时，权熙正拿着小提琴走了进来："怎么了？"

"哼，你还不知道吧！周五弦不舒服，指导老师让朴七彩替补上台，人家趁机提要求呢？"姚瑶自以为抓着了朴七彩的小辫子。

"朴七彩不是这样的人，我去找她！"说完权熙正将小提琴放置好后就跑了出去。

指导老师在后面喊道："你站住，马上就要到我们学校上台了，别朴七彩没来，你再没了。"

姚瑶看了看手机，着急地跺脚："哎呀，时间这就到了。"

众人都非常着急，个个都在责怪朴七彩和周五弦。

"周五弦也是，你明知道演出这么重要，怎么不好好保护自己的身体。"某团员愤愤地说道。

周五弦难得唇色完全失去了颜色，脸色煞白。

此时，本以为没有希望的周五弦看到朴七彩大汗淋漓地跑了进来，只见她上气不接下气地大口喘气，膝盖上还有泥渍，明显是摔倒过的痕迹。

权熙正也跑了进来，急忙上前去递给她一瓶水。朴七彩接过来喝了一口，看向周五弦："你过来！"

指导老师这才松了一口气："总算来了，快快，周五弦，把你的礼服脱下来给朴七彩。"

周五弦难受地慢慢站起身。

朴七彩又喝了几口水，她将水瓶还给权熙正后，走到周五弦面前伸出手，周五弦以为朴七彩要她的礼服，谁知朴七彩手里拿着一盒药。

"止泻药，特别管用，这是我跑了两条街才买到的，快服下，你马上就要上台了。"

周五弦猛然看向朴七彩，仿佛第一次认识她一样。

朴七彩将药放到她手里："别磨蹭了，演出要紧！"

周五弦震惊地看着朴七彩，因为朴七彩关心的是她的身体，她的感受，而不是比赛！

周五弦忍了很久的眼泪瞬间流了下来，她接受了朴七彩的好意，伸手去拿止泻药。她们的手接触的一瞬间，之前的所有偏见与不悦都被画上了休止符。

演出舞台上，权熙正的小提琴和周五弦的钢琴配合得极其精彩，悠悠的小提琴音伴随着悦耳的钢琴音飘荡在整个会场，台下的观众都听得入迷了。

美丽的周五弦，帅气的权熙正，二人同台演奏，不仅是听觉的享受，也是视觉的盛宴。

一曲完毕，舞台下响起一声赞美："Bravo！"众人循声望去，声音是坐在第一排中间观众席上的一个外国男人发出的。

这声"Bravo"引发了全场雷鸣般的掌声，整个会场沉浸在一种激动的氛围当中。

周五弦鞠躬的间隙，微微转头望向观众席后面的朴七彩。朴七彩回她一个温柔的微笑，这种由衷欣赏的神情深深触动了周五弦。

这也是第一次，她们单独相处。朴七彩和周五弦相约走在校园的林荫小道上，自上次朴七彩不计前嫌帮助了周五弦开始，两人的关系有了缓和。

"演出的事，谢谢你！"周五弦真诚地向朴七彩致谢。

朴七彩摆了摆手："不用谢，你凭实力赢得演出资格，那本来就是你的舞台！我只是做了我应该做的事情，现在大家都对我挺热情的，我自己也很快乐。"

"有些事情看似简单，但不是每个人都能做到。虽然这次你帮了我，不过，在钢琴上我不会改变对你的态度，除非你的技艺让我心服口服！"

"我也是这样想的，交你这样的朋友，需要真本事！"

周五弦停下来，想了想："切磋归切磋，不过，我也会指点你一二。"

朴七彩笑了："现在我才发现你挺可爱的，不想欠我人情？"

"我从来没针对过你，只是想赢权熙正，现在想想，用老师的身份胜过权熙正也是个不错的主意。"周五弦深深地看了一眼朴七彩，"不许告诉权熙正！"

"放心吧，这是只属于我们之间的秘密。"

树林间响起两位女生轻灵爽朗的笑声。

（四）

　　而为了庆祝夏季演出的成功，权熙正和朴七彩约好一同聚餐。吃饱喝足后，朴七彩笑着从餐厅出来，摸了摸圆鼓鼓的肚子。

　　权熙正看着朴七彩忘乎所以的样子，还是温柔地提醒道："吃饱喝足了，别忘了练琴的大事！"

　　"就不能让我歇一歇？人家周……说了，做事要讲究方法和技巧，不能死脑筋一根筋地练呀练呀的。"

　　"看来你另有高人指导啊！那我就……"权熙正显然发现了周五弦和朴七彩的秘密，故作生气就要离开。

　　朴七彩急忙跑上前："哪有什么高人，高人就你一个！"

　　权熙正笑着停下了脚步："前些天我锻炼你阅人的能力，现在是实践的时候了，我给你找了一个在高级酒店兼职钢琴乐手的工作，晚上七点准时到，切记，别迟到。"

　　"放心吧！"朴七彩想都没想，就拍着胸脯保证。

　　但朴七彩的不靠谱不是一天两天就能改过来的，待到约定的时间，她还没有到。权熙正在马路边上足足等了十分钟后，才见到姗姗来迟的朴七彩。

　　"你有点时间观念好不好，看看现在都几点了？"

　　"对不起，我已经以最快速度过来了，可是路上堵车了。"

　　听闻朴七彩的解释，权熙正的神情反而严肃起来："你就不能早一点出门吗？明知道现在是下班高峰期，能不能有点规划。"

　　"我又不是故意的，再说，我就晚了十分钟，只是一个兼职而已啊，有那么重要吗？"朴七彩嘟囔道。

　　"先别说了，赶紧换上礼服，弹你最拿手的，速度！"权熙正拉着朴七彩，进了酒店。

　　朴七彩一脸怨念地低着头跟在权熙正身后，然后在他的带领下换上礼服登台演出。

高档餐厅中央，传来一阵优雅的钢琴声，琴声悠扬，带着些许俏皮和灵动。朴七彩弹得非常入迷，此时的她心里只有这首曲子，她将自己的心情通过音乐传达给餐厅里的每个人。

当最后一个键按下，琴音戛然而止，整个大厅，寂静无声。

她以为大家都沉醉在自己的音乐中，没想到睁开眼，发现大厅根本就只有一个外国人坐在那里，随着她的音乐声停止，那人正目不转睛地看着她。

朴七彩委屈得嘟囔："什么嘛，根本就没有人听。"

朴七彩站起身就要走，没想到外国人竟然走到面前拦住了她。她看着眼前的外国人，感觉很眼熟，歪着脑袋仔细想了一下，那就是夏季演出时为权熙正和周五弦的演出激动得起立鼓掌，并高度赞赏的外国人吗？

朴七彩回神，眼睛一亮，直直地盯着眼前的外国人。

"小姐你好，你刚才弹得很棒，虽然技法还有些生疏，但我从来没有见过你这个年纪的女孩能弹奏出如此情绪饱满又富有层次的曲子。"说着外国人热情地掏出自己的名片，"这是我的名片！如果你愿意的话，我很希望在我的课堂上见到你。"

朴七彩看到名片上的纯英文的介绍，脸色一惊，惊喊出声："你……你是茱莉亚音乐学院的高级钢琴教授？"

外国人微笑着点头，用不太标准却别有风味的语言说道："期待我们再见的一天。"说完便转身走了。

朴七彩望着那人背影，再看看手里的名片，瞬间明白了一切，她奔跑着去寻找权熙正。

酒店楼下的小道上，路灯光线昏黄，却照得她心头暖暖的。

朴七彩远远看到正在和酒店经理说话的权熙正，她轻轻呼喊他的名字："权熙正！"

权熙正听见朴七彩在喊自己，回过头去就看到她红着眼睛站在路边。

片刻，两人心照不宣地对视，没有言语。

酒店经理见状，识趣地离开了。

"为什么不告诉我？我要是知道你为什么让我来兼职，就不会迟到！你知不知道我现在有多后怕，如果我今天真的因为迟到错过了教授，就真的要辜负你的一番好意了！"朴七彩埋怨道。

权熙正后退了一步，淡笑着："你在说什么？我听不懂！"

朴七彩往前挪了两步："你别想骗我。你早就知道茱莉亚音乐学院教授要来参观剧团演出，所以你才逼我参加选拔的对不对？因为我没能参加演出，所以你就特地让我来教授住的酒店演奏，就是为了能让他听到我的演奏，对不对？"

"朴七彩，人生确实需要一点狗屎运，但不是每个人都能把握住，就算我安排好了这次演出，但是凭借出色演奏吸引他注意的人还是你自己。你的幸运是因为你有能力，与我无关！越努力才会越幸运。"权熙正说着便向前走去。

朴七彩静静地望着权熙正的背影，握了握手里的名片，她感动地笑了："死鸭子还嘴硬！"说着便快步追了上去。

一高一矮两个身影慢慢地消失在街道的尽头，漫天繁星，一城灯火，为这两个走在梦想道路上的年轻人洒下光芒，照亮前路。

G XIAO DIAO JIN XING QU

6

第六章

我们好像没有在一起过。

（一）

夏日的圣·迦伯利校园，绿树成荫，蝉鸣声声，到处洋溢着青春的热情。鲸鱼乐团的成员们为了追寻更加伟大的音乐道路，一个个都不辍排练。训练室里传来阵阵悠扬的合奏声，为这座古老的校园更添几分优雅与活力。

指导老师步履轻快地走进训练室，道："静一静，大家静一静！"

音乐声暂停，乐团成员都放下手中的乐器看向老师。

指导老师停了几秒，看着面带好奇和期待的同学们笑了起来，说："有一个特别的好消息要告诉大家！因为我们乐团这次的演出十分成功，学校为了鼓励我们，特别奖励大家这周末去度假山庄露营！"

"哇——"听到这个好消息，乐团成员一阵阵欢呼。

老师示意大家安静，继续道："让大家露营不仅是让大家好好放松，更重要的是给大家一个互相培养感情的机会，增强我们乐团的凝聚力。这次的帐篷大家都要自己搭建，需要好好准备，随后我会把出行的具体安排和注意事项发到咱们团的群里，大家注意查收。好，解散！"

因为这个好消息，同学们像打了鸡血似的，练起乐器来，都兴奋不已。

可朴七彩却烦恼不已，她来到何沅珠兼职的珠宝店，无精打采地趴在专柜玻璃台上，一旁穿着店员衣服的何沅珠还在和顾客有一搭没一搭地聊天。

此时见对面专柜的帅哥销售员路过专柜，何沅珠瞬间就不聊了，飞快地冲那位销售小帅哥露出一个甜笑。

朴七彩一眼就瞥见了，等到顾客走后，她才开玩笑着说："好啊，何沅珠！我就说你怎么忽然跑来这里做兼职，原来是看上了……"

何沅珠赶紧上前捂住了朴七彩的嘴，求饶道："好好好，算我求你了，朴女神！所以你到底在烦恼什么？"

"这次去露营，大家肯定都穿得很漂亮，我该怎么办啊？"

"是哦，底子不好，怎么穿都不好看。"何沅珠故意打击她。

"何沅珠！"朴七彩大叫，扑上去作势要掐她。

何沅珠笑着立刻服软求饶："别别别，朴女神，大人有大量！要不你在我这里买个珠宝，我给你打折。"

"我哪有那个闲钱，"说着，朴七彩的眼睛却突然放出光彩，"我忽然想到了一个低调又美丽的方法。"

何沅珠见朴七彩两眼放光地盯着专柜里的珠宝，秒懂，立刻俯身挡在玻璃上，挡住朴七彩的视线："不行！咱俩的友情没那么贵，这个我不借！"

"你想到哪儿去了，姐用买的。"说完朴七彩就掏出一张信用卡。

何沅珠担忧地说道："你不是刚说没钱吗？这个可是很贵的！你到时候拿什么还？"

朴七彩冲何沅珠身后的牌子眨眨眼。

何沅珠回头一看，欲哭无泪，她身后的牌子上面明晃晃地写着：三日内，包退包换！

朴七彩爽快地刷信用卡买走了耳钉，她幻想着权熙正看到自己戴这对耳钉的样子，不禁羞涩地微笑了起来。

戴着这对耳钉，她一路都走得格外自信，走着走着还忍不住哼起了歌，明天露营，希望是个好天气。

（二）

第二天，朴七彩背着一个巨大的背包走向团里定好的集合地点。她远远就看见一辆大巴车停在路边，正是去露营的大巴，她急急忙忙地背着行李一

路小跑过去，小小的身体被巨大的背包压得摇摇欲坠。

姚瑶将东西放好，挨到权熙正身边："权同学，请问，我能坐你旁边的位置吗？"

权熙正礼貌地笑了笑："不好意思，这里有人了。"

背着背包的朴七彩急匆匆跑过去，大声说："对，有人了！"说着直接把姚瑶挤开了，迅速地把背包取下来放好，一屁股坐到权熙正旁边。

姚瑶忍着没发作，只是特别不情愿地在周五弦旁边坐下。

权熙正则戴上耳机若无其事地继续听音乐。

大巴行驶一段时间后，权熙正靠在椅子上闭目养神，好像睡着了一样。

七彩悄悄捋了捋头发，将那对又大又漂亮的耳钉露出来，接着羞怯地用胳膊肘杵了杵权熙正。

"怎么了？到了吗？"

七彩羞怯地摇摇头："……没有。"

"哦，那到了再叫我。"权熙正淡淡地道，说完又闭上了眼睛。

七彩有些委屈，忍耐了一会以后，还是忍不住杵了杵权熙正。

权熙正睁开眼睛，挑了挑眉："要上卫生间？现在还不到服务站。"

七彩觉得可能是自己暗示得不够，特意用手摩挲着耳钉："你难道不觉得无聊吗？我可以陪你聊聊天。"

权熙正直接闭眼拒绝："我要睡觉，不许打扰我。"

七彩气鼓鼓地瞪着权熙正，可无论她再怎么瞪，他真的闭目睡了。

几个小时后，车子到达了露营地，帐篷等所有户外用品被整整齐齐地摆放在草地上。团员们各自去找地方搭帐篷，姚瑶、周五弦、朴七彩和权熙正四人的帐篷挨得比较近。

朴七彩看着草坪上一堆帐篷配件，无从下手，只好边搭边试，结果搭出的帐篷，歪歪扭扭，底子很不牢固，绳子绑得松松的，再看看一边的权熙正，他已经利落地搭好了自己的帐篷。

指导老师招呼大家："请会搭帐篷的同学主动搭把手，帮一下不会搭帐篷的同学。"

七彩眼前一亮，立刻看向权熙正。

谁知姚瑶速度更快："权同学，帮我一下好吗？"

权熙正瞟了眼七彩，却因为姚瑶抢先一步，没能拒绝。

姚瑶乘机拿出水和零食递给权熙正，一边冲朴七彩的方向露出一个得意的笑容。

朴七彩越看越生气，气鼓鼓地将绳子一扔，愤愤不平。

另一个同乐团的男生不知什么时候凑了上来，拉住朴七彩，热心地道："别急，我帮你弄。"

朴七彩笑着答应了。

男生搭帐篷的手法很熟练，三两下就帮朴七彩支好帐篷了。

"谢谢，太感谢了！"朴七彩一边道谢，一边递了瓶水给男生。

男生有些不好意思，红着脸收下离开了。

另一边权熙正将全程尽收眼底，一贯冷淡的脸上越发没了表情。

朴七彩示威似的瞪了权熙正一眼，钻进了帐篷，恨恨地摘下耳钉。

一个小时后，大家差不多都搭好了帐篷，三三两两聚在一起吃午餐。

朴七彩一出帐篷就和同样捧着餐盒的权熙正撞了个正着，朴七彩的午餐撒了出来，权熙正却眼疾手快地躲开了。

"你怎么总是这么笨！"权熙正皱了皱眉头道。

七彩满身狼狈，又生气又委屈："你不笨怎么会撞到我？"

权熙正看七彩的样子，张了张嘴。

姚瑶凑了过来："权同学，我带了两份便当，可以一起吃！"

"不用，谢谢。"权熙正一笑，客气地拒绝了。

刚才帮朴七彩搭帐篷的那个男生也跑了过来："七彩！我带了很多寿司，我们一起吃吧。"

权熙正紧紧盯着朴七彩。朴七彩却扬起笑容，对那个男生开心地说：

"好啊，谢谢你！我先去换身衣服。"

朴七彩说完瞥了权熙正一眼，转身回到自己帐篷里。

权熙正叹了一口气，眉心微皱。

各人终究是各吃各的。

夜里，露营地燃起了篝火，大家围坐在一起说笑。

权熙正透过篝火注视着另一端朴七彩的脸，女孩的脸在火光的映照下生动不已。

姚瑶想偷偷退出群体活动，动作却惊动了一旁离得很近的周五弦。

"你要去哪？"周五弦问道。

"我……我肚子不舒服，离开一下。"姚瑶说完就跑了。

姚瑶悄悄退到自己帐篷附近，警惕地扫了眼不远处的人群，一边迅速将旁边帐篷的地钉拔松。

周五弦忽然出现在她身后，问道："你在干什么？"

姚瑶被吓了一跳，但很快镇定下来，从背包里拿出一包早就准备好的药，掩饰道："我不是闹肚子嘛，幸好备了点药，喏，这个。"

"老师说一会儿有雷阵雨，让大家提前散了，你收拾一下赶紧进帐篷里吧。"周五弦皱起了眉头，但她也没有继续追问。

姚瑶忙点头，瞥了一眼松掉的地钉，飞快进了帐篷。

（三）

夜里乌云蔽月，风也越刮越大，眼看雷阵雨就要来了。

姚瑶穿着特意准备的裙子，稳稳地坐在帐篷里对着镜子化妆。她听着越来越大的风声和旁边簌簌响动的帐篷暗自高兴。

朴七彩拿出睡衣正要换上，但感觉自己的帐篷响动越来越大，觉得自己的帐篷在风里摇摇欲坠。

姚瑶听着越来越大的响动，美滋滋地倒数："三……二……一！"

只听外面"噗"的一声，隔壁的朴七彩发出一声尖叫："啊——"

姚瑶眨眨眼睛，露出了得意的笑容，然后假装什么都不知道地赶紧跑了出来。

众团员闻声陆陆续续围过来，看着散架的帐篷议论纷纷。

权熙正拨开人群，急道："朴七彩，你没……"

权熙正听到散乱的帐篷里的动静，后面的话憋了回去，脸色瞬间沉了下来。只听朴七彩在倒下的帐篷里拱来拱去，嘀咕着："……哎呀，我的发型乱了，乱了……耳钉呢……哪儿去了……耳钉……我的耳钉……"

朴七彩摸索了好一阵，终于找到了那副贵得要死的耳钉，她这才抱着鼓鼓的背包钻出帐篷，头上还挂着草屑儿。因为全部注意力都在耳钉上，所以并没有觉得帐篷塌了有何不妥："嘿嘿！幸好有惊无险。"

权熙正黑着脸看着朴七彩不得体地钻出帐篷，扭头就走。

指导老师哭笑不得："七彩，眼看就要下雨了，帐篷一会再搭吧，你要不先去别人的帐篷避避雨，来我帐篷也行。"

经过上次演出的事后，鲸鱼乐团的团员们对朴七彩都有了好感，也没有以前那么讨厌她了，甚至有些人还比较认可她。见朴七彩有困难，大家纷纷邀请道："住我这儿吧，七彩，我这儿方便。"

面对大家的热情，朴七彩有些不知所措，人群里权熙正不耐烦的声音传来："过我这儿来，笨蛋！"

朴七彩听到立刻开心起来，表面还要嘴硬："男女授受不亲！"

权熙正转身要拉上帐篷门："不来拉倒！"

朴七彩赶忙跑过去："小气！"

跑到一半忽然意识到周围人都看着，尴尬笑笑："谢谢大家关心！我……我暂时有容身之所了！"说完就钻进权熙正帐篷里。

众人一阵哄笑，各自返回了帐篷。姚瑶落在众人身后，咬牙切齿，又嫉妒又生气。

周五弦站在姚瑶身后，意有所指，语气冷冷地问道："你说七彩的帐篷好端端的怎么会塌了……"

姚瑶知道周五弦在怀疑自己了，于是立马打马虎眼道："呵呵……她这帐篷……也太不结实了哈……"

周五弦若有所思地望着姚瑶，最终还是没有发作，回到了自己帐篷里。

外面淅淅沥沥地下着雨，朴七彩可怜兮兮地坐在门口挡着风雨，权熙正却舒服地躺在帐篷里。

突然一声"喂"把朴七彩吓得一个激灵。

七彩没好气地回道："做什么？"

"往边上挪挪，位置实在碍眼。"权熙正说。

"那你还让我来你的帐篷里避雨？我是客你是主，咱俩是不是应该换换位置？"朴七彩顿时不开心了。

权熙正脸色不善："不想待就出去，其他人都会欢迎你！"

七彩顿时开心了，得意道："你是不是嫉妒我比你受欢迎？"

权熙正无语了几秒，懒得搭理这个自以为是的小女人。

"我呢！看在你数次帮我又好心收留我的面子上，不跟你一般见识！不就是替你遮风挡雨吗？这我很在行！"朴七彩自个儿在一边得意扬扬。

权熙正黑着脸戴上耳机，闭上眼不再搭理七彩。七彩自顾自地美着，但忽然想起什么，从包里掏出耳钉，避着权熙正悄悄戴上。这么近，他总能看到吧。朴七彩得意地想着。

没想到权熙正依旧视而不见，两个人就这样一夜无言。

（四）

次日，天彻底放晴了。

指导老师站在一排自助烧烤架前面，对聚到一起的团员们讲话：

"今天活动是露营烧烤，大家分两队，权熙正负责带队去山庄外的菜市场采购食材，周五弦留下来带队负责整理场地。明白了就开始吧！"

众人解散，权熙正招呼自己一队的人收拾一下去采购，七彩本来在周五弦的队伍里，见状蹭到权熙正身边："我也想跟你去采购。"

权熙正皱眉："你去能干什么？"

朴七彩理所当然地表示："给你拎袋子呀！"

"好吧，批准了。"

去采购的路上，朴七彩和权熙正并排前行，旁边的姚瑶眼尖地看到两人的手腕处戴着同样的手链，一脸不甘心，正准备上前，周五弦拽了拽姚瑶，把人拉走了。

菜市场干净有序，留出宽阔的道路给客流，但朴七彩仍旧紧紧跟在权熙正身后。权熙正停在一处摊位旁，认真挑选，朴七彩却一脸呆呆地望着他。

"别看我了，看菜。"权熙正提醒道。

"你就是我的菜……啊不不，选食材嘛，你来就好。"

权熙正无奈地翻了个白眼，说："反正也不能指望你。"

朴七彩忙撑开袋子，把权熙正挑的食物放进去："这话你可说错了。"

"怎么错了？"

"我会吃啊！"朴七彩得意地说。

朴七彩又补充道："我三哥说了，我负责吃饱睡好就是对我家最大的贡献了！"

这时，一对年轻夫妇抱着一个睡着的小娃娃经过，小娃娃躺在爸爸肩头睡着了。

权熙正努努嘴："说得有道理，小娃娃的幸福生活，你已经经历了十九年了。"

朴七彩怒道："权熙正！"

这时，几个团员正好拎着买好的食材走了过来。

有人作八卦大妈状："哎哟，看看这是哪家小情侣出来买菜呀！"

有人附和道："不知道呀？这青天白日的，真是要亮瞎我们的眼！"

朴七彩不好意思地往权熙正身后躲。

权熙正板起脸："乱说什么，还不快去买菜！"

众人打趣着散开。

七彩却听得心里甜滋滋的。

露营很快就结束了，当天众人就乘车返回，朴七彩和权熙正背着行李慢慢走到朴家门口。

"到了，回去吧。"权熙正说罢就要走。

"欸？这就走了？"

权熙正诧异："不然呢？我已经完成指导老师交给我将你安全送回家的任务了。"

"那指导老师不交代你就不送了我吗？"朴七彩气鼓鼓地说道。

权熙正装模作样道："……这个问题让我想一想，明天再回答你吧。"权熙正说着又要走。

"欸——你急什么？我问你，我们现在算不算和好了？"朴七彩拉住权熙正。

权熙正继续装："这个嘛……我们好像没有在一起过。"

"你什么意思？"

"你猜。"权熙正说罢心情很好地一笑，转头就要走。

朴七彩一脸懊恼："权熙正，你站住！你给我把话说清楚！"

权熙正笑而不语，两人在街边打闹。

这一幕正好被回来的二哥朴在商看到，朴在商深深皱起眉头，大喊："朴七彩！你给我回来！"

朴七彩吓了一跳，赶紧要权熙正先离开。

七彩换上居家服老实坐在沙发上，朴在宫、朴在徵、朴在角、朴在羽也老实地坐在旁边。几人都听着朴在商训话。

朴在商气愤地质问道："你们怎么能纵容七彩和渣男旧情复燃呢？"

七彩刚想开口解释，朴在商就瞪了她一眼，厉声道："你闭嘴！"

"权熙正……"朴在宫还准备帮权熙正说点好话。

"你也闭嘴！"朴在商不想听解释。

"二哥，我看权熙正人没那么坏，我们是不是再给他一个机会？"朴在角试探性地问道。

"哼！幼稚，在我眼里，渣男是无所遁形的。不行，我是不会让你和那个渣男旧情复燃的！"朴在商毫不犹豫地道。

其他几人听完一脸无奈，却没人敢在脾气火暴的二哥面前多说半句。

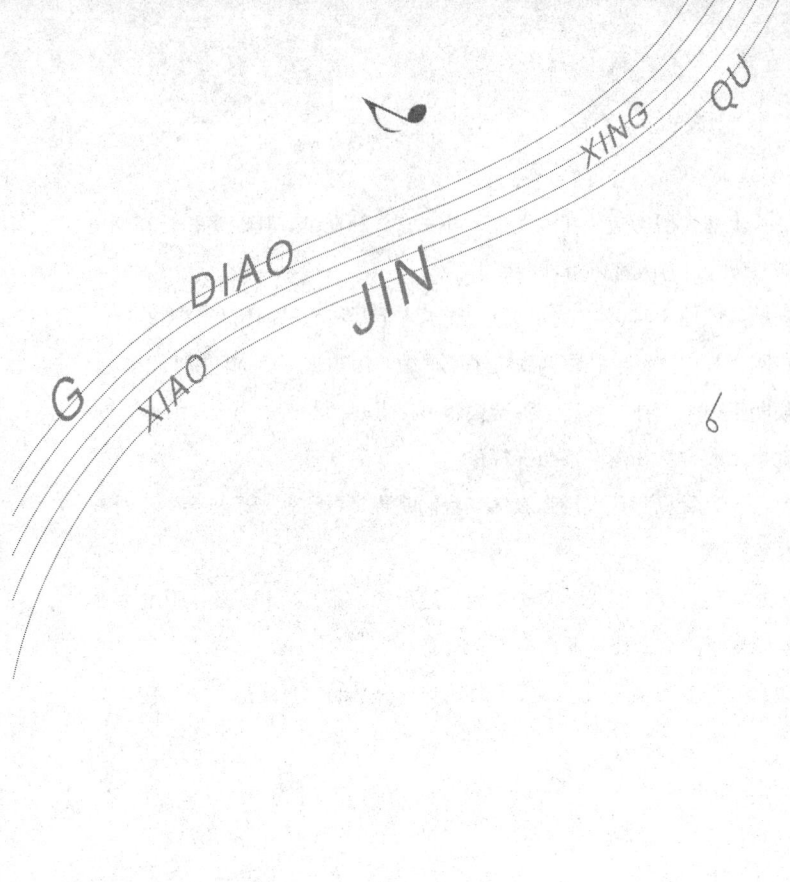

第七章

别让爱你的人等太久，
朴七彩，我们交往吧！

（一）

经历过一同选入鲸鱼乐团、露营等事件后，权熙正对朴七彩的认识大有改观。她热心、善良，有时也有点傻，但却是一个很有趣的女孩。

正在家里练习小提琴的权熙正盯着自己手上的手链陷入沉思，他想起和朴七彩共度的时光，不自觉地露出笑容。

手机突然响了，铃声打断了他的思绪，他打开手机，是朴七彩发来的短信：权同学，明天出来聊聊乐团之后的活动安排吧！

权熙正嘴角上扬，他其实很开心朴七彩能够约他，但因为不可言说的男性尊严作祟，于是他只回复了一个字：好。不知道从什么时候开始，见到朴七彩，不再令人头痛，反而令人有种期待。

等待短信回复的朴七彩看着手机一脸花痴，恋爱的人都是这样，朴七彩正活在梦幻泡泡里，周身被幸福包围，仿佛任何烦恼都不能打扰她。

收到权熙正的回复后，朴七彩兴奋地在床上打滚，然后对着手机发语音："那我们明天在咖啡厅见吧！"

天哪！太让人惊喜了，这次权熙正竟然直接同意了！这可把朴七彩开心坏了，她脸上洋溢着从未出现的明朗笑容。

透过门缝，窥见朴七彩为爱花痴的傻样，朴在商露出一脸恨铁不成钢的样子。

拿着杯子出门倒水的朴在徽，看到朴在商趴在朴七彩房门前往里面窥视，故意上前问道："二哥，你在做什么？"

朴在商赶紧捂住他的嘴巴把他拖到相邻的房间里，朴在徽拼命挣扎：

"二哥，放手！"

朴在商放开朴在徵，做了一个噤声的手势。

"二哥，以前我只觉得你花心，现在觉得你不仅花心，还很猥琐。"朴在徵白了自家兄长一眼，不满地说道。

"你才猥琐呢！我还不是为了七彩好。"

"七彩？七彩不挺好的嘛。"

"你知道什么？我那天看到权熙正那小子送咱们七彩回家，都送到家门口了，还依依不舍的。你二哥我纵横情场这么多年，一眼就能看出那小子对咱们七彩有意思！"朴在商言之凿凿，摆出一副了然于心的态度。

朴在徵一脸惊喜："真的啊？那咱们七彩可真是得偿所愿了！"

朴在商重重地拍了他一下，怒瞪着他："你这个哥哥怎么当的！之前咱们七彩为那小子伤心成那样，流了多少眼泪，你都忘了！不行，我绝对不能眼睁睁看着咱们妹妹再往火坑里跳！"

"哎，二哥，感情这事儿呢，肯定是有苦有甜。虽说咱们七彩之前为权熙正吃了不少苦头，好在现在他终于看到七彩的一颗真心，说不定以后两人就甜甜蜜蜜，永结同心呢！"

朴在商立马打断他："你不懂就闭嘴！男人什么样子，我最清楚了！像七彩这种傻乎乎一心只付出的女孩儿，男人一旦得到就不会珍惜。"

"那是你吧。"

"你说什么？"朴在商怒目而视。

朴在徵讪笑道："好吧好吧，二哥你长得好看，说什么都对！"

朴在商心里的算盘打得"啪啪"响，这个权熙正，在他看来就不是什么好东西，他一定要让七彩尽早看清这臭小子的真面目！明天就是一个绝佳的机会！

朴在徵看着自己二哥这个可怕的样子，忧心忡忡地道："二哥，你想干吗？你别乱来！"

"这个，你就别管了！"说完，朴在商一副成竹在胸的表情，拿出手机，打了个电话："喂，婷婷，证明你演技的时候到了！"

看着哥哥作妖的朴在徽一脸狐疑，婷婷是二哥的某个前女友吧，唉，妹妹想无忧无虑谈个恋爱太难了！

（二）

与权熙正约好了时间，朴七彩精心打扮一番。出门前，她特意喷上了平时都舍不得用的香水，一脸幸福地准备开门出去。

客厅里，几个哥哥看着坠入情网的朴七彩，面面相觑。

二哥朴在商道："欸，我看我们家七彩变得越来越漂亮了呢！"

"二哥你真的觉得我变漂亮了吗？"朴七彩害羞地拨弄着自己的刘海，还是忍不住看着镜子转了两圈。

旁边朴在商故作深沉，沉吟了一会，才道："整体来说是漂亮的，大概90分！"

"怎么还差10分啊，那10分是哪里有问题呀？"朴七彩问到。

朴在商笑了笑，自以为找到了突破口，正准备给七彩上一课，让自家妹妹别被爱情冲昏了头脑："你呀，就是太单纯，像你和权熙正目前所处的这种阶段呢，你是不能过分张扬的。不然权熙正会觉得你过于重视他，男人嘛，都是有劣根性的！"

朴七彩若有所思，低头看了看自己一身隆重的打扮道："说得也有点道理。"不过她立马想到二哥可是很反感权熙正的，连忙解释："欸？我……我什么时候说和权熙正约会了，我约的是何沉珠！"

"知道，知道。去换一身简单点的吧！二哥送你去。"

朴七彩嘟嘴："谁要你送。"

她又转身冲另外几个哥哥问道："我这身真的太隆重了吗？"

几个哥哥你看看我，我看看你，不知道该怎么回答，朴在商躲在朴七彩身后冲其他人露出威胁的表情，其他人言不由衷地说："换，换吧！"

朴七彩意识到自家二哥在威胁人，猛地回头瞪他。

朴在商立刻换上一张笑脸："还是换条裤子吧！穿裙子坐车不方便。"

"所以我说不用你送啊！"朴七彩嘟起小嘴。

朴在商不理会朴七彩的反驳，将她推进房间："快点啊！别迟到了。"

·············

换了一身休闲服的朴七彩被朴在商送到了约好的咖啡厅外面。

朴在商一到就看到了坐在咖啡厅里的权熙正，还是明知故问道："那个是权熙正吧，你约的不是何沉珠吗？"

朴七彩心虚："你看错了，我约的是何沉珠……"

然后，他们就看到一个穿着暴露女仆装的女孩走到权熙正身边。

那个狐狸精是谁啊？为什么对她的权熙正搔首弄姿？朴七彩一脸愤怒，撸起袖子就冲下车去。

朴在商喊了两句，赶紧追下去，拉住朴七彩，假意劝阻道："傻瓜，他俩现在还什么都没发生呢，你这么冲进去，什么也抓不到。"然后便将她拽到靠近咖啡厅的隐蔽处，暗中观察起来。

"二哥你别拉着我，那个女的到底哪儿冒出来的！咖啡厅什么时候……"朴七彩说着突然想起了什么，"朴在商！这是你搞的鬼吧？"

"怎么可能？你不是说你约了何沉珠吗？我都不知道权熙正会来。"

"你以为我会信你吗？"朴七彩很了解自己的哥哥。

"哦，好吧，实话跟你说，婷婷是我和平分手的前女友，她是我在电影学院认识的，演技一流，最擅长演绎性感迷人、风情万种的女性角色。"朴在商装作一脸无奈，先和朴七彩摊牌了。

"你……你也太过分了，你这不是故意设计他嘛。"

"自古以来，英雄难过美人关，不试试又怎么知道他心里是不是只有你一个人呢？"说完他便将朴七彩的脑袋转向权熙正所在的方向，"好啦！快看戏！"

"浑蛋哥哥，我现在哪还有心情看戏啊！"

朴在商老奸巨猾地一笑："难道你就不想知道你的权熙正会怎么应对这种场面吗？"

朴七彩犹豫了一下，还是没有走过去。

咖啡厅里，权熙正看着这个不知道哪里冒出来的穿着暴露的女生，没有言语，只是礼貌而冷淡地请人离开。

可这朵花偏要贴上来。

对面女生见他没有任何表示，"攻势"变猛，她站起来就往权熙正身上靠："哎呀，我今天忘了吃早餐了，可能有点低血糖，头好晕啊，帅哥，你不介意我靠你一会儿吧。"

权熙正嫌弃地看着她，下意识往里坐了坐，用靠垫隔开两人："你可以坐这儿。"

"帅哥你要喝点什么，别因为我而让你觉得我们咖啡厅的服务不周。"女生不装晕了，将菜单往权熙正那边推了推，顺势抚上权熙正的手。

权熙正礼貌地躲过："不用了。"

女生嘟嘴假装委屈："帅哥，你不要这么凶嘛。我就是好心帮你放松一下，我的按摩技术很好的。"

"如果我没记错的话，这里是咖啡厅，不是洗浴中心，除非你们店的老板私下里经营某些不可描述的业务，如果是这样的话，那么我就只好找警察过来和你们老板好好聊聊了。"

女生立即委屈起来："帅哥，你也太不近人情了，你把我想成什么人了。人家只是对你有了几分好感而已，你怎么可以这么说人家。"说完就哭了起来。

女生的哭声吸引了咖啡厅里不少顾客的眼光，权熙正倍感无奈，掏出手机开始发信息：朴七彩，看够了吗？看够了就给我赶紧进来！

外面一直看戏的两人被短信提示音吓了一跳，一看信息，两人都心头一跳：他怎么知道我们在这儿？

朴七彩讪笑着走进咖啡厅。

谁料朴七彩刚进去，权熙正就一言不发地走了出去，朴七彩赶忙追着他，也冲出了咖啡厅，她跑到权熙正身边小声道："你走这么快做什么？都不等我。"

权熙正转身看着朴七彩，明知道她和她二哥就是在胡闹，也知道那个穿着暴露的女生是故意出现的，但他就是生气七彩居然也不相信自己。

大街上就出现这样一幅画面，憋屈的男生走在前面，女生就这么小跑地跟在后面。

"砰——"猝不及防，朴七彩一个不留神，鼻子撞在了权熙正背上，疼得她眼泪都出来了。

权熙正赶紧转过身查看，女孩鼻头有点红红的，看着没什么大碍，但权熙正还是有些心疼："跑什么，我又不会走掉……"

朴七彩瞪着他："谁让你走那么快……疼！"

听到她说疼，他赶紧捧起她的脸帮她吹，过一会儿才严肃道："朴七彩，喜欢的人之间要相互信任，你同意吗？"

朴七彩现在可没心情想那么多，下意识就回答道："我当然同意啊。"

权熙正打了一个响指，笑意更深："那就这么说定了。"说完便笑着往前走去。

朴七彩这才如梦初醒，追上去问道："你什么意思啊？你是在说……"

脚步轻快的权熙正笑笑："你觉得呢？"

朴七彩羞窘地低下了头，开心地跟了上去。

两人脸上都挂着笑容，渐渐并排走在一起。

（三）

朴家。

想到今天权熙正对自己的表白，朴七彩心里像揣了只小鹿，躺在床上一脸严肃地学着权熙正说话："喜欢的人之间要相互信任，你同意吗？"说完又兴奋地在床上打滚，滚了几圈，正好滚到宠物小乌龟面前。

"这可是权熙正他自己说的！以后，我们就是情侣了！从今天开始，我们这个三口之家就正式成立啦！"说着她轻敲着小乌龟所在的鱼缸，"你开不开心呀！"

小乌龟的回答是继续在鱼缸中爬来爬去。

正好这时何沉珠发来微信视频，朴七彩兴奋地接起，迫不及待想要告诉她这个好消息："珠珠！告诉你一个好消息，我……"

视频那边，何沉珠正在敷面膜，被朴七彩的蠢样吓了一跳。

"等一下！看你笑得这么蠢让我猜猜，权熙正同意让你当小弟啦？"何沉珠见状，显然已经猜到了，但还是忍不住故意调侃起好友。

朴七彩不满道："呸！什么小弟，我们现在是正式的男女朋友了！"

那边何沉珠先笑了起来："哈哈，看你一脸傻样就知道啦！恭喜恭喜，七彩你终于等到铁树开花了！"

朴七彩对好友的调笑完全不在意，挥挥手道："去去去！说正经的，你说我们第一次约会去哪儿好？"

"朴七彩你能不能有点出息！这种事不是应该让权熙正去操心吗？你着什么急，难道还要你想好了约会的地点，然后再纡尊降贵地去请权熙正和你约会吗？"朴七彩过分的主动招来了何沉珠的嫌弃。

"不要在意这些细节嘛，反正也是我主动追求的权熙正啊，谁约谁这种小事都不重要了，快快快，有没有什么好主意？"朴七彩丝毫不在意地说。

"你真是没救了。"何沉珠叹了一口气，顺着七彩的话接了下去，"不过，约会的话当然要挑一个有情调又浪漫的地方。"

说起这些少男少女的恋爱套路，何沉珠可是懂得比谁都多。

看到何沉珠两眼放光，朴七彩忍不住白了她一眼："你能说重点吗？"

"我还没说完呢，要……"

"你等一下！"说着朴七彩跳下床去，拿起放在一边的本子，认真记录的模样又傻又可爱。

何沉珠受不了地看了她一眼，道："……要奔放的呢，就去泡个香艳的温泉；要含蓄的呢，就去小公园来个野餐！"

朴七彩佯怒："你是故意让我露短是不是？"

"哦，你还是有自知之明的嘛，我想想，要不你们去米其林餐厅吧，我正好知道一家……"何沉珠建议道。

朴七彩摇摇头说道："没意思，不特别，我俩第一次约会，要特殊一些的才行……"

"要不你们就去逛商场吧，买东西的话，我报销百分之……一。"

朴七彩果断否决了："别这么老土了好吗？男生最烦陪女生逛街，你这不是坑我吗？"

何沉珠又说了几个建议，朴七彩都摇头否决了，两人讨论了很久，最后何沉珠实在想不出来了。

那边朴七彩拉着何沉珠聊了好久，这边权熙正也为去哪里约会苦恼着。

他把书架里的书一本本抽出来，这本翻开看看，那本翻开看看，好像在找什么东西。但翻了好多本都没有找到想要的东西，忍不住抱怨道："去哪儿了？我明明记得就夹在这几本书里了。"

此时，权妈妈正端着牛奶和面包进来，看到被权熙正翻得乱七八糟的书架，非常诧异："找什么呢？跟灾难片现场似的。"

"没有……"正说着，忽然从书中掉了两张游乐场门票出来，权熙正还没来得及捡，就被手快的权妈妈先捡到了一张。

"这不是游乐场的门票吗？找了半天就在找这个？"

权熙正尴尬道："妈，你给我。"

权妈妈故意问道："这是准备去约会？我就说嘛，你爸好不容易回来一趟，都没见你出房间，原来是佳人有约。"

权熙正一把从权妈妈手中夺过门票，没好气地说："我爸回来不也是整天待在工作室里，他在不在有什么区别？"

"倒也是。不过说起游乐场，妈倒是听说过一个特别浪漫的传说。如果一对情侣能在摩天轮最高处看日出或者日落，两个人就能够永远在一起……"权妈妈满眼憧憬，毕竟权妈妈也拥有一颗少女心。

权熙正嫌弃道："这种传说你也信？"

"傻儿子，对于女孩儿来说，传说是不是真的不重要，重要的是你肯为她做这些事的心意。"

"哦。"应了妈妈的话，权熙正低头看着游乐场门票若有所思。

（四）

烦恼了一整天，朴七彩对第一次约会的地点还是毫无头绪。

在等权熙正的间隙，朴七彩拿着手机在网页上搜索"最适合情侣约会的地点"的信息，翻了几页还是一无所获，想了想，又输入"约会大全"。

看着看着，一个名为"情侣必做的事"的链接引起了朴七彩的兴趣。她点进去浏览，不经意念出了声："和喜欢的人去哪里并不重要，重要的是一起去做些什么。"

"一起吃掉一个冰激凌，手拉着手一起散步，拍张漂亮的白痴合照……"她读着读着若有所思起来。

嗯……好像很有道理，约会地点不重要，重要的是身边的人。

朴七彩想起权熙正，脸上露出害羞的笑容。

"你在念叨什么？"

朴七彩迅速把手机藏在背后，看着突然出现的权熙正，支吾道："没……没什么。"说完就发现两人的距离有点近，两人同时往后退了退，气氛瞬间变得暧昧。

"那个我……"

"那个你……"

两人几次尝试打破沉默都失败了。

权熙正咳嗽一声，道："你先说。"

朴七彩低下头，还是忍不住问道："这周末你有没有空？"

"没有，我约了人。"权熙正想逗她。

朴七彩瞬间就露出失望的表情："哦——"

看到朴七彩不高兴的样子，本来还想逗她的权熙正从口袋里拿出两张游乐场门票，递到她面前："只是，我还不知道约的人肯不肯跟我一起去。"

朴七彩眼睛一亮，兴奋地接过权熙正递过来的门票："你怎么买到的，我明明查到最近的票都卖完了！"

"买东西送的。"

朴七彩明显不信："真的？"

"怎么，不然你还以为我会为了你去抢票吗？"

朴七彩笑着看了看眼前的男生："好吧，权同学的幸运值爆表，我有幸沾光。"

"那你去不去？明天。"

"当然要去，不过我要好好准备准备。"朴七彩笑得很开心。

"不用。"说着，权熙正拿出一个本子，白色的纸面上工整的字迹密密麻麻地罗列出了一、二、三、四等多条注意事项，以及用彩色笔标注的不同路线。

朴七彩觉得不可思议，显然觉得权熙正不会是如此严谨而浪漫的人。

"你准备得这么细致。可是，可是我还没准备好！"

权熙正挑了挑眉，道："你要准备什么？"

"跟你说，你也不明白，我先走了！明天游乐场门口见啊！不见不散！"说完，朴七彩就跑了。

权熙正看着朴七彩对待约会一副少女心急不可耐的模样，觉得好笑之余又很可爱，但见她如此在意，让他的心情瞬间就好了起来，看着她离去的背影，他不由得笑了起来。

朴七彩火急火燎地跑回了家，在房间里翻箱倒柜，整个卧室活像入室抢劫现场。

被她夺命连环电话叫来的狗头军师何沅珠进来看到这幅场景，忍不住问道："朴七彩，你家遭贼了吗？"

朴七彩连忙将地上的衣服扔上床："快快快，帮我看看，明天我穿什么去比较好？这件怎么样？"说着就拿到身上比画。

何沅珠拿起书桌上一包薯片，不客气地吃起来，敷衍道："嗯，运动范，不错。"

朴七彩又换了一件比画："这件呢这件呢？怎么样？"

"这个也行，很少女，很可爱。"

见何沅珠回答得很不走心，朴七彩气道："哪件你都说不错，这样挑到明天也挑不出来！"

何沅珠又吃了两口薯片，无语地说道："拜托，女神！权熙正又不是第一天认识你，是骡子是马人家早就见识过了，先天条件就这样，后天是弥补不了的！"

朴七彩没好气地瞪了她一眼："你到底是来帮忙还是来损我的！这可是我第一次约会。"说着她就去抢何沅珠手上的薯片。

何沅珠立刻躲开了，为了不被再次抢走薯片，她很自觉加入"战斗"中，从堆成小山的衣服里挑出一条裙子："试试这条one-piece吧。"

朴七彩看了看，认可何沅珠的眼光。

朴七彩换好衣服面向何沅珠。

何沅珠咬着手指看着她的装扮，摇摇头，叹了一口气说道："你还是脱下来吧。"

听到这个评价，朴七彩灰心丧气地去换衣服了。

一上午，在何沅珠的建议下，朴七彩几乎把床上的衣服都试了个遍，但没一件让她满意的。

军师何沅珠累得半死，瘫倒在床上道："朴七彩，说真的，作为好友我真诚地建议你，还是穿舒适点去吧！自然最美丽！再说，人家权熙正都说过让你做自己，你何必自己为难自己呢。"

旁边朴七彩也累到趴在床上，纠结道："就是因为这样，我才想换种风格。这可是我跟他的第一次正式约会，是要记一辈子的，我可不想随随便便出现在他面前。你再想想，哪种裙子会给人一种初恋的感觉，纯洁的，美丽的，能一下子抓住男人心的那种。"

何沅珠觉得自己被她打败了："真是服了你……不过，我最近倒是新买了一条裙子，可能会符合你的标准。"

"真的吗？你最好了沅珠，借我穿一下吧！"

朴七彩迅速跟何沅珠撒娇，又跟何沅珠去她家。

到了何沅珠家，朴七彩穿上了何沅珠新买的白裙子在镜子前转圈，何沅珠站在一旁赞叹点头："嗯，人靠衣装果然没错，衣服一换，整个人气质都不一样了。"

"真的吗？谢谢你沅珠，你对我真的太好了。"朴七彩扑上去要抱她。

何沅珠躲开来人的熊抱，又拎起一双高跟鞋递给这个恋爱中的小女人："就差这双鞋了。"

朴七彩看着细长的鞋跟，心里一阵发慌，道："这也太高了吧，我怕我穿不惯，我觉得配小白鞋也挺好看的。"

何沅珠把高跟鞋塞到朴七彩怀中："你傻不傻啊，高跟鞋可是恋爱必备的助攻神器！"

"什么意思？"朴七彩满脸疑惑。

"我问你，权熙正多高？"

朴七彩也不太清楚："180厘米吧……"

"你呢？"

朴七彩没底气道："160厘米……"

何沅珠拍着朴七彩的肩膀："这不就是，高跟鞋正好完美地弥补了你们的身高差，情到浓时，他一低头就能吻到你，多浪漫啊。"

朴七彩就被何沅珠说得满脸通红："你别乱说。"

"得了吧，你跟我含蓄个什么劲儿，我看你心里早就盘算好了吧。"何沅珠一脸不怀好意。

"我才没有呢。"话虽如此说，朴七彩还是羞赧地捧着高跟鞋若有所思，想着想着脸上就泛起了红晕。

第八章

摩天轮的传说是在一起，

要永远！

（一）

第二天，游乐场门口。权熙正早早就等在了那里，而打扮得焕然一新的朴七彩姗姗来迟了。

权熙正看见走来的朴七彩，眼前一亮，又觉得这不是她一贯的风格，但这身衣服确实衬得女孩很明艳。

"这就是你准备一天的成果？"权熙正问。

朴七彩低头看看自己不合脚的鞋子，有些担心又有些委屈："怎么？不好看吗？"

为了美丽我可是牺牲了一贯的舒适度，拜托你就不要说什么煞风景的话了，朴七彩心想。

权熙正一本正经道："以你的审美来说的，已经很不错了。"说着又看了看高跟鞋，"不过，你确定要穿着这双鞋逛游乐场吗？"

"怎么了？有问题吗？"

"这座游乐场步行总距离超过20公里，你穿着这双鞋，不出半个小时就会受不了。"权熙正说得很实在。

朴七彩看了看自己这一身，对这双鞋还是舍不得，逞强道："你放心，我肯定没问题！"

秒打自己的脸，是朴七彩的自带属性。她径直走到检票口，却因为手里没拿票被拦下来，慌张转身之际一不小心没站稳，身体就往后倒。

幸亏手疾眼快的权熙正及时扶住了她，才没闹出笑话。

倒在权熙正怀中的朴七彩却很享受这个姿势，她仰着头，看着权熙正近在咫尺的脸，脑海里回想起何沉珠的话："高跟鞋正好完美地弥补了你们的身高差，情到浓时，他一低头就能吻到你，多浪漫啊。"

"你怎么了？"权熙正挑眉，看着她扭捏的模样一脸疑惑。

朴七彩回神，连忙起身，慌乱地摸了一下自己的头发，快步往前走去："没……没什么。"

权熙正看着朴七彩的背影，微微皱眉，有些不解。

朴七彩和权熙正这天的约会因为两人预想的不一样，所以偏差不断。

两人走过一个漂亮的建筑物，朴七彩拉着权熙正想拍个合照："这儿好可爱呀！我们在这儿一起拍张照片吧？"

权熙正盯着远处的摩天轮，一边敷衍着朴七彩，摇摇头道："太傻了，不要。"眼前的建筑傻不傻有什么要紧，他全部的心思都在摩天轮上。

说完，权熙正一点也没注意到七彩的心情，径直往前面走，朴七彩只好在后面不情不愿地跟着。

两人又路过一家小吃店，朴七彩觉得饿，叫住权熙正："我饿了。"

权熙正给朴七彩买了一份小吃，但他只是很淡定地坐在一边，也不吃那份小吃，眼神看着远处不知在想什么。

朴七彩瞅着旁边的情侣你一口我一口地吃着，期待地看着权熙正，可他一点表示都没有，她只好放弃，但对权熙正不互动不配合的直男行为已经有些生气了。

后来，两人又来到一个涂鸦摊位前。"我们也去画一个好不好？"朴七彩兴奋地指着摊位说，说着就开心地指了指刚刚走过去的一对小情侣，"就是他们脸上的那个东西。"

权熙正看着前面那对小情侣，皱眉嫌弃地说："不要，难看死了。"

听到他这样评价，朴七彩觉得自己的心情沉到了谷底，自己所有的提议都被冷待，这究竟是不是约会啊！朴七彩跟着权熙正一瘸一拐往前走，不高兴地问道："为什么啊？"

"我不想脸上涂什么奇怪的东西。"权熙正有些心不在焉地说。

朴七彩十分委屈："好吧。"

涂鸦摊位上的一双小白鞋吸引了权熙正的目光，他其实一直把朴七彩的难受看在眼里，也许换个鞋她会舒服很多。

而此时朴七彩看着周围的情侣都拉着手，她也想和权熙正手牵手啊。

朴七彩亦步亦趋蹭到权熙正身边，小心翼翼地将自己的手向权熙正偷偷伸过去。

权熙正仿佛全然没有注意到朴七彩的小动作，他突然问朴七彩道："你渴不渴？"

朴七彩吓得赶紧将手缩了回来，心虚道："啊，不……不渴。"

权熙正瞟了一眼奇怪的朴七彩，没有作声。

过了一会儿，朴七彩再次试图去牵权熙正的手，但还是不敢握上去，一个路过的小男孩跑得太急，差点摔倒，权熙正恰好伸手扶了一把……

于是，朴七彩小小的少女心思又泡汤了，她懊恼地瞪着权熙正扶着小朋友的手，唉，握什么小朋友的手，握我的手啊，木头！

朴七彩无精打采地跟着权熙正慢腾腾地经过鬼屋入口，鬼屋门口的海报一下就吸引住了她。朴七彩马上就来精神了，阅读过海报上的鬼屋说明后，忍不住想去试试，但又有些害怕。这家游乐场是全城最大的，鬼屋的恐怖程度大概也是最吓人的。

见朴七彩犹豫不决，权熙正以为她害怕了，再说时间也不早了，赶紧去摩天轮要紧，便想带她离开："你这么胆小，吓到了更丑。"

"才不会！"朴七彩不服气道，"早就听说鬼屋的传说了，今天我要挑战一下！"她今天就是要体验一下鬼屋。

"今天不玩这个！"权熙正继续拽朴七彩。

朴七彩嘟了嘟嘴，望着海报坚持道："可我想玩。"

权熙正看了看手机，冷冷地说："我不想！"但看到朴七彩迅速变臭的脸，权熙正缓和道："不是！就是觉得扮鬼吓人没意思。"

"你不觉得很刺激吗？"朴七彩反问道，满眼发光地望着他。

"不觉得。快走吧！去玩其他的。"权熙正说得坚决，说着就把朴七彩往摩天轮的方向拉。

权熙正的态度让朴七彩很生气，她一把甩开他的手，委屈又生气地看着他："你这也不让玩，那也不让玩，那你约我来游乐场干什么？"

朴七彩说完气呼呼地转身就走，权熙正看着她的背影，叹了一口气就追了上去。

摩天轮检票处排了好几队，每队都排得特别长。

朴七彩气呼呼地往前面走，到了摩天轮的入口，她马上被拦住了，权熙正从后面追上来拉住她："朴七彩，能不能听我说完？我想，我想带你来做最浪漫的事！"

这个时候的朴七彩哪里还有心思听，不客气地回道："哪里浪漫了？什么都不配合，有什么好玩的？"

权熙正指了指两人眼前的摩天轮。

朴七彩顺着他的手势看过去，然后一副大人不记小人过的宽容姿态，道："好吧，原谅你一次，就去玩过山车！"

权熙正一怔，发现不远处的确有过山车，急忙拉住正要往那边走的朴七彩："不能玩过山车！"

朴七彩深吸一口气，压下自己即将爆发的怒气："那请问过山车又怎么得罪你了？"

"嗯，朴七彩，有学者对2004—2018年国内外大型游乐设施运营过程中的169起事故进行分析，分析得出滑行类设备最容易发生事故，占事故总数的36%。而且滑行类设备中最容易出故障的就是过山车。"权熙正自顾自地认真分析着。

"所以？"朴七彩挑了挑眉。

权熙正看向摩天轮检票处："群众的目光是雪亮的，你看摩天轮人那么多，肯定……"

没等他把话说完，朴七彩果断否决："肯定等好长时间，不玩，再说你就不怕发生摩天轮高空坠落事件？"

权熙正立刻否决："不会这么巧的。"

"噢，我听明白了，总之就是一切你说了算！那你自己玩好了，为什么要拉我过来？"面对今天的权熙正，朴七彩再也忍不住了。

权熙正看了看表，仍旧执着于摩天轮的方向："先去排队，时间来不及了！"然后率先转身排队去了。

朴七彩气呼呼地转身就走了，权熙正发现后愣了一会儿，想了想他还是回身追了上去。

冷饮摊前，朴七彩对里头的老板说道："来瓶水！"

"老板，要常温的！"

朴七彩瞥了一眼身后赶过来的人，故意唱反调："老板，要冰的！这人我不认识！"

老板对于这种小情侣吵架早就见怪不怪，最后还是将一瓶冰水拿给了朴七彩。

权熙正夺过去，提醒道："空腹喝冰饮你会容易肚子疼！"

"别随便替人做决定！"朴七彩正在气头上，哪里管得了这么多，她劈手夺过冰水拧开盖子一股脑喝了半瓶，朴七彩挑衅地看向权熙正。

权熙正看着她倔强的样子没敢再火上浇油。

但是没一会儿，朴七彩就开始肚子疼了。她一手扶着权熙正，一手捂住自己腹部，有气无力地道："厕所……"

权熙正赶紧扶着她往最近的卫生间走，一路上尽量为她拨开人群："借光！借光！"

二人一同走进最近的餐厅寻找卫生间："那儿呢！快去！"权熙正指了一个方向，朴七彩捂着肚子低身跑了过去。

不一会儿，就见朴七彩一脸虚弱地捂着肚子从卫生间走了出来，坐到了权熙正对面，脸色苍白如纸。

权熙正放下手机，看到朴七彩坐下，把一杯热饮推到她面前："先喝点热牛奶！"

朴七彩没好气地瞪了他一眼，明明是为了气他，为什么受伤的是自己。

服务员端着餐盘过来一样一样将菜品放下，权熙正以为她没怎么吃饭，就点了好几种。

朴七彩看着满桌子的菜，咽了一下口水，只喝了一口牛奶，强装镇定道："我还不太饿……你吃吧……"

权熙正指了指满桌子的菜："就别跟我装淑女了，都是你爱吃的！"说着就夹了一筷子菜放在朴七彩面前的碗里。

听到这话，朴七彩装不下去了，拿起筷子吃了一口，嗯，非常美味。吃了一口以后，她就彻底放飞自我大快朵颐起来。

不一会儿，桌上的菜就被消灭得干干净净，朴七彩放下筷子，摸了摸圆滚滚的肚子，看着满台面的空盘子，她觉得既满足又有些小小的愧疚。

"不行了，我得站起来消消食，太撑了。"朴七彩一起身，只听刺啦一声，裙子腰线被撑破了，她欲哭无泪，羞窘地看向权熙正。

权熙正转过头不去看她，又脱下自己的外套递了过来，外套大小正好，遮住了裙子裂开的部位，他叹了一口气，无可奈何地道："下次请穿符合自己尺码的裙子。"

朴七彩满脸通红。

权熙正看看手机，又催促道："走吧，我带你去坐摩天轮！"

一听到摩天轮朴七彩就生气："还坐什么摩天轮？裙子都破了，你还有心情去坐摩天轮！"说着哭了，快步往外跑去。

"朴七彩，你去哪儿？"权熙正追上来。

"我要回家了！你别再跟来，我今天出的丑还不够多吗？"朴七彩边跑边说。

"但摩天轮的票，我已经买好了！"权熙正在后面喊。

"要坐你自己去好了！"朴七彩头也不回地道。

权熙正怔住了，望着朴七彩离去的背影，很是失落。

（二）

朴七彩气鼓鼓地跑到大门口停了下来，找了个长椅坐下，她怒气冲冲地脱掉高跟鞋，查看自己磨破的脚跟，忍不住委屈地抱怨："哼，摩天轮，摩天轮，就知道坐自己喜欢的摩天轮，一点都不考虑女孩子想玩什么！"手里的高跟鞋被朴七彩当成权熙正狠狠摔了几下。

"幼稚！还说要带我做最浪漫的事，大骗子！"话虽如此，朴七彩还是期盼地望了望游乐场的大门，"再等你五分钟，太阳落山了，你要还不来找我，我就……哼！"

在这里等了几分钟，朴七彩没看到权熙正，只看到一对老夫妻经过，老头扶着老伴一起走，那画面很美。

老太太对身边的老爷爷说："老头子，你说我们能赶上日落时分坐上摩天轮吗？"

"赶不上日落，就起早看日出嘛！反正摩天轮的传说是转到最高处时，情侣们如果能一起看日落或者日出，都会永远在一起！这辈子，还很长！"老头安慰道。

朴七彩回过神来，今天权熙正的各种奇怪行为都有了解释：在小吃店前朝摩天轮方向张望；明明鬼屋更有趣却执着提议去坐摩天轮；还在摩天轮检票口，对自己说他想带自己去做最浪漫的事！

朴七彩终于明白了今天权熙正的异常，摩天轮！摩天轮的传说！权熙正今天约我，其实就是想和我一起坐摩天轮，在最高点一起看夕阳，他想要我们永远在一起！

我怎么这么傻！

朴七彩急忙掏出手机看时间，天边红彤彤的夕阳已经落了一半了，她立刻站起身，拎起高跟鞋赤脚跑向摩天轮方向。

只见一对对情侣通过检票口进去。而孤身一人的权熙正拿着两张摩天轮的票，看着手表上的时间一点点过去，失落地将两张票握成一团，向垃圾桶走去。

他正要扔下票根，背后响起朴七彩的声音："权熙正！"

权熙正一怔，不可思议地回头望着大汗淋漓跑过来的朴七彩，只见她正赤脚提着高跟鞋往自己方向跑。

"权熙正，一起坐摩天轮吧！"朴七彩喘着粗气说完这句话，就牵起权熙正的手往检票口跑了过去，不过，两人都没有注意，这是今天他们第一次把手牵在了一起。

夕阳正慢慢落下。

他们好不容易等来一部空厢，两人都累极了，大喘着气偎依着坐下，手始终紧紧牵着彼此。

摩天轮渐渐越升越高。

狭小的空间里，两人离得很近，看到朴七彩还是赤着脚，权熙正立马侧过身蹲在她面前，从袋子里掏出一双小白鞋，温柔地给她穿上。

小白鞋上有涂鸦，一只画着弹钢琴的女孩，一只画着拉小提琴的男孩。

朴七彩心口一阵酸软，半是生气半是委屈："你……你为什么不说出来？平白让人生气，误会你！"

权熙正坐到朴七彩对面，微微一笑："我说过要带你做最浪漫的事！"

"这也算？不清不楚的！不过我现在知道了。"

突然，到达最高点的摩天轮震动了一下，然后停了下来，朴七彩吓得一把抓住权熙正，闭眼问道："权熙正，是不是出什么事故了？"

权熙正慢慢握住朴七彩的手，安慰道："不是发生事故了，是要发生故事，我和你的故事！"

朴七彩懵懂地睁开眼望着权熙正，什么时候他变得这么会说情话了。

朴七彩顺着他的目光看着远方，摩天轮到达了最高点，夕阳要落下了，望着惊艳的落下的夕阳，她不自觉说："夕阳下摩天轮的传说是……"

权熙正望着朴七彩："要永远在一起。"

朴七彩靠过去，轻轻吻住了他。

没想到朴七彩会这么主动，权熙正先是愣了一下，然后慢慢闭上眼睛，两个人的手紧紧牵在了一起，十指紧扣。

远处，落日将天幕晕染成淡粉色，浪漫至极。

离开摩天轮的时候，权熙正直接背起了朴七彩，朴七彩则亲昵地搂着他的脖子，两人谁也没有说话。

"喂，你怎么不说话？"朴七彩率先打破了沉默。

"你该减肥了！"权熙正开玩笑地说。

朴七彩羞恼地蹬了蹬穿着小白鞋的脚。"谁让你拿好吃的诱惑我！"朴七彩一转头就看到她和权熙正被抓拍的照片贴在了布告栏上，"停一下，权熙正！你看我们俩的照片！"

权熙正扭头望去，只见他们两人手牵手奔跑的照片被选为游乐场当日最佳情侣合照，照片里的少女清纯如同栀子花，男孩俊朗如暖阳，二人携手朝着摩天轮的方向跑去，脸上都洋溢着幸福的微笑。

权熙正不由得盯着照片出神，他已经好久没有这样笑过了，如果不是她的出现，他可能一辈子都会生活在阴影里。

"权熙正，你在笑欸，真难得！"朴七彩打趣道。

权熙正注视着朴七彩，不自觉地对她露出一个帅得令人炫目的笑容："我很开心，谢谢你！"

有你在，我每天都会开心。权熙正很想告诉朴七彩，她对自己有多么重要，但是想了想觉得太过于肉麻。于是他什么也没有说，只是和她一起享受着两人当下的浪漫。

（三）

　　朴七彩今天没有课，不过为了见权熙正，她还是起了个大早，果然热恋中的人是动力无穷的。

　　她洗漱完毕后换好衣服，对着镜子左瞧右瞧，确定自己今天的打扮足够完美之后，就给了镜中的自己一个大大的微笑。一切准备就绪，她拎起手包，轻快地走出房间。

　　她刚踏出房门，就看到自己的几个哥哥双手环胸，居高临下地站在门口看着她。

　　"你们做什么呢？"朴七彩被吓了一跳。

　　朴在宫作为大哥，率先发话了："这句话应该我们问你吧，你昨天干什么去了？跟谁在一起？"

　　朴七彩转念一想，自己之前和权熙正交往闹得鸡飞狗跳，几位哥哥还对权熙正有恶感，自己绝对不能说实话。于是她故意讨好地对几个哥哥说道："我没干什么啊。哎呀，时间不早了，我要去学校了。"

　　朴在角上前一步拦住七彩："我已经查过你的课表了，你今天没课。"

　　被戳穿的朴七彩尴尬不已，局促不安地站在原地。

　　二哥朴在商上下打量着朴七彩："一大早就穿得这么漂亮出门，肯定有事儿！"八成又是去和权熙正那小子约会。

　　"我说七彩啊，人这一辈子，爱情可遇不可求，爱而不得的也有很多，但是只有亲情是永远不会变的，无论发生什么事儿，我们几个哥哥都会始终陪在你身边……"朴在微话说得很隐晦，他希望朴七彩能懂得只有哥哥才是最可靠的，什么权熙正那都是浮云。

　　不过朴七彩才没那个闲心去猜他们到底什么意思，面对几个哥哥的围攻，她只得无奈地坦白道："行了行了，我昨天就是去跟权熙正约会了，我们在一起了，行了吧！我现在就是去学校陪他上课，满意了吗？"

几个哥哥闻言顿时警惕起来。

"你们真的在一起了，什么时候？"

"你真的想好了？"

"是权熙正跟你表白的吗？在哪儿表白的，怎么表白的？"

朴在商的眼中闪过一丝狐疑："你们有亲密接触了吗？"

朴七彩觉得头都被吵大了，她比画出一个停止的手势，大喊道："停！几位哥哥，我知道你们是为了我好，可是我也已经不是小孩子了，你们在生活中可以处处为我考虑，保护我，可是只有爱情，是我必须独自尝试的，就算可能会有不好的结果，也必须我自己试过了才知道。所以，这一次，你们就让我自己去体验吧，好吗？"

朴在商一副很懂的表情，他苦口婆心地劝道："谈恋爱我不反对，可是七彩你要记住，不能对男朋友太好了，否则以后有你吃苦头的时候。"

朴七彩撒娇地抱住朴在商："好啦，二哥，我知道啦！我有一个恋爱达人的哥哥，还怕看不穿渣男的套路吗？如果权熙正真的是渣男，我相信你们都会帮我的，是不是？"

几个哥哥被朴七彩奉承了几句，一时间无话可说，只得你看看我，我看看你，确认过眼神之后，也就默认了朴七彩说的。

"所以啊，我有你们给我撑腰，还有什么好怕的！"朴七彩这个马屁拍得巧妙，几个哥哥觉得她说得也很有道理，就放她走了。

为免有变，朴七彩赶紧背着书包离开了。

朴七彩一脸幸福地走到学校门口，在她看来，天空是如此的蔚蓝！同学们是如此的亲切！原来当要见到他的时候，世界都变得美好了。

教室里，权熙正坐在前排，眼前突然出现朴七彩的身影，她一个侧身，就直接坐在权熙正旁边的位置上了。

权熙正转头看见她，有些诧异道："你怎么来学校了，你今天不是没有课吗？"

朴七彩昂着头看着权熙正，愉快地说："因为想看到你呀！"

朴七彩的话，让权熙正不由得笑了起来。

"我发现你最近总是笑欸，是因为我吗？"

权熙正立马收敛起笑意，装作若无其事的样子回答道："我没笑，你看错了。"

朴七彩眯着眼睛盯着权熙正，权熙正忍不住还是又笑了一下了，朴七彩像抓到了把柄似的指着权熙正说道："你明明就是笑了，承认你想看到我难道有这么难吗？"

这时，老师走上讲台，敲了敲桌子："好了，同学们，我们开始上课，大家不要再说话了。"

被老师制止后，朴七彩悄悄低下头。正失落着，她感觉自己放在课桌下的手被人握住。对权熙正的主动，朴七彩有些受宠若惊，她诧异地望向权熙正，只见权熙正装作什么都没有发生的样子继续听课做笔记，他逆光的侧脸，竟有些庄严神圣的味道，令人沉迷。感谢上帝，将他带到自己身边，朴七彩心怀感激地低头微笑。

权熙正在笔记本上写道：你从刚才开始就一直盯着我看，还没看够吗？然后将笔记本推向朴七彩。

朴七彩看了他一眼，毫不犹豫写道：永远也看不够。谁让我男朋友长那么帅呢？

权熙正看到，笑了一下，写下：快听课！

不，不。朴七彩拒绝，然后又画了一个捂住耳朵委屈的简笔表情画。

看着朴七彩可爱的笔迹，权熙正无奈又宠溺地笑了。

下课后，权熙正和朴七彩并肩走在校园小径里，在夕阳的余晖下，朴七彩仍旧歪着头盯着权熙正，笑得十分花痴。

权熙正用手指戳了戳她的脑门，打趣道："一整天了，你还没看够？来，给你看个仔细。"说着将脸凑近她，两个人离得很近，近到能听见彼此的呼吸、心跳声。

朴七彩以为权熙正要吻她，忍不住闭上眼睛。

权熙正迟迟没动，他望着朴七彩闭眼紧张又期待的样子笑得不怀好意。

朴七彩微微睁开眼睛，看到他故意使坏的表情，气得一把推开了他，羞窘地自己往前走。

权熙正笑着追上来。

对面何沆珠正好往这边走过来，和两人打了个照面："朴七彩，你怎么在这儿？你今天不是没课吗？"

朴七彩指了指权熙正："熙正有课。"

何沆珠瞬间明了，故意拖长了尾音道："哦，原来是这样，你们俩才好了几天，就夫唱妇随了。"

"说什么呢？"朴七彩伸出了自己的小拳头示威。

"好啦好啦，不逗你了，既然正好碰到你们，不如一起去吃饭啊。"何沆珠笑着提议。

朴七彩有些为难，想了想，她还是开口了："不行，我跟熙正约好去吃烤肉。"

何沆珠故意凑上来："没关系啊，那我跟你们一起去吧。"

朴七彩连忙背着权熙正冲何沆珠挤眉弄眼，小声警告。

"行了，行了，知道你们两个正浓情蜜意，还在热恋期，我就不凑这个热闹了。"何沆珠笑着摆手。

朴七彩一把揽住何沆珠："果然是好闺密！"

何沆珠口形无声控诉："重色轻友！"

朴七彩调皮地吐了一下舌头，便不理会何沆珠了。何沆珠看着热恋的两人，一脸艳羡，说了一会话，便离开了这个冒着粉色泡泡的地方。

烤肉店，饭桌上，烤肉在夹板上"滋滋"作响，朴七彩只顾着给权熙正夹肉，自己却不吃。

"你怎么不吃？"权熙正觉得朴七彩今天的行为有些反常。

"我……我在节食减肥呢！"朴七彩吞吞吐吐地说。

"那你节食的话我可要开始吃了！"权熙正边说边故意做出夸张的吃得特别香的动作，然后夹了一大块烤肉举到朴七彩的面前，诱惑道，"你确定不吃吗？"

朴七彩望着烤肉流口水，肚子也抗议得厉害，最后实在经不住美食的诱惑了，一下子将权熙正夹到面前的烤肉吃了下去，边吃边自我催眠："吃饱了才有力气减肥，我就吃这一次。"受到了权熙正的诱惑和自我安慰，朴七彩便开始肆无忌惮地大吃特吃起来。

权熙正看着她一脸满足的表情，笑着不停地为她夹肉："多吃点。"

满嘴的肉香加上权熙正的陪伴，朴七彩觉得今天自己的幸福感爆棚了，她忍不住感叹道："好幸福！权熙正，谢谢你来到我身边。"

"傻瓜，应该是我感谢你来到我的身边。"权熙正看着她的眼神里满是宠溺。

朴七彩一脸认真地看向权熙正："权熙正，我那么辛苦才来到你身边，你可不可以答应我，不管发生什么，你都不要离开，好不好？"

"傻瓜，我能去哪里？"

"那你保证。"朴七彩说得十分认真。

"好的，我保证。"

听到权熙正的承诺，朴七彩笑得格外幸福，然后夹起一块肉塞进自己的嘴里，终于可以好好吃肉了。

与此同时，学校里车允宪正在寻找朴七彩的踪迹，但他找了大半天都没有见着人，打电话也没人接。不过他没有找到朴七彩，却在食堂遇到了一个人吃饭的何沅珠。

车允宪走了过去，坐到了她的对面。

何沅珠大概知道了他的来意，一脸不乐意地问："又找我问七彩的事情吗？我不知道。"

车允宪点点头，道："我只是觉得你们今天没在一起，有点奇怪。"

想了想，何沉珠将饭里的蔬菜刨出来，抱怨道："有什么好奇怪的，哪有天天待在一块的闺密！"

车允宪笑笑，试探地问道："怎么，七彩有新闺密了？你们吵架了？"

何沉珠皱了眉头："哪跟哪啊，还不是她见色忘友和权熙正那小子谈恋爱，把老娘扔在一边了。"

听到这，车允宪一下子跳了起来，大叫道："他们两个在一起了？"

何沉珠再次无精打采地点头。

车允宪听到这个消息，哪有空去管她，生气地先走了。

（四）

学校走廊上，孔主任正笑眯眯地将一个气质优雅的女孩儿送出办公室，走的时候还不忘叮嘱："沈同学，再次欢迎你来到我们圣·迦伯利大学。"

女孩笑了笑："我也很荣幸。"

走廊中零星站着几个同学，好奇地盯着沈诗恩，这样高贵优雅的女孩，他们也从来没见过。

不过女孩谁都没有理会，转身抱着书本走了。

下课时间快到了，讲台上老师关掉投影仪、电脑，收拾讲义准备下课。

夏天的雨来得猝不及防，本来晴朗的天气说下雨就下雨。

朴七彩正愁没带伞，手机响了起来，屏幕上显示权熙正的头像，她接起电话："权熙正，外面下雨了！"

那头传来权熙正关心的声音："我知道。你带伞了吗？"

"没有耶。"朴七彩摇了摇头，说话的时候尾音还带着点撒娇的意味。

"我带了，下来吧，我在楼下等你。"

朴七彩开心地点头："好的，我这就下来。"

刚从教学楼中走出来，就看到权熙正撑着伞等在不远处，当朴七彩正准备过去的时候，一辆车停在他面前，刚好挡在他们中间。

后座车门打开，一个美丽的少女不顾雨水径直冲了下来，抱住了权熙正。朴七彩站在雨中，清楚听到了那边的声音："好久不见，熙正哥哥。"

突然见到熟悉的面孔，一时间权熙正有些恍惚，只是待在原地任由她抱着自己。

雨中的朴七彩就这么站着，震惊地望着这一幕，直到女孩将权熙正拉上车，她才反应过来，原来自己已经全身湿透了。

她狠狠地打了个喷嚏，连忙想追过去，但车子已经发动开走了。

这时，车允宪从后面跑过来抓住朴七彩，举着一把伞："你不能这么跑出去，外面在下雨呢。"

朴七彩恼怒道："你放手！"

不等朴七彩想明白，要不要打电话去追问权熙正，那辆小轿车已经消失在校门口外的转角处了。

雨中，车允宪沉默地在朴七彩后面为她撑着伞，一边为她打抱不平："这个权熙正怎么当人家男朋友的，下这么大的雨都不知道等你。"

朴七彩呆呆地听着，滑进嘴里的不知是眼泪还是雨水，咸咸的，她一把抹去，冲进雨中，几乎是仓皇地跑走了。

朴七彩的直觉告诉她一切没有那么简单，她可能要失去权熙正了。

车允宪举着伞急忙追上去："七彩！七彩！"

而雨中奔跑的朴七彩像是没听到一样，头也不回地狂奔离去。

雨下得很大，朴七彩浑身湿漉漉地走回家里。

她一打开家门就看见客厅里的三哥朴在角。

朴在角看到七彩这副狼狈的模样吃了一惊，连忙拿出浴巾给她擦拭头发，心疼地问道："七彩，你怎么这样就回来了？冷不冷啊！"

朴七彩浑身无力，又想逞强，她摆摆手道："三哥，我没事儿。"

说完，她便往卧室走去。

朴在角举着浴巾担忧地望着妹妹的背影，却没有再说什么。

伤心透顶的朴七彩回到了自己的房间，抹去脸上的泪水，敲了敲自己脑袋让自己振作起来，但是女孩抱住权熙正的身影在她眼前挥之不去："那个女孩到底是谁？我……要不要问问？"

可是想起以前二哥说过男生不喜欢女生问东问西的，她又放下了手机。

"可是，我是他女朋友啊，他随便跟女孩儿抱在一起，难道我不应该过问？"想到了这里，她还是拿起手机拨通了权熙正的电话。

正在看自己与沈诗爱合影发着呆的权熙正深深叹了一口气，手机响了起来，他看着手机上闪烁着朴七彩的头像，刚想伸手去接起来，就想起雨中的女孩对自己说的话："姐姐如果在的话，看到熙正哥哥应该也很开心吧。"

想到这里，权熙正的心就像被扎了一下，他猛地缩回手，眼睁睁看着屏幕来电变为未接，随即屏幕暗淡下去。

朴七彩一遍遍听着手机中不断传来忙音，颓然放下手机，双目无神。

"七彩，我给你熬了一碗姜汤，还有替换的衣服。"三哥朴在角端着一碗姜汤，拿着一套干净的衣服敲了敲她的房间门。

朴七彩瞥到三哥手中的衣服里有权熙正在游乐场给她的外套，她灵机一动，连忙拿起外套冲了出去："谢啦！三哥！我出去一下！"

"你去哪儿啊！别忘了带伞！"朴在角追在后面喊道。

朴七彩却头也不回地跑了。

可一到权熙正家门口，朴七彩就胆怯了，刚才一路上做的心理准备全都没用了。

朴七彩低头看了看自己手中的衣服，担心自己还衣服这个理由是不是太幼稚了，转念又觉得，能有找他的理由就不错了，都不知道以后还能不能再见面。

就这么在外面纠结了好久，终于在一番挣扎后，她还是决定先去敲门。朴七彩调整好呼吸，整理出一个微笑，鼓起勇气按下了门铃。

开门的是精神饱满的权妈妈，权妈妈见到朴七彩开心得合不拢嘴，热情地招呼道："七彩！是你！快进来，快进来。"

朴七彩笑着看着权妈妈。

权妈妈指了指权熙正的房间，说："七彩你先进去坐，熙正去洗澡了，我去给你洗水果。"

朴七彩连忙摆手："伯母，我还了衣服就走，您不用那么麻烦的。"

"既然来了就多待会儿嘛！阿姨也好久没见你了，我这就去给你拿水果，你等着啊。"说着，权妈妈就把朴七彩往权熙正房间里推，朴七彩脸涨得通红。

权妈妈走后，朴七彩将衣服放到了椅背上，她环视房间四周，房间里没有过多的装饰，是平常的男孩子的房间。

她的手指轻抚过权熙正的书桌，她发现书桌上摆着一张乐谱，上面印着"G小调进行曲"几个大字，朴七彩犹豫了一下，到底要不要看？毕竟是在别人的房间。但好奇心还是让她打开了乐谱。

看着乐谱，朴七彩情不自禁地跟着曲子打着拍子，轻哼出曲调，哼着哼着她皱起了眉头，好伤感的曲子啊……

她不自觉地拿着曲谱走出房间，在钢琴上演奏了起来。

可在曲谱的同一个位置，朴七彩重新弹了两次，当再次弹到那个地方时，她还是顿住了："这里，这里怎么感觉不太对啊，一下子变得黑暗了好多，换个表现方式会更好吧？"

朴七彩试着改变曲调，又重新弹了几次，仍旧不满意。

正当朴七彩思考着曲谱问题的时候，权熙正走过来一手按在了琴键上，钢琴响起一声沉重的噪音，她吓得连忙捂住了自己的心脏，回过头一看，发现权熙正正站在她的身后。

"权熙正！你既然来了就先跟我说一声啊，我真的快要被你吓出心脏病

来了……"

权熙正什么都没有说，只是冷着脸一把把她手里的乐谱抢了过去。

朴七彩小心翼翼地观察着权熙正的脸色："那个，对不起啊，我没经过你的允许就拿了乐谱……对了，我发现有个地方……"

朴七彩没说完，权熙正冷冷地打断她的话："谁让你动这个乐谱的！"

"对不起，我不是故意的。而且，你的曲谱也并不完美。"

权熙正眉头紧皱，恼怒道："出去！"

朴七彩也生气了，想到自己特地跑来找他，心里就特别不是滋味："你什么态度啊！你以为我想来！"

权熙正拿着曲谱，冷着脸往卧室走去，又停下来说："那你就走吧！"

权妈妈端着水果出来就看到这一幕，震惊地问道："这是怎么了？"

朴七彩委屈得满眼是泪，窝着一肚子火，转身要走。

权妈妈放下水果赶紧过来拦住了朴七彩："七彩？发生什么事了？"

朴七彩强行挤出微笑："伯母，我……"

权妈妈连忙问道："是不是熙正做了什么过分的事让你生气了？我去教训他！"

"没……没有。"

权妈妈慈爱地抚了抚朴七彩的头发："他就是一个不懂事的小孩。发生什么事了你给我说说。"

朴七彩强忍着鼻酸，吞吞吐吐地说了事情的前因后果："我在他桌上看到了一张曲谱……发现了一个小小的缺陷……刚在钢琴上弹了一下，他就凶巴巴地要把我赶走……他的样子真的好凶，我从来没看到过他这么凶过。"

权妈妈脸上闪过一丝掩饰不住的慌乱，刚才神采奕奕的样子也消失了："曲谱？"

朴七彩被权妈妈脸上难得的惊慌吓到了，有些胆怯地说道："是啊，叫《G小调进行曲》。"

权妈妈慌乱了一瞬就收敛了神色，缓缓握住朴七彩的手，她像是下了很大决心，慢慢地道："七彩啊，看得出来，你真的很喜欢熙正。那阿姨也就跟你直说了，那首曲子，是熙正心里的一个伤痕。他今天情绪确实有点激动了，你别介意，我这就去劝劝他，你先回家休息吧。"

既然权妈妈都这么说了，朴七彩虽然满腹疑虑也只好告辞："那我先走了，我……我其实也没事儿，您千万别骂他。"

权妈妈强笑着点点头，慈爱地摸摸朴七彩的头："我知道了。"

权妈妈将朴七彩送到门口，望着她离开的背影忧心忡忡。

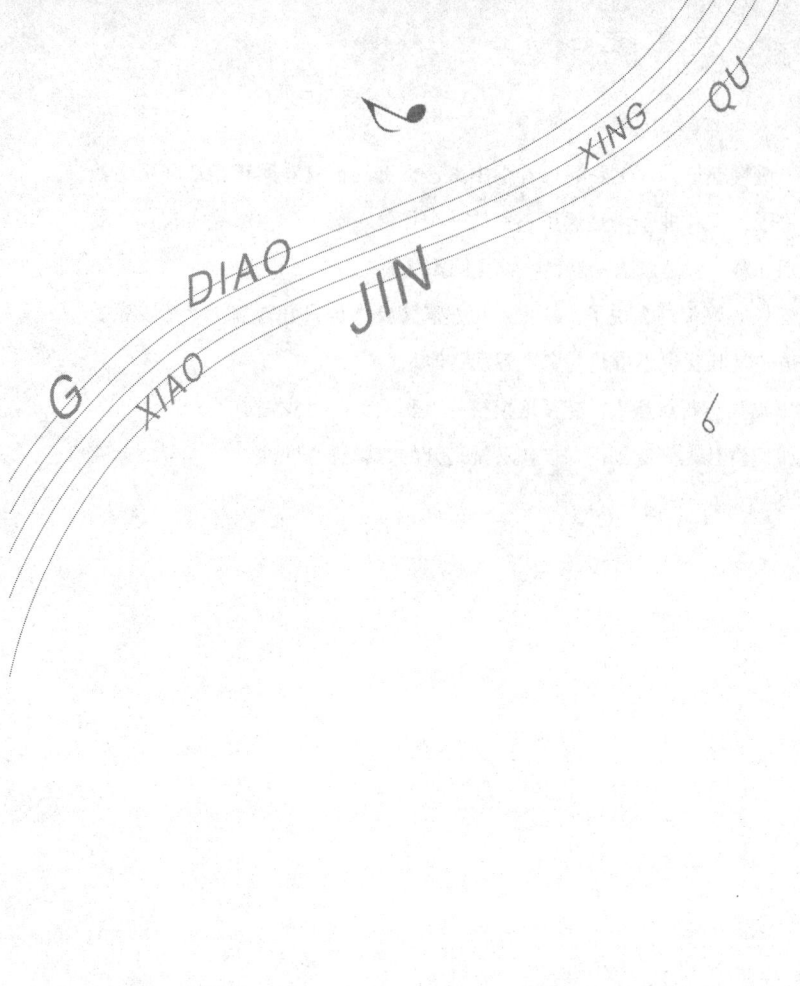

G XIAO DIAO JIN XING QU

6

第九章

遇到你像做了一场梦，

现在梦该醒了。

（一）

回到家以后，想到权熙正的事，朴七彩就睡不着，她在床上翻来覆去的，脑海中一直回想着《G小调进行曲》的旋律。

纠结了好久，她烦躁地翻身下床，走到钢琴前坐下，她凭着记忆弹奏出《G小调进行曲》的旋律……

音乐从她的手指间缓缓流淌出来，沉缓的旋律似乎在娓娓道来一件旧事。不过，如之前一样，在同样的地方，朴七彩还是顿住了，她不禁思索：到底是什么原因才会这样？

这个地方真是不太和谐，听起来怪怪的，好像缺了点儿什么，可是，缺的到底是什么呢？她一时想不起来，于是烦躁地站起身，走来走去思索着。

朴七彩来到了阳台，长舒一口气，给自己心理暗示：平静下来，平静下来，朴七彩，你一定可以的！

这时，不知从哪儿隐约飘来一段悠扬的小提琴声。

朴七彩闭着眼睛用心感受，聆听了一会儿，她灵机一动，对了，那段音乐缺的就是在阳光下舞蹈的那种欢快昂扬的情绪！爱一个人不应该是痛苦的，而是应该像阳光照亮阴影一样，充满快乐的。

这样想着，灵感就像源泉一样缓缓流淌，朴七彩跑到桌边，手忙脚乱地抽出了白纸，在上面涂涂写写。过了一会儿，朴七彩对着写满了音符的白纸，手动打着拍子，并喃喃自语道："嗯，这样子就很完美了！"

她拿着自己所填写的曲子，来到钢琴旁，按照曲谱流畅地弹出了完整的曲子。

当最后一个音符落下后，朴七彩感觉整个作品呈现一种完美且和谐的结构，比起以前灵动了不少，十分动人，充满魔力。

她高兴地笑了："我要亲手把这曲子送给熙正！这可是钢琴天才权熙正和无敌少女朴七彩的第一首合作作品呢！"

朴七彩决定要用这首曲子，制作一个音乐盒送给权熙正。

于是，朴七彩兴奋地来到了全是手工制作店家的街道上。

她一家一家地走进去，又失望地从一家一家走出来，不知不觉间天渐渐地黑了。

朴七彩走到了街道深处一家不起眼的手工店中，沉思了半天，小心地推门而入："您好？请问有人吗？"

一位老人从老旧的柜台后面走了出来："有什么需要吗？"

朴七彩礼貌地问道："老人家，我想做一个音乐盒，能放我自己录下的钢琴曲的那种。"

老人有些讶异："这年头很少有人定做音乐盒了，都是买现成的……"

"老人家，这首曲子对我还有我要送的人来说都很重要，我是真的很想有一个独一无二的礼物，所以……"

老人笑了笑："是送给男朋友的吧？"

朴七彩微微脸红，点了点头："我想目前还算是吧。"

"你的曲子呢？"老人问道。

朴七彩兴奋地打开了手机，找到写满曲谱那页："在这儿，在这儿。"

老人似乎也是懂音乐的，看到曲谱以后，当即便应承下了音乐盒的制作，并嘱咐朴七彩晚几天过来拿。

才过了两天，音乐盒就做好了。朴七彩拿到定制的音乐盒，小心翼翼地捧着，生怕摔着了。回家以后，她郑重地将音乐盒放在了自己的桌子上，然后试起了音乐盒，经朴七彩改良后的《G小调进行曲》的乐声便流淌出来。

朴七彩闭着眼睛，沉浸在音乐中，许愿道："不知道他的心里到底有什么伤疤，希望这首曲子能给他带来慰藉吧。"

第二天下课后，朴七彩就拿着音乐盒来到了权熙正经常练琴的琴房，想要给他一个惊喜。想了想这些天的事情，朴七彩有些紧张，她长舒了一口气，正准备进入琴房，却看到了令她震惊的一幕。

权熙正和那天那个女孩在钢琴边相拥而立。

朴七彩的泪意瞬间涌了上来，权熙正也看到了她，两人面面相觑，权熙正连忙放开女孩。

一时间权熙正有些不知所措："七彩。"

朴七彩盯着他们，眼泪不自觉地往下流，内心感受到了深深的背叛。

"你们……"

朴七彩怔怔地看着女孩的脸，觉得有些熟悉，想起上次在权熙正房间的小木盒里看到的照片。

原来是她！

权熙正想解释，可是话到嘴边，什么也没说出口："七彩……我……"

朴七彩踉跄着向后退去："权熙正，你……你说得对，我真是个大笨蛋，从一开始就是我自作多情。今天，我都懂了，打扰你们了，抱歉！"

然后她将音乐盒狠狠地摔在了琴房的地上，头也不回地冲了出去。

这一次，权熙正没有追上去。

（二）

朴七彩生气地摔了音乐盒跑走后，权熙正怔怔地望着地上的音乐盒碎片，他许久没有言语，心中五味杂陈。权熙正也很想把一切的前因后果都告诉朴七彩，但是这些过往对于他来说也是难以言说的悲伤，他并不知道要如何开口。

沈诗恩伫立在一旁，也看出不对劲来。过了好一会儿，她才试探性地问道："刚才那个女孩好像误会我们了，她是你的女朋友吗？"

权熙正没有回答，蹲下身，小心翼翼地捡音乐盒碎片。

沈诗恩微笑着走近："我来帮你吧。"

权熙正却冷冷地举手示意："不用。"

沈诗恩耸耸肩，语气却非常轻松："如果给你带来麻烦，那对不起。"

权熙正沉默不语。

见他不回答，沈诗恩也不生气，她淡淡笑着走到钢琴前，随手弹出一段旋律，说道："不管怎么说，我很开心，你没有忘记她。"

权熙正闻言，正在整理东西的手突然停住了，沈诗恩口中所说的"她"，是他永远过不去的坎。

独自跑出来的朴七彩边哭边跑，正好与从其他练琴房出来的周五弦撞了个正着。

周五弦拉住满脸泪痕的朴七彩，问道："你怎么了？"

朴七彩含混不清地说："我看到权熙正跟一个女孩儿抱在一起。"

周五弦愣了一下，好似不知道怎么处理这种问题。

"那个女孩儿，我之前在权熙正的房间见过他们一起弹琴的照片。"朴七彩继续说道。

周五弦沉思了一会儿，尽力以朴七彩的话为线索提炼出相关信息："权熙正好像之前有一个搭档，两个人是青梅竹马，不过四年前，她突然消失了，权熙正也就是从那以后再也没有弹过琴，不知道两者有没有关系。"

"如果她真的是权熙正的青梅竹马，那权熙正为什么不跟我说呢？"朴七彩质问道。

"那你也可以去问他啊。"周五弦镇静地说道。

朴七彩犹豫："我……"

回到家后，朴七彩郑重地思考了一下周五弦的提议，但是她还是颇为犹豫。她躺在床上，嘴中念念有词："打，不打，打，不打……"到底要不要打电话问呢。想打，但是又害怕未知的答案。

朴七彩躺在床上琢磨着，思前想后，翻来覆去。她几次拿起手机又放下，如此反复还是没有勇气打出去，最后只得郁闷地一把拉过被子："算了，我还是睡觉吧。"

而另一边的权熙正也睡不着，他坐在桌边，桌面垫着一张干净的白布，上面依次整齐地摆放着音乐盒碎片，以及各种精巧的修复小工具，捣鼓了一阵之后，音乐盒才被拼接到了一起，他试着转动音乐盒的开关，音乐盒却只能传出断断续续的声音。

音乐虽然是间断的，但权熙正还是能听出其中的曲调，他不禁眉头微皱，随即，他又拿起一个小工具，调整了一下，曲调变得清晰了一些。

权熙正凝神仔细听了听，有些发怔："这是……这是七彩修改过的《G小调进行曲》？"

他把音乐盒放在钢琴上，深呼一口气，闭上眼睛认真感受着音乐盒的曲调。他的眼前浮现出朴七彩谱曲的画面，他情不自禁地抬起手，在琴键上敲出几个音符，隐约听出与音乐盒中的曲调是一致的。

权熙正笑了起来。朴七彩在音乐方面进步蛮大嘛，连曲子都会谱了。

在挂满钢琴设计草稿的书房里，权爸爸在用心伏案设计钢琴草图，突然听到客厅传来一阵钢琴声。他不禁诧异："有钢琴声？"

权爸爸连忙起身，欣喜地冲进书房。难道是权熙正又能够弹钢琴了？

房间里，权熙正努力地弹奏，但按在钢琴上的手指情不自禁颤抖起来。

刹那间，他的眼前浮现出沈诗爱的模样。那个少女和他有着令人羡慕的默契，他们是最好的搭档，他们可以四手联弹他写的《G小调进行曲》……他还记得在那场举世瞩目的比赛之前，女孩对他说："阿正，你放心！我们一定会赢的！"

他笑着回应。

在他们努力过后，他们也真的取得了胜利。当时的音乐厅里，两人曲毕，众人欢呼，掌声雷动，万众瞩目。只是不料，在获胜的一瞬间沈诗爱轰然倒地，从此再也没有起来。

那时，台下年幼的沈诗恩首先冲过来，紧张地喊道："姐姐！"

权熙正抱着沈诗爱，她还不忘问道："阿正，我们赢了吗？"

可还不待权熙正回答，女孩的双目就轻轻地合上了，身体如同泄气的玩偶一般瘫在权熙正身上。

想到这里，权熙正一脸慌张，他的手猛然停了，可沈诗爱的话依然在他脑中回旋：

"阿正，我们赢了吗？"

…………

这句话不断在他脑海里回荡。

权熙正的手抖得愈发厉害，他握拳狠狠砸在钢琴上，蹦出一堆杂乱音符。他悲伤地哭了起来："对不起……对不起……"

站在不远处看着这一幕的权爸爸露出难过的表情，望着权熙正痛苦的样子，他本想说点什么，但沉思片刻还是选择转身离开。

神色黯然的权爸爸走进储藏间，打开灯，只见里面放置着一架用白布罩着的钢琴。这架钢琴是身为钢琴师的权爸爸最得意的作品，是他准备送给权熙正十八岁生日的礼物。曾经的权熙正还和他许诺一定要用这架钢琴弹奏出最动听的作品，可是如今已是物是人非了。

想到此处，权爸爸忍不住悲伤地叹气。

权妈妈从外面经过，推门走进来，上前去轻轻揽住权爸爸的肩膀，柔声说道："怎么了？"

权爸爸抚摸着钢琴唉声叹气："这架钢琴可能再也送不出去了。"

权妈妈安慰权爸爸："那件事过去那么久了，他都没办法走出来。只能说明咱们儿子是个内心很温柔的人。"

唉，说起这个，权爸爸再次长长叹了一口气。

看到这样的权爸爸，权妈妈喃喃安慰道："放心吧，你这架钢琴总有一天能送出去的。"

权爸爸握着权妈妈的手拍了拍："但愿如此吧！"

权爸爸和权妈妈依偎在储藏间里，他们相信爱的力量一定可以带权熙正走出阴霾，这件得意之作终有一日可以焕发出属于自己的光芒。

（三）

第二天，朴七彩正和何沅珠一路往教室走去，还各自吐槽这些天的糟心遭遇。

何沅珠乐观地安慰朴七彩："权熙正怎么想的我不知道，但说他移情别恋，我不相信。"

朴七彩无精打采地问："为什么？"

"你先回答两个问题，一、权熙正缺追求者吗？"

朴七彩摇摇头，难过地说道："不缺，所以我才患得患失啊。"

"二、你是他接触到的女生中最优秀的吗？"

说起这个，朴七彩还是个很有自知之明的人，识趣地刮刮鼻子，扭捏着说："这个嘛……"

"若论身材相貌，舞蹈系好几个天仙；若论才华，周五弦学姐跟你不相上下，你可能稍微多点天赋。还有性格、智商、家世等，单拎出来哪一样，你也算不上最佳。"

朴七彩有些心虚，但听到自己最好的朋友这么说她，她还是不满地嘟囔着："何沅珠，你什么意思？"

何沅珠笑嘻嘻摆摆手："别急嘛，我的话还没说完呢。在这万花迷乱的竞争者中，权熙正能看上你，恰恰说明他喜欢的就是你，不是因为别的什么。如果是这样的话，权熙正也不是花花公子，他既然选了你，别人想取代你也不容易。"

总算听到了一句好话，朴七彩脸微微红了："这么说也有道理。"

何沅珠拍胸脯保证："所以我说根本不用担心。"

想了想，朴七彩又觉得好像事情也没有那么简单，不由得开始担忧："可是，那个女孩儿好像有点不太一样。"

何沅珠不以为然道："她为啥特殊，难不成还开了光？"

朴七彩摇摇头："他们好像早就认识了，有可能是青梅竹马，还有可能是初恋。"

"说实在的，这种初恋什么的最可恶了，上一局已经完结了，这一局又来作妖。如果那么喜欢当初就应该修成正果呀，何必跳来跳去当烦人精。"

朴七彩突然觉得何沅珠说得有道理，情绪这才微微缓和了一点。但没多久她又失落了："不过她漂亮又机灵，温柔还可爱。"

何沅珠拉了朴七彩一下，拍了拍她的肩膀："别长他人志气，灭自己威风。这样吧，一会儿我用塔罗牌帮你算一卦，看看胜算。"

朴七彩似乎没有听进去，她看着不远处发怔，何沅珠顺着她的视线看过去。只见不远处，沈诗恩手中捧着书，被一群女生众星捧月地围着有说有笑，笑容满面。

何沅珠赞叹道："哟，咱们学校什么时候多了这号人物，声形貌俱佳，我竟然不知道。"

说着说着，何沅珠才注意旁边朴七彩望着沈诗恩满脸怨怼，好像远处的女孩欠了她几百块钱一样。

回过味来，何沅珠用胳膊肘推了推朴七彩："放心吧，只要权熙正的青梅竹马不是她，我看你的胜算还是很高的。"

朴七彩转过头看着她，苦笑道："我说的，就是她。"

啊？何沅珠顿时尴尬万分，她讪讪地拍着朴七彩的肩膀安慰："那个，有句话不知当讲不当讲，天涯何处无芳草……"

听到好友何沅珠这样说，朴七彩就更难过了，一脸的沮丧外加无语。

世间有两愁，一是有权熙正这种万里挑一的男朋友，二是有何沅珠这种"塑料姐妹花"。

上课时间到了，朴七彩和何沅珠走进教室。她们坐好以后，何沅珠拿出塔罗牌想要帮朴七彩占卜一下，但朴七彩还是一副心不在焉的神色，头都快低到桌子底下了。

此时上课铃响了，孔主任带着沈诗恩走了进来，沈诗恩进来以后，同学们都纷纷议论出声。

"这是新来的交换生，沈诗恩。大家欢迎一下吧。"孔主任宣布道。顿时，教室里响起热烈的掌声。

何沅珠却不为所动，同情地看着身边的朴七彩。

讲台上，沈诗恩落落大方地自我介绍道："大家好！很高兴认识大家，我是沈诗恩，以后请大家多多指教。"

孔主任笑意盈盈："沈同学太谦虚了，据我所知，沈同学的钢琴天赋就是跟咱们的钢琴王子相比，也不遑多让啊。"然后便冲底下的同学训话道："以后，你们要多向沈同学讨教学习，不许给我丢脸，知道吗？对了，今天的例行演奏是谁？"

今天例行演奏的是朴七彩。

何沅珠见朴七彩不动，推了她一下。朴七彩这才呆呆举手。

何沅珠小声鼓励朴七彩道："精神点！论钢琴天赋舍你其谁，待会儿给她一个下马威，让她看看你的厉害。"

朴七彩起身："好。"说完起身向台上走去。

孔主任看到朴七彩赶紧摆手："哎哎哎，你先不用上来。我的话还没说完呢。你今天不用演出了，沈诗恩第一天来上课，说她想给大家演出一段，你下次再来吧。"

朴七彩脱口而出道："我不同意，为了这次例行演奏，我跟权熙正练了很久……"

听到权熙正几个字，沈诗恩看向了朴七彩，但脸上依旧保持着温柔笑意，看起来十分无害。

朴七彩顿了顿，迎向沈诗恩的目光，继续说道："这次，我不想让。"

孔主任不解："这有什么好争的，又不是比赛。"

朴七彩小声嘟囔："谁说不是比赛。"

孔主任有些不耐烦地摆摆手："好了好了，马上上课了，不要耽误大家时间，你赶紧下去。"

沈诗恩顺势说道："这位同学，虽然我不知道你是谁，但谢谢你给我展示的机会。"

朴七彩只好不甘心地走了下去。

她回头就看到沈诗恩温柔地冲孔主任点点头，走到钢琴前坐下。

沈诗恩举手投足间尽显优雅温柔，台上，她弹了一首难度系数极高的钢琴曲——《English Country-Tunes》。

前奏响起，全场沸腾，台下的同学开始议论纷纷：

"这不是那首世界上最难的钢琴曲吗？"

"这个手速也是没谁能比得上了！"

同学们在下面听着，都忍不住两眼放光，暗生赞叹。

朴七彩怔怔地望着沈诗恩，像是受到了重大的打击，这个竞争对手，不简单。

旁边唯恐天下不乱的何沉珠紧张地默默摆出牌阵，推了推朴七彩，让她抽牌。

朴七彩诧异地望着何沉珠："干吗？"

"你不是想知道你跟权熙正的未来吗？快点抽一张牌。"何沉珠急匆匆地说。

朴七彩迟疑了一下，还是抽了一张牌。并在何沉珠的指导下，开始翻牌，是一张皇后正位。

何沉珠看到牌面，担忧道："形势很严峻啊。"

"怎么？"朴七彩有些疑惑。

这时，沈诗恩的演奏也完毕了，教室里再次响起热烈的掌声。

讲台上的沈诗恩礼貌地冲大家鞠躬致谢。

何沉珠看着沈诗恩，又对朴七彩露出严肃的表情，说道："皇后，你的对手，众星捧月，势不可当，注定要成为光芒万丈的人。"

"那我呢？"朴七彩一脸迷茫，感觉何沅珠说得煞有其事。

何沅珠又翻过一张牌，不禁喃喃道："高塔。逆境、崩溃、突然分离、破灭的爱……"说完又故作神秘地摇了摇头。

朴七彩沮丧地望着台上微笑着的沈诗恩，满脸失落："现实果然比小说更残忍。"

因为沈诗恩的事情，朴七彩一整节课都不怎么在状态，下课了她俩也是第一个冲出教室。

朴七彩边走边嘟囔着："刚才的牌不是我的，我不承认！"

何沅珠附和道："对对对，可能拿错了。"

权熙正站在教室外，与正出门的朴七彩撞了个正着，两人都有些尴尬，不知道说什么。其他同学也陆续从教室出来，沈诗恩跟几个女孩儿有说有笑地出来，看到权熙正后，她立即笑着从朴七彩身后出来，走到权熙正身边，亲昵地挽住权熙正的胳膊。

权熙正没有拒绝，任由她挽着自己走了。

一边的朴七彩将这一幕尽收眼底，心底气愤极了，她恨恨地说道："平常我牵你个手都像要了你命一样，现在却跟别的女人手挽手这么亲热！"

朴七彩回过神来后，心有不甘地跟了上去，她要去讨个说法！沈诗恩听到后面有人冲过来，转身一个回旋踢，脚就停在离朴七彩的脸不到五厘米的地方，朴七彩被吓得目瞪口呆。

旁边的同学也吓得瞪大眼睛捂住嘴，刹那间，惊呼声此起彼伏，同学们开始议论纷纷。

权熙正见状，赶紧把沈诗恩的脚推开，微微护在朴七彩面前，并责怪沈诗恩道："你干吗呢？"

沈诗恩不卑不亢地道歉："不好意思，我是跆拳道黑段。刚才你朝我们冲过来，我身体下意识做出了反应，多多包涵。"

权熙正关切地打量着朴七彩，看她没事这才放心。

沈诗恩也看着朴七彩，她明明知道这个女孩和权熙正的关系不简单，却装作什么都不知道似的询问道："有事吗？"

朴七彩强装不怕地挺着腰，但说出来的话却有些发抖："没什么。你……你们……"看来她刚才真的是被沈诗恩吓了一跳。

"不好意思。"沈诗恩微笑着打断她道，说着看了看权熙正，"我们答应了伯母，要陪她参加业主酒会的。"

权熙正默默看了朴七彩一眼，低声道："走吧。"他说完就转身离开，沈诗恩下意识想挽住权熙正的胳膊，可权熙正不动声色地率先离开，虽然沈诗恩有些尴尬，但也很快收敛神色。临走前，她还不忘回头冲朴七彩微笑挥手："那我们先走了，再见。"

朴七彩欲言又止地想跟上前去，不过还是讪讪地停了下来，这时车允宪跑过来，笑嘻嘻地拉住朴七彩。

朴七彩有点恼："你干吗？"

车允宪故意卖关子："今天，我在酒吧有节目，现在诚邀你当我最尊贵的嘉宾。"

朴七彩本想拒绝，看着权熙正头也不回地离开，十分生气。

朴七彩故意大声说道："好，我一定去给你捧场！给你卖力喝彩！"

权熙正听到朴七彩的声音，微微皱眉。

车允宪惊喜："真的吗？七彩，你这么痛快答应我，还是第一次。"

车允宪兴奋地抱起朴七彩转圈，朴七彩被车允宪抱在半空中，手足无措却依然下意识望向权熙正，没想到权熙正头也没回地离开，朴七彩心里十分不是滋味，落寞地低下头。

权熙正走远后，朴七彩立即收敛笑容。

不远处的同学议论着。

同学1："朴七彩又被甩了？"

同学2："本来俩人也不配，人家的青梅竹马回来了，门当户对，郎才女貌。权熙正哪是朴七彩能配得上的？"

朴七彩黯然低头，殊不知，远处的权熙正偷偷回头看她，但朴七彩并没看到。

沈诗恩和权熙正离开人群一段距离后，便露出与平时不一样的冷漠表情，她冷冷地道："你的演技，现在这么好了吗？"

"我不懂你的意思。"

沈诗恩不顾权熙正的阻拦，拉过他的手，只见食指侧面有一道深深的甲痕。她胜利一般看着权熙正："从小你一紧张就会用大拇指死死地掐食指。你刚才，吃醋了。"

权熙正有些生气："多年不见，我不知道你已经是侦探了。"

沈诗恩质问道："你是不是喜欢朴七彩？"

权熙正冷冷地答道："跟你无关。"

"如果现在站在你面前的人是我姐姐，你也会这么说吗？"沈诗恩又搬出了自己的姐姐。

"你觉得这种假设性的问题有意义吗？"这一次提到沈诗爱，权熙正没有再一味地退让，而是出言反问。

沈诗恩还想说什么，但权熙正已经径直走了。她望着权熙正离开的背影，喃喃地说道："你只能是姐姐的。"

（四）

夜晚，朴家的几个兄妹正凑在一起吃晚餐，朴在角拿着一本宣传册过来："大家看一下。"

其他人对这个都不感兴趣，只有朴在微捧场："这是什么？"

"小区业主酒会的宣传册，大家有兴趣参加吗？"朴在角环顾了一下周围又自答道，"看来是没兴趣。"

业主酒会？朴七彩突然来了兴趣，她想到之前沈诗恩说过要陪伯母参加业主酒会的话。

朴七彩瞬间精神起来："谁说我没兴趣。"

说完她拿着宣传册看了起来。

众人有些惊讶地看着她。

"我不仅要参加业主酒会，而且还要光鲜亮丽地出现在所有人面前，让她们好好看看我朴七彩也是有女主角光环的！等着瞧吧！"朴七彩眼神坚定地说道。

"她这是怎么了？"朴在角问道。

"我一会儿还得赶稿子，我就不去了。"朴在微赶紧找借口开溜。

一看朴在微的反应，朴在角也找到了这件事的正确处理办法，那就是赶紧溜！他立马说道："我也有安排了。"

"我……"朴在羽也想推托，但话还没说完，朴在微和朴在角异口同声，"你没事就去呗。"

"我们都有事，你和七彩就代表全家出席吧。"朴在角苦口婆心地劝导朴在羽。

朴在微也拍了拍朴在羽肩膀："是啊，你最该去了。"

而此时，权熙正却一个人来到了朴七彩家门口，他想去找朴七彩解释这一切，又不知道从何说起，于是只能在附近徘徊。这时，他看到何沅珠拎着大包小包来到朴七彩家门口，敲起了门。权熙正赶紧躲在隐蔽处，他还没有做好面对七彩的准备。

何沅珠见到来开门的朴七彩就笑着抱怨："你平时应该多备点，不要一有约会就拿我的存货。"

权熙正紧张地望着两人，微微皱眉。约会？约谁？难道是车允宪？

"不过女为悦己者容，我明白。"何沉珠又说道。

"知道就别说那么多了。"

两人在门口互相调侃了几句，朴七彩便拉着何沉珠进门。

权熙正暗暗吃醋。他哪里想到，朴七彩以为权熙正会去业主酒会才这样打扮。但是权熙正又以为朴七彩是去见车允宪，于是并没有出席业主酒会，而是早早跑到车允宪驻唱的酒吧蹲点。

业主酒会上，灯火辉煌，几张大桌子上面摆着各色吃的，还有各色饮料、葡萄酒。悠扬的音乐循环播放着。

众人三五成群，闲聊着天，吃吃喝喝。

朴七彩穿着何沉珠为她准备的白色礼服，梳了一个淑女名媛的头发，化着精致的妆，盛装来到这里。

与此同时，灯红酒绿、觥筹交错的酒吧里，坐在角落处戴着黑色帽子和口罩的权熙正紧盯着酒吧门口，他把自己捂得严严实实的，活像一个侦探。他哪里知道自己等的人，其实在别处等他。

业主酒会上，许多人朝着朴七彩这边纷纷侧目，朴七彩还以为自己天生丽质只是欠缺打扮，要不为何只换上一套名媛装就那么引人注目？

不过后来她才发现，大家赞美的并不是自己，而是高挑美丽的沈诗恩。沈诗恩和权妈妈就在自己身后不远处谈笑风生。

看着光彩夺目的沈诗恩，朴七彩突然涌出一股自卑感。她如果是耀眼夺目的钻石，那自己就只是街边不起眼的沙砾罢了。

此时，权妈妈看到朴七彩，她热情地走过来打招呼："七彩，刚才没有看到你，你们刚刚过来的吗？"

朴七彩瞪着沈诗恩："是的。"

权妈妈没有意识到有什么不对，还笑嘻嘻地和朴七彩介绍着沈诗恩："这是沈诗恩啊，跟你们一般大，是熙正的好朋友。我们两家是世交，他俩从小就一块玩，感情很好。"

朴七彩憋屈地低头，没有说什么。

沈诗恩则礼貌地笑笑。

权妈妈继续对着沈诗恩道："这位是朴七彩，现在的小姑娘都爱臭美，娇滴滴的，七彩完全不一样。你别看她个头不高，浑身是肌肉，但她就跟女侠似的，路见不平一声吼，还帮我追过小偷！"

朴七彩尴尬地想阻止权妈妈："阿姨，我……我还好，真的还好。"

沈诗恩捂嘴掩笑。

"不过也多亏了七彩这个朋友，熙正才渐渐开朗起来了。"权妈妈意识到这样形容一个女孩有失分寸，马上改口道。

听到权妈妈的解释，朴七彩这才有些许欣慰。

沈诗恩笑道："熙正哥哥从小就不是一个喜欢交朋友的人，我搬走之后，他身边也没有别人，肯定很孤单。谢谢你帮我照顾熙正哥哥。"

朴七彩被沈诗恩激得愤愤不平，正准备反驳，但还不待她说话，权妈妈就接话道："你们两个都是熙正的好朋友，以后肯定也能成为好朋友的。"

是吗？

沈诗恩也没有兴趣和朴七彩较劲了，她和朴七彩其实无冤无仇，要不是中间隔了一个权熙正，她不见得会和她争什么。不过，权熙正今天没有在，她们自己较劲也没意思。于是她微笑着对权妈妈说道："对了，伯母，刚才李叔叔不是说要跟您说几句话吗？"

"看我，差点忘了。"权妈妈说着便冲朴七彩道，"七彩，我有点事儿，你随意啊，多吃点。"

朴七彩十分不满，又不好发作，只好瞪眼看着两人走开。

与朴七彩一起来酒会的朴在羽吃好了点心，朝这边走过来。他看到情况不对，于是将她拉到角落："这个沈诗恩是谁啊，一副正牌女友的口气，对你说那些话什么意思？我看这人不简单，小小年纪就话里有话的，你要看好权熙正啊。"

朴七彩心里委屈，看着不远处沈诗恩和权妈妈有说有笑的画面，赌气道："我为什么要看好权熙正？如果他真的心里有我，需要我看吗？"

"不能这么想啊！"朴在羽着急地说道，然后又故意逗她，"那个沈诗恩挺厉害的，你真不怕权熙正移情别恋啊！"

"如果真到分手那一步，也是我甩了他！"朴七彩为自己辩驳道。

朴在羽有些难以置信地说："你不是认真的吧？"

朴七彩低下头去，虽然有些不情愿，但还是有些失落地说道："不能更认真了。"

（五）

灯红酒绿的酒吧里，随着时间推移，墙上的钟表一点点走动，酒桌上的客人越来越少，舞台上的车允宪越来越失落。

因为这里不是二十四小时酒吧，所以老板刚才也已经跟车允宪说了快到时间了，要打烊了。

可是等不来朴七彩，他就不想走。

车允宪请求老板让他再唱一首歌，老板也很好心地答应了。他刚站上舞台，朴七彩就火急火燎地冲了进来。

车允宪看到出现在酒吧的朴七彩，心里瞬间乐开了花。

朴七彩还穿着在酒会上的白色礼服，车允宪不禁欣喜，难道她因为自己特意打扮了一番？

那边角落里的权熙正心情就没这么好了，甚至说有点生气，朴七彩的到来印证了他的猜想，她果然是精心打扮与别人约会。

只见朴七彩走向车允宪，然后向他道歉："对不起啊，我迟到了。其实是因为我……"

车允宪摸摸朴七彩的头，撩了撩她的刘海，笑着说："没关系，你来了就好。而且还为我打扮得这么漂亮，我真的很开心。"

朴七彩本想解释，犹豫片刻还是算了。她环视一圈："哎呀，没人了，都怪我来得太晚了。"

"傻瓜,不管多晚,因为是你,我都愿意等啊。"不管怎么说,等来了朴七彩,车允宪很开心。

朴七彩既愧疚又感动,不知该如何应对,只能怔怔地望着车允宪。

车允宪看出朴七彩的为难,笑着拉她上台。"谁说没有人的!"他指指权熙正的方向,"那还有一个人。"

权熙正闻言,再次低下头去。

车允宪望着朴七彩的眼神里充满了爱意,他深情地说:"就算只有一个观众,我也想跟你一起合奏这首歌,你来帮我伴奏,可以吗?就当是给我的补偿。"

朴七彩心里有点愧疚,自己因为去酒会耽误了与车允宪的约定,所以爽快地点头答应。

舞台上,朴七彩和车允宪准备好乐器,开始演奏,很奇怪,他们的配合非常默契,就像配合多年的老搭档一样。

听着二人的合奏,角落里的权熙正手指微微颤抖,舞台上配合默契的二人让自己显得十分多余,他再也看不下去了,只得心灰意冷地离去。

一曲毕,四周寂静。

朴七彩看着走出酒吧门口的人,说道:"哎呀,最后一个人也走了。"

"没关系,有你在就好了。"车允宪深情地对朴七彩说。

此时,酒吧老板出来了,打断他们的对话:"你们结束了吧,已经为你们延时了,现在真的要打烊了。"

朴七彩连忙向老板鞠躬致歉:"不好意思,耽误你们了,这样吧,我俩一起帮忙。"

车允宪也表示同意:"行啊,然后我再送你回家。"

然后几人开始打扫酒吧。在打扫的时候,朴七彩在酒吧的角落里找到一条再熟悉不过的手链,她猛然想起刚才那个捂得严严实实的人,那不就是权熙正吗?她瞬间怔住了,待到环顾四周,却再也没有那人的痕迹。

G XIAO DIAO JIN XING QU

第十章
朴七彩，
因为喜欢你，
所以不能拥抱你。

（一）

那条手链的遗落，完全是一个意外，权熙正自己都不知道手链丢了。直到第二天，他才意识到自己的手链不见了，他回忆起自己前一天的行程，推测手链很有可能遗失在了酒吧里。于是他一大早就跑了过去。

酒吧上午都是打烊状态，权熙正到达酒吧的时候，酒吧老板正在热火朝天地装卸酒水。权熙正也管不得那么多了，火急火燎地就往里冲，结果被酒吧老板一把拦住："不好意思，哥们儿，咱们还没开张呢。"

权熙正露出焦急的神情，解释道："我不是来喝酒，是来找东西的。"

权熙正看了看脚下的地面，很干净，想必找到的可能性很小了，但他仍旧不死心地问："请问你们昨晚打扫的时候有看到一条手链吗？不值什么钱，但对我很重要。"

酒吧老板摇摇头："没有啊，昨晚有对小情侣帮我一起打扫，也没听他们说看见什么手链。"

权熙正诧异："小情侣？"

酒吧老板笑了起来："不对，还不能算情侣。小伙子本来想告白的，姑娘迟到了，俩人就简单合奏了一首曲子。"

权熙正听到"告白"两个字，僵在原地。

原来车允宪本来是打算告白的。

酒吧老板意识到自己说得有些多了，于是说道："说远了，不然我再帮你问问他们？"

"不用了。"面对这样的情况，权熙正有些无所适从，只得失神地转身离去。

教室里，捡到手链的朴七彩趴在桌上，她望着手里的手链，时而忧虑，时而发笑。

"哎，失恋真可怕。"一旁的何沉珠担忧地看着朴七彩，她看朴七彩神情并没有什么变化，于是又劝她道，"其实这话我早就想说了，权熙正也没什么好的，整天对你冷冰冰的，性格古怪难以捉摸，跟他待久了都怕要神经衰弱，还是车允宪阳光开朗些……"

"你先别着急下结论。"说着朴七彩便拿起手链，满眼柔情地在何沉珠面前晃了晃，欣喜地问道，"熟悉吧？"

何沉珠挠挠头："怎么，淘宝买袜子，店家送的？"

朴七彩"喊"了一声："什么呀，这是权熙正的。"

何沉珠笑着询问："他送你的？难道主动求和啦？"

朴七彩意味深长地笑了笑："不，这是昨夜车允宪约我去酒吧，我在那里捡的！"

何沉珠一脸问号："你们三个都去了酒吧？这我就不懂了，车允宪约了你，你约了权熙正？还是车允宪约了你，顺便也约了权熙正？"

"不不不，肯定是车允宪约我的时候，权熙正也听到了，因为吃醋，他偷偷跟着去了。这说明什么，权熙正还是喜欢我的！"朴七彩得意地说道。

看着傻笑的朴七彩，何沉珠一脸担忧："车允宪没跟他起冲突？"

"嘿嘿，权熙正把自己包得像个粽子，我们都没认出来。"朴七彩想到昨晚那个等到半夜的男生可能是权熙正，心情就格外的好。

何沉珠不解地问道："那你怎么认出来的？"

朴七彩信心十足地捏起那根手链："就是这条手链啊，手链在，说明人去了。"

"原来这些都是你的推测啊。好吧，这条手链是孤品吗？全世界只有权熙正有？"何沉珠疑问道。

朴七彩摇了摇头："不，这是之前我们旅游的时候在景点买的。"

何沅珠有些无语："亲爱的，别怪我泼冷水，景点纪念品这种东西，满大街都是，就像每个理发店都有一个Tony老师一样。"

朴七彩想了想，支支吾吾地辩解道："那至少有可能是权熙正的，总没错吧。"

"是有这个可能，不过概率嘛……"何沅珠冷笑道，"权熙正要是真去了那才古怪，喜欢就喜欢，不喜欢就拉倒，含混不清偷偷摸摸去监视你？这可不是他的作风。"

听到何沅珠的分析，朴七彩开始反思起来。沉思了几分钟后，她说道："你说得对，我受够了这种患得患失的等待，死也要死个痛快，大不了就是分手，我现在就去找权熙正问清楚。"

迫不及待想知道答案的朴七彩连忙起身，她想亲自问问权熙正，她想知道他到底在想什么。况且……朴七彩心里还存了一个小小的期待，她确定那个人就是权熙正，权熙正一直留着她送的手链，也许他心里是有她的。他只是不善于表达。就以归还手链为由去见他一面吧！做好决定以后，朴七彩就带着手链往权熙正家走去，她心里既纠结又期待。

没准……还能和好如初呢。

想到这里，朴七彩忍不住笑出了声："权熙正，一会儿你一定要告诉我，这就是你的手链……"

朴七彩蹑手蹑脚地走到权熙正家门口，本来想直接敲门，但又拿出镜子看了看自己的样子，确定没问题后，又拗了好几个造型，这才敲响了权熙正家的门。

门开了，可开门的是沈诗恩。

沈诗恩笑得很淡然，而这份女主人一般的从容却让朴七彩尴尬无比，她的笑容顿时僵在脸上，支支吾吾半天没说出什么。

反而是沈诗恩落落大方地招待："七彩，你怎么来了？是来找熙正哥哥的吧，先进来吧。"

朴七彩迟疑了一下，跟着走了进去。

沈诗恩又是帮朴七彩拿拖鞋，又是拿饮料，反倒让朴七彩不知所措。

"别见外，随便坐吧。"

朴七彩有些蒙，她很想说自己不见外，她已经来了很多次了，却终究没有勇气说出口。

她坐在凳子上，环顾四周，发现家里的家具摆设变了，不同的家具上多了几个造型别致的花瓶，里面分别插着不同的鲜花。于是她疑惑地问道："这些家具怎么变了，还有这些花？"

沈诗恩识破朴七彩的心事，故意说道："你来得有些不是时候，之前家里的家具摆设采光不够好，我重新弄了一遍。不过还没完全弄好，有点凌乱，你别介意啊。你看，摆了几束花，家里是不是有生气多了。"

朴七彩难以置信，一不留神就把心里话说了出来："这里什么时候你说了算了？"自知失言后又补充道："我的意思是，随便更改别人家的摆设是不是不太礼貌？"

沈诗恩笑了笑："弄之前我跟伯母打了声招呼，本来想让伯母给我点建议的。谁知道伯母非常信赖我，让我自己处理就好。"

听到这里，朴七彩的心里很不是滋味。

沈诗恩笑着看了看时间："怪了，熙正哥哥怎么还不回来？大早上就匆匆忙忙地出去了，也不知道干什么去了。"

朴七彩小声道："原来权熙正不在家？"

沈诗恩耸耸肩："本来说一会儿就回来的，也不知道怎么了。你找他有急事吗？不然我帮你打电话问问？"

朴七彩赶紧摆摆手，笑着拒绝："不用不用，我也不是一定要找谁，家里有人就行，我是来还东西的。"说着她便慌慌张张地把手链拿出来："这好像是权熙正的，麻烦你转交给他吧。"

沈诗恩接过手链，确定是权熙正的东西以后，她便好奇地问道："他的东西怎么在你手上？"

朴七彩愣住，尴尬地说："哦，我无意捡到的。我还有事，先走了。"

"好，那你慢走。"沈诗恩又故意地说道，"熙正哥哥怎么还跟小时候一样，粗心大意的，真让人操心。"

听着沈诗恩的话，朴七彩心中一阵绞痛，萍水相逢的缘分又怎么比得上青梅竹马的相伴相知呢？她想着想着更觉得自己处境尴尬，匆忙落荒而逃，甚至连鞋都忘了换。

（二）

从权熙正家出来后，朴七彩一直失魂落魄的，突然她脚下一滑，狠狠地摔倒在地，地面的泥渍沾染上了她的裙摆，这狼狈的模样配上满脸的泪水，真是要多凄惨有多凄惨。

朴七彩低下头去试图清理衣服上的污渍，却发现自己竟然紧张得连拖鞋都忘记换了！想起自己失态的举动，她自责道："朴七彩，你怎么这么没出息，不是说好来找权熙正问清楚的吗？结果话还没问，自己倒先逃走了，连鞋子都忘了换。"

朴七彩懊恼得直叹气，第一反应是转身回去换鞋，但走了几步又停了下来，她最终还是没有勇气再返回权熙正家。

朴七彩走后，沈诗恩走进权熙正的房间，她正想把手链放在桌上，却意外瞟到书桌上破碎的音乐盒、各种各样的修复工具以及一份曲谱。

沈诗恩拿起来看了一下，觉得颇为奇怪，她又拿起来弹了一下，这才发现这份谱子根本就不是原来的《G小调进行曲》了："姐姐创作的曲谱被改动过，怎么回事？"

沈诗恩满腹狐疑地放下曲谱，低头的时候看到了书架最底层的照片，是权熙正和沈诗爱的合影，她生气道："权熙正，姐姐的照片已经沦落到被放到最下面了吗？"说着她便把合影摆回桌子中央，再次将手链握进手心后退出了权熙正的房间。

看到权熙正回来，沈诗恩笑着走过来："怎么这么晚了才回来？"

权熙正换好鞋，看到门口摆放着他跟朴七彩第一次约会时他送给她的那双小白鞋，便假装不经意地问道："朴七彩来过吗？"

"她刚才来过，听说你不在就走了。怎么这么粗心，连鞋也忘了换。"沈诗恩瞟了一眼朴七彩的鞋。

权熙正有些失望，却并没有任何表露。

"来吧，我做了沙拉，加了一点酸柠檬，是你一直喜欢的口味。"

权熙正勉强地笑了笑，拒绝道："我吃过了，你自己吃吧。"说完就向自己的房间走去。

"对了。"沈诗恩叫住他。

"怎么了？"

沈诗恩走向权熙正，哀伤地说道："我昨晚梦到了姐姐。"

听到有关沈诗爱的事，权熙正不由得心头一颤。

"简直跟真的一样，我梦到咱们三个一起玩，你们两个谱曲，演奏，我在台下给你们鼓掌。醒来后，一幕幕就在眼前，姐姐笑得好美……"

权熙正觉得心口绞痛，打断了她的话："别说了……"

"怎么了？难道你不想念姐姐吗？我记得当时你们两个一起写下了《G小调进行曲》。熙正哥哥，你可不可以再弹一次《G小调进行曲》，我好想听听……"

见权熙正没有表示，沈诗恩微微有了些怒意："这是你们之间最后的纪念了，你难道不想让姐姐听到吗？"

权熙正死死地攥着拳头："对不起，好多年不碰琴，我早忘了。"说完便回房间了。

望着权熙正的背影，沈诗恩眼泛泪光地呢喃道："可是，我忘不了……"

这段时间发生的事情，让朴七彩十分委屈。为什么她才是权熙正的正牌女友，却处处要被沈诗恩压一头，而且权熙正也从不出来解释一下。她隐隐约约地猜想权熙正可能隐藏着某个秘密，如果他真的有什么难处，自己也可以原谅他，只是这种不清不楚的被动状态自己实在不堪忍受。

思前想后，她还是决定要和权熙正说清楚。恋爱本来是一件美妙的事情，但事已至此，苦楚似乎多过了快乐。如果真的不合适，那他们就捅破窗户纸，好聚好散。

朴七彩挑准了权熙正上课的时间来找他。

"你难道就没什么想对我说的吗？"朴七彩首先开口。

权熙正看着朴七彩，心中很是愧疚，几度想说些什么，却又不知道从哪里开始。

等了这么久却等不来一句话，朴七彩觉得委屈极了。大概自己在他心里也不是那么重要。她鼓起最后一丝勇气问道："那你可不可以告诉我，你到底喜不喜欢我？"

"我……"遇到这个问题，权熙正又开始支支吾吾。

面对权熙正的犹豫，朴七彩火冒三丈："喜欢你，或者不喜欢你，就这么简单的一句话而已，我不明白怎么就那么难以说出口。还是说对于你来说，我根本就不重要？"

"有些事，我不知道该怎么跟你说，我真的努力了，相信我。"权熙正解释道。

"你连承认喜欢我都不敢，让我怎么相信你！我为你做了那么多，可你却总是这样模棱两可，若即若离，你还想让我怎么做！"朴七彩无比悲愤。

"对不起……"

朴七彩再也不想继续这种别扭的关系了，她郑重地说道："我要的不是你的对不起，而是一个答案，你要么现在就告诉我，要么你永远别出现在我面前。"

权熙正张张嘴，却还是说不出来一个字。

朴七彩的泪水不断从眼角滑落，而脸上却强装镇定："权熙正！我再也不想见到你了！"她一字一句地说出这几个字后，便转身离开了。

望着朴七彩的背影，权熙正眼睛通红，他只是死死地掐着自己的手指，却没有任何行动，也没有解释。

回到家以后，权熙正看到权爸爸正在指挥工人搬走钢琴，他顿时紧张起来，不禁错愕地问道："爸爸，这是干什么？"

权爸爸看见权熙正来了，于是示意众人先停止。"既然你打算不再弹琴，那这架钢琴就没有存在的意义了。不如把它放在更适合它的地方。"说完权爸爸继续指挥工人道："来吧，继续搬。"

权熙正看着曾经陪伴自己长大的钢琴一点点离开自己的视线，忍不住冲上去。"不行，它陪了我这么久，就这么搬走它，我无法接受。"然后他便转头对工人哀求道，"先放回去，先放回去好吗？"

工人为难地看着权爸爸，权爸爸叹了一口气，对工人们摆摆手，工人这才把钢琴慢慢挪回了原位。

工人离开之后，权熙正才对着权爸爸抱怨道："爸爸，您怎么能不经过我的同意就要搬走它？"

"不然像现在，看见了，你能让我搬吗？"

权熙正沉默了。

权爸爸接着说道："其实，我只是不想你继续留着它徒增烦恼。对于乐曲来说，再好的钢琴也只是工具，演奏者才是灵魂所在。你原本是天生的演奏者，但你选择了禁锢你的灵魂和双手，既然你已经选择不再演奏了，还留着它做什么？"

说起音乐，权熙正心中很不是滋味："我也不想的……"

"有些事，我们都不想让它发生，可是既然发生，就要勇敢去面对，一味地逃避只会让你失去更多。"说完，权爸爸转身进了屋。

权熙正望着爸爸的背影，陷入沉思。

这样的道理，连爸爸都知道，他怎么会不懂呢？但是面对曾经的一切，又谈何容易。想着七彩与爸爸对自己说的话，他觉得自己面前已然是一条单行道，只能够前行，不能退缩。

（三）

朴七彩走在回家的路上，与刚出门的沈诗恩碰了一个正着。沈诗恩故意抬了一下手腕，露出权熙正的手链来。

朴七彩吃惊地问道："手链怎么在你这里？"

沈诗恩笑了笑："哦，熙正哥哥见我喜欢，就送给我了，怎么了？"

朴七彩想了想，苦笑道："没什么，跟我有什么关系呢。"

沈诗恩故作不解："看你着急的样子，可不像没什么。"

她的挑衅让朴七彩很不是滋味，她没好气地反问道："就算真的有什么，那跟你又有什么关系呢？"

看着满脸怒色的朴七彩，沈诗恩心里很是畅快。她笑了笑，反问道："你了解熙正哥哥的过去吗？"

"既然是过去，就算了解又能怎么样？知道他几岁会走路，小学哪里毕业，有过几段情史？又能怎样？我不是调查档案的，不关心过去，我只要认识现在的他就够了。"朴七彩也回以冷笑。

"我想提醒你，过去不等于消失，有些印记会一直存在。"

朴七彩反驳道："但是如果过去能成，也不用等到现在了，不是吗？人都是往前看的，除非你不懂这个道理。"

沈诗恩闻言有些生气，但是想了一想，随即又微笑道："说了这么多，你就不好奇我跟熙正哥哥的关系吗？"

沈诗恩的话让朴七彩不得不在意，朴七彩故作镇定道："就算我想知道，也不会从你口中要答案，我相信我想知道什么，他都会告诉我。我还有事，我先走了。"

朴七彩不再理会沈诗恩，说完这句话她就昂首阔步地走了。她做出好像权熙正什么都会和自己说的样子，只是想在沈诗恩这个"第三者"面前扳回一点颜面。

看着朴七彩的背影，沈诗恩愣在原地，脸色非常难看。

这一回合，她居然败了。

此时，权熙正正孤独地坐在自己的卧室里望着书桌上摆放着的两样东西，左边是他与沈诗爱的合影，右边是破碎的音乐盒。

他伸出手去缓慢地抚摸着音乐盒，想着曾经跟朴七彩甜蜜的点滴。

朴七彩，你是第一个让我重新感觉到快乐的人，我不想失去你，真的不想，我真的应该把所有的事都跟你说清楚吗？到时候，你还会像现在一样喜欢我吗？

原来自己，也是一个害怕失去的人啊。

朴七彩回到家后就关上了卧室门，她一边把玩着自己的手链，一边跟宠物小乌龟吐槽权熙正："那时候知道我用情侣手链换了箱子的他是那么着急，当晚想方设法用自己心爱的收藏品把手链赎了回来。还亲手戴在我手上，叮嘱我永远都不要取下来。但现在他的手链却……小乌龟你说，我跟权熙正是不是彻底完蛋了？明明感觉他喜欢我，可是他又不承认。手链还转送了他人，你说，他到底怎么想的？哎，男人心海底针，我真不知道了……"

回答她的，是小乌龟寂静无声的四脚朝天。朴七彩"啪"的一下将小乌龟翻过来，生气地拍了一下它的背壳。

"你的意思是我们没戏了，还四脚朝天……"

这时，朴七彩的手机响了起来。

"谁啊，人家正心烦呢！"朴七彩接起电话无意识地说，听到权熙正的声音后，她顿时转怒为喜。

朴七彩握着手机对旁边小乌龟比着口形说："权熙正给我打电话了！"

小乌龟没有回答，七彩却是满脸笑意。

　　她极力稳住情绪，装作不在意，不咸不淡说了几个字："没有……你定吧……我都行……好。"

　　通话完毕，朴七彩颤抖着按了通话结束，她大声尖叫起来："权熙正主动约我了！"她兴奋地在床上打滚。

（四）

　　中午，朴七彩穿着一身白色长裙，梳了一个可爱的丸子头就去赴约了。

　　这身装扮是她的恋爱军师何沉珠建议穿的，两个人又是配鞋又是化妆，折腾了好久。

　　眼看着就要到约会的时间了，身为军师的何沉珠打来电话查岗。朴七彩接到电话就哭丧着脸说道："沉珠，怎么办？我感觉自己快迟到了。"

　　"啊，怎么会？"在电话那边的何沉珠也急得直跺脚。

　　"我路上堵车，只好下车步行。"朴七彩说，"权熙正最讨厌迟到。"

　　"迟到一会儿也应该没关系吧。"

　　朴七彩精致的妆容已经被汗水打湿，但她还是踩着高跟鞋在拥堵的马路上狂奔："这可能是我跟他最后的机会了，我真的不想搞砸了。好了，好了，我先不跟你说了。"

　　挂了电话，朴七彩继续狂奔。

　　果然，朴七彩到的时候权熙正早到了，他就等在马路对面。看到他，朴七彩不由得笑了一下。见到他以后，满世界便只有他了，连绿灯变成了红灯她也没有注意，权熙正刚想提醒她，可她已经跑过来了……

　　此时一辆货车奔驰而来……

　　"七彩！"

　　马路对面响起了权熙正撕心裂肺的叫喊声，即使在迷糊中朴七彩也能感觉到他的焦急，但她却没有办法开口回应他，让他不要担心。

人群慢慢围上来，四处都是噪声。

她很累，很痛，很想睡……

货车司机慌忙下车察看伤者情况。

权熙正连忙惊慌失措地奔向朴七彩，将她抱在怀中。

朴七彩在模糊中看到权熙正的脸，她勉强笑了一下："我……我没有迟到吧？"

说完，她便昏了过去。

相似的情境勾得往事浮现眼前，他还记得心脏病发作的沈诗爱在他怀中气若游丝的时候还不忘问："我……我们赢了吗？"

他害怕，害怕心爱的人都会离开自己，他害怕七彩也会像沈诗爱一样，离他而去。看着面前的朴七彩，他的心痛如刀绞，他眼含热泪紧紧地抱住朴七彩："七彩，你千万不要有事儿啊，求你了，千万不要有事儿！"

朴七彩被救护车送往医院，权熙正一直陪同。今日的情境一如往日。那时也是自己陪着沈诗爱去了医院……可是沈诗爱进了手术室后却再也没有出来过。

权熙正悲痛万分。

当时的他一直喊着："诗爱！"

今天的他一直喊着："七彩！"

可是，他都什么也做不了。

方寸大乱的权熙正被医生拦在门外，他不自觉地想到沈诗爱的死亡，他害怕相似的厄运发生在朴七彩身上，他的双手不自觉地剧烈颤抖起来，整个人都六神无主。过了很久他才想起给朴家几个哥哥打电话……

五个哥哥闻讯赶来的时候，朴七彩还在手术室，还没度过危险期。

"我妹妹怎么样了？"

"我妹妹伤得重不重？"

…………

权熙正被他们围住，痛苦地摇了摇头："还不知道。"

"平常这时候，七彩不在学校就在家里，今天怎么出去了？"

"我约的她。"权熙正如实回答。

"那她怎么会被车撞到？"

"她怕自己迟到我会不开心，所以才横穿了马路。"权熙正的声音有些颤抖。

朴在徵十分生气地冲了上来："权熙正，你是不是男人，不应该是你走向她吗？枉我之前一直站在你这边！"

"对不起，是我的错！"

朴在羽更是怒不可遏。"可不就是你的错！你对她忽冷忽热，让她整天心神不宁，不知道为你吃了多少苦，受了多少累。"说着他抓住了权熙正的衣领，气愤道，"之前那些就罢了，今天她有什么事，我跟你没完！"

眼看着就要打起来了，众人赶紧劝架。

朴在羽愤愤不平地说："不管怎么说，都是因为权熙正，七彩才会变成这样。"

权熙正顿时恍然大悟，原来这一切并没有什么好纠结的，就是自己把厄运不断带给自己深爱的人罢了。难怪当年年幼的沈诗恩也哭着拽着他的衣领，大声喊道："都是你的错，都是你害死姐姐的！"

"对，是我的错，都是我的错。"权熙正失神地喃喃自语着。

这时，医生从手术室出来。

"谁是朴七彩家属。"

众人围上去，七嘴八舌地问道："我妹妹怎么样了？"

"病人已无大碍了，谁跟我过来签字？"医生说着就拿着记录表走了。

朴在宫跟了过去。

权熙正闻言，松了一口气，他舍不得手术室里的朴七彩，但是似乎也没有立场留在这里了，只得离去。

朴七彩没有生命危险，只是受了一点外伤，需要静养。她被医生和护士们从急诊室里推出来，脚上缠着石膏，手上挂着点滴。

几个哥哥见状都慌忙围了上去，跟着医生进入病房。

　　权熙正回到家中，沈诗恩正坐在客厅里，他一言不发，只想回到自己的房间躲起来。

　　沈诗恩走上前去拦住他，然后把手链伸到他的面前："对了，这个忘了给你。"

　　权熙正哀痛的眼神稍稍回复了一点神采："在哪里找到的？"

　　"七彩交给我的，说是她捡的。"沈诗恩淡淡地说道。

　　权熙正非常爱惜地接了过来，紧紧地攥在手心里。

　　见到权熙正的动作，沈诗恩内心愤愤不平："没想到你这么快就忘了我姐姐，当年她为了帮你赢得冠军，故意隐瞒了自己的病情。权熙正，你真的很幸运，竟然有人为了你连命都不要，只为了完成你的心愿。可是姐姐实在是太傻了，她恐怕怎么都没想到，你竟然这么快就忘了她。"

　　沈诗爱的事，让权熙正联想到了倒在血泊中的朴七彩，一时间，他难过得无以复加："我永远也不会忘记诗爱的，我知道，这一切都是我的错，是我的自私害得诗爱离开，这一点，我这辈子都不会忘记。"

　　看到权熙正如此痛苦，沈诗恩也有些难过，她一把抱住了他，说："我们有同样的伤痛，一起分担就不会那么痛苦了。"

　　权熙正轻轻拨开她的手："早点休息吧。"说完便默默地回到了自己的房间。

　　望着他的背影，沈诗恩觉得心里很不是滋味。

　　回到卧室，书桌上破碎的音乐盒又让他想到朴七彩……朴七彩因他痛苦，因他流泪，因他发疯，因他受伤……

　　所有的一切，都是因为他。

　　想着，权熙正又翻出与沈诗爱的合影，他独自凝视着这张照片，久久不能动弹，往事历历浮现在眼前，他还不能从失去她的痛楚中走出来。

　　他的脑海中一遍又一遍地回荡着沈诗爱与朴七彩的话：

　　"熙正哥哥，我们赢了吗？"

"我没有迟到吧？"

············

她们的笑脸一一浮现在眼前，可每当他伸手去触碰的时候她们都会化为泡影不复存在。

他流着眼泪抱着朴七彩的音乐盒和与沈诗爱的合影，蜷缩在床上，痛苦不已。

"我真是灾星，只会给喜欢的人带来灾难，我这种人根本不配得到幸福。也许远离七彩，才是保护她的唯一办法。"

第十一章

朴七彩，
我从来没有喜欢过你。

（一）

　　俗话说长兄如父，父母不在时，朴七彩的几位兄长便自觉应该代行父母的监护责任，但在他们的照看下，她竟然出了车祸，几个哥哥深感愧疚。

　　朴七彩才从手术室出来，他们便争先恐后地围上去。

　　医生见到几个人紧张的样子，便安抚他们道："病人已经脱离危险了，脚踝处有轻微错位，我们已经用石膏帮她固定好了，不用担心，好好休养就可以了。"

　　"那我妹妹怎么还没醒啊？"朴在宫看着病床上还在昏睡的朴七彩，不禁担心问道。

　　另外几位哥哥也直直地盯着医生，期盼获得一个确切的答复。

　　"哦，这个是正常的麻醉反应，一会儿药效消退就会醒了。"说完，医生就离开了病房。

　　五哥朴在羽捂住了胸口，一屁股坐到旁边的病床上："吓死我了！我还以为……"

　　三哥朴在角心疼地摸着朴七彩的头发："别瞎说，我们妹妹福大命大，她不会有事的！"

　　四哥朴在徵双手合十："看来我的祈祷灵验了。"

　　"怎么还没醒呢？医生不是说很快会醒吗？"二哥朴在商在一旁焦急地踱步。

　　…………

　　不知过了多久，病床上的朴七彩才缓慢地睁开了眼睛，她想坐起来，但在起身的过程中挪动了脚踝："好痛啊！"

几位哥哥异口同声地问道："哪里痛？"

朴七彩委屈地看向哥哥们，吃痛地说道："我的脚痛。你们怎么都在这里啊？"

"你说呢？权熙正给我打电话说你出了车祸进了抢救室，我们还以为……"朴在羽有些责备地说道。

"你们不会以为我被车撞死了吧！"朴七彩疑问道。

朴在徵立马打断她："什么死不死的，快呸呸呸！"

朴七彩不乐意地对着地上"呸呸呸"三声，然后睁大眼睛绘声绘色地讲起了当时的情景。说完，朴七彩还不忘调侃道："幸亏我啊，一个咸鱼翻身，啊呸呸呸，是鲤鱼打挺，'唰'的一下迅速闪身躲过去，不过车子的速度太快了，还是躺在这里了。"

看着妹妹满脸笑容开玩笑，朴在角也知道她努力扮怪逗乐只是不想让哥哥们担心。他心疼地摸摸她的头发，责备道："冒冒失失的，什么时候你能不这么着急过马路啊！"

"听到你出事那一刻，我们差点给吓死了！"朴在羽深吸一口气。

朴在宫也松了一口气："没事就好！不然我可怎么向爸妈交代呀！"

一直不看好权熙正的二哥朴在商又把这件事归罪在他头上了："哼，都是那个权熙正害的！他们一家都是你的灾星！"

几个人正说着，医院里的几个小护士推搡着来到了病房。

朴在宫一看这个情况就懂了，问道："你们是来要我的签名的吗？"

小护士们慌忙点头："嗯嗯！"

"拿来吧！"朴在宫接过她们的本子，潇洒签名，然后对朴七彩说，"没事了的话，那我去开工了。"

朴在徵也赶紧说道："没事我就回去赶稿子啦！出版社催着要呢！"

只有朴在角细心地关注着朴七彩，他温柔地看着自己的妹妹："饿不饿呢？我去给你买点吃的。"

"现在不饿。"

朴在角又说道:"那我去帮你买点筋头巴脑回家给你熬好送来,好以形补形。"

朴七彩做出难为情的表情:"不要吧!这种东西很难嚼的。"

"放心,三哥会给你做好吃点的!"说完,朴在角就离开了。

朴七彩瞟了一眼旁边在看手机的朴在商,心想自己二哥大概要忙着去约会了吧,于是体贴地说道:"二哥,我没事了,你走吧!"

朴在商抬眼看了看朴在羽:"老五,如果你没事儿就在这儿陪着七彩吧!我再待一会儿也要去忙了。"

朴在羽有些吃惊,又是自己啊!

朴七彩翻了翻自己衣服,才发现已经换成医院病服了,才问道:"我手机你们谁见了?"

朴在羽从病床的床头柜里拿出一只被摔坏的手机:"看这样子,估计报废了。"

朴七彩瘪瘪嘴接过手机,她鼓捣了半天也没能开机。但她仍不气馁,满怀期待地看着朴在羽:"你手机借我用一下,我给权熙正说一下,不然他该担心了。"

朴在羽听到这个时候妹妹还要提权熙正,非常生气地说道:"说什么说,都是因为他,你才会被车撞……"

眼看五哥又要长篇大论了,朴七彩赶紧躺下来侧过身不去理他。

下午,朴在羽去图书馆借书,遇到了权熙正和沈诗恩。

权熙正看到朴在羽,本是想要询问朴七彩的状况,但想想自己是造成这一切事情的源头,自己的出现只能让朴家人更加恼怒,便打算从一旁默默走过去。

这时朴在羽上前一步挡在了权熙正面前:"喂,权熙正!"

"有事吗?"

朴在羽紧皱眉头,眼神犀利地瞪着权熙正:"你说呢?你害我妹妹受伤，却连看望都不去！"

"我有这个义务吗？"想到自己带给七彩的厄运，他觉得，也许离开朴七彩对她是一个好事。不然自己对她的好和挂念，哪怕是通过她哥哥传达的，那个傻姑娘也会再次奋不顾身地靠近他吧。真的，不要再为我受伤了。他表面冷漠心里却钝钝地痛着。

听见权熙正这样满不在乎地回答，朴在羽怒火中烧，他揪住权熙正的衣领，狠狠说："作为她的男朋友，你说你有没有义务？"

"恐怕你误会了，我们之间没有任何特殊关系。"说完，权熙正转身打算离开。

"浑蛋！对于你这样没心没肺的人，就让我的拳头来告诉你，你有没有义务！"说着，朴在羽气愤地往权熙正的脸上狠狠挥了一拳。

沈诗恩见状，慌忙举起手中厚重的书挡在了他们前面："你干什么？"

朴在羽伸出的拳头正好打在沈诗恩的书上。打出这一拳的朴在羽也解气不少，看着旁边围观的人越来越多，他只好努力地压抑住自己的怒火，愤怒地盯着权熙正看。

"我们快走吧！"沈诗恩趁这个间隙赶紧拉着权熙正走了。

望着他们离开的背影，朴在羽愤恨地咬牙："我呸，真替小七不值！"

（二）

朴七彩联系权熙正无果以后，便联系自己最好的朋友何沅珠。而车允宪也从何沅珠那里得知朴七彩住院了，于是来医院看望七彩。

可到了医院，车允宪发现她并不在病房。

车允宪猜想朴七彩极有可能去找权熙正了。于是车允宪立马返回学校，在学校排练厅里找到了权熙正，他冲上去就一把揪住权熙正的领子，质问道："她在哪？"

一旁在弹琴的沈诗恩见状，慌忙起身将两人拉开："这位同学有话好说，您在找谁？"

车允宪无视沈诗恩的劝阻，他直视着权熙正的眼睛，再次问道："七彩呢？你难道不知道她受伤了吗？还纵容她来找你。"

权熙正冷漠回答道："她没来过，我没见到她。"

"那她还会去哪？我告诉你，权熙正，七彩要有个三长两短，我就跟你没完！"说完，车允宪一把甩开他的领子，气愤地离开了。

权熙正从车允宪的反应里得知朴七彩应该是不见了，这让他十分担心。

他紧皱眉头看向一脸担心的沈诗恩："你先练习，我还有事先走了。"

见他没有回头的意思，沈诗恩也没有做任何挽留，便自顾自地继续坐下弹琴了。

大街上，跟着朴在羽一起出来的朴七彩披头散发，满头大汗地转着轮椅独自走着，嘴里碎碎念着什么。

"朴在羽你在这个粗心大意的家伙，又把我忘了，我怎么会鬼迷心窍和你一起出来，气死我了，气死我了！"

另一边借完书走在街上的朴在羽的电话响了起来，三哥朴在角焦急的声音从电话里传了出来："七彩不见了，你看到她了吗？"

朴在羽惊呼道："啊！七彩，我把七彩忘在公园了！"

朴在角怒吼的声音从电话里传了出来："你说什么？朴在羽，马上给我去找！"

朴在羽赶紧挂了电话，往公园的方向跑去。

这边，朴七彩好不容易到了医院附近的马路边，终于得以松了一口气，却因为没有踩轮椅的刹车，突然急速地从一个斜坡倒滑了下去。

这个意外吓得她心脏都快跳出来了，千钧一发之际，一双手有力地握住了车把，拦住了正在急速下滑的轮椅。

朴七彩发觉自己并没有"翻车"，这才睁开眼睛。一回头，她竟看到了朝思暮想的人。他逆光而站，正皱着眉头满目关怀地看着她。

朴七彩慌乱中流下了眼泪："为什么你总是在我狼狈不堪的时候出现？如果……"

说实话，刚才权熙正看见朴七彩的轮椅从坡上滑下来时，他紧张得心脏都要跳出来了。

权熙正只能用自己最快的速度冲过去，他不能想象如果朴七彩再一次在他眼前发生意外，他会怎么样。

但此时七彩安全了，权熙正便故作镇定地扶着轮椅，责备道："为什么不好好在医院里待着？为什么要出来？"

两人贴得很近，近到朴七彩能够清楚地听到他扑通扑通的心跳声，她擦了擦眼泪，昂着头认真地看向他："权熙正，你是在担心我吗？"

权熙正侧过头没有正面回答，只是说："我送你回去。"说完他便推着朴七彩慢慢地朝医院的方向走去，路灯下两个人的影子被拖得很长，很长。

一路上，权熙正没怎么说话，朴七彩回头看着他自责的神情，问道："你是因为车祸的事情在自责吗？你看我，现在不是好好的吗？我朴七彩一向福大命大，吉人天相，老天一直很关照我的。"

权熙正依旧不说话，默默地推着轮椅。

朴七彩是个直性子，有什么事，她不喜欢放在心底："权熙正，你不是有话要跟我说吗？为什么不说了？那你可不可以回答我一个问题？"

"你说。"

朴七彩静静地看着他，却始终没有问出那个问题来。

他们到了医院病房，权熙正扶她躺好便转身准备离开。

"权熙正，你先别走。"朴七彩叫住他。

权熙正转过身看着她："还有事吗？"

朴七彩想了想，讪讪地说："没有。"

"那你刚才要问我什么？"权熙正想起了朴七彩刚刚的问题。

朴七彩认真地抬起头望着他，但却没有说话。

"你要是不说的话，我先走了。"

这时朴七彩才缓缓地问道："权熙正，你喜欢过我吗？"

再次提到这个问题时，权熙正的脸瞬间变得非常冷漠，他扭过头去，极力避开七彩炽热的目光："没有，我从来没有喜欢过你。我可以走了吗？"

听到这个回答，朴七彩委屈地哭了出来："权熙正，你别开玩笑。"

"随你怎么想吧！"权熙正还是满不在乎的表情。

"权熙正，你骗人，我们牵过手，拥抱过，甚至，你还吻过我，难道这些都是假的吗？你不可能没有喜欢过我，你是在和我赌气是吗？告诉我，你为什么这样讲，我就当没有听见，我们还像以前一样好好的，好吗？"

权熙正两只手插进裤兜里，冷漠地望着她："正式比赛前，总要排练几次。恋爱也是一样，你只是我的试验品。"

朴七彩拼命地摇着头，手不自觉颤抖着去拉他的手："不，这不可能。我不相信。"

看见朴七彩颤抖的手，权熙正多想上前去握住它，但是他还是闪身躲过了："朴七彩，请你清醒一点。"

朴七彩激动地想站起来，不料却因此摔倒了。她赶忙扶住一旁的轮椅，眸中含泪地看着他。

权熙正心里很担心，但表面还是冷冷的样子，他怕自己只要表现出一点温情，今天就走不了，七彩便会因此遭受更大的厄运。对不起，我要离开你，因为我不想给你带来任何伤害了。

望着权熙正冷漠离去的背影，朴七彩的眼泪顿时夺眶而出，她难过地低下头去，哭出声来。

医院的走廊里，回荡着朴七彩低低的哭泣声。两个人背对着彼此，尽管他们离得很近，但彼此都明白，他们之间，已经在无形中有了一条难以逾越的鸿沟。

（三）

公园里，朴在羽还在焦急地到处寻找朴七彩，花廊、草坪，几乎所有这些地方，他都没有放过，但他找遍了整个公园都没有朴七彩的影子。

他呆呆地站在公园的湖边，望着晚风中晃荡的湖面沉思。此时他的心情，就像这池湖水一样不平静。哎，都怪自己弄丢了妹妹，这下可怎么和父母哥哥们交代。

电话铃声打断了他的思绪，是三哥朴在角的来电。

"在羽，找到了吗？"电话那边传来三哥朴在角的声音。

"三哥，怎么办？七彩不在这里。"朴在羽摇了摇头，急得快哭了。

朴在角十分紧张地站在学校门口，听到朴在羽说朴七彩不在公园里，他急得直跺脚。

"七彩她还没痊愈，她会去哪？她能去哪？你再在公园找找，问一下公园的管理员。一定要赶紧找到她！"说着朴在角挂了电话，又焦急地给大哥打电话："大哥，在羽偷偷带七彩出去玩，然后把七彩给忘在公园里了。"

朴在宫本来在休息室看剧本，听到妹妹不见的消息立马坐不住了，他从沙发上腾的一下站起："什么？居然把小七丢在公园里！这个老五！看我回去怎么收拾他！"

朴在角安抚他道："当务之急是赶紧找到七彩，她手机也没有带，能去哪儿啊！你赶紧去医院看看，看七彩回去了没有。我再给老四打个电话，看七彩有没有回去。"

"好。"朴在宫挂了电话，急匆匆往外跑，恰好跟进门来的阿蛮撞了一个满怀。

"你要做什么去啊？我刚跟陈总约了晚饭聊一下剧本。"

"改天吧！七彩不见了，我得马上去医院一趟。"说着，朴在宫就准备出发了。

"可是……"

"别可是了，工作的事儿回头再说！"

阿蛮点点头，便跟着去了。

朴在宫和助理阿蛮匆匆忙忙赶到医院的时候，正好碰到了从医院出来的权熙正。

"权熙正，你怎么在这儿？看到七彩了吗？"朴在宫急忙上前问道。

权熙正抬头看了他一眼，却一言不发地离开了。

朴在宫诧异地望着权熙正的背影："哎，问你话呢！"

阿蛮透过慢慢闭合的电梯门，望着不远处权熙正那张怅然若失的脸，若有所思。

他们来到病房门口，看到朴七彩在屋里静静地坐在轮椅上，望着窗外的城市夜景。冷色的灯光照在她消瘦的脸上，让一向温暖的七彩也有了悲凉的味道。

朴在宫刚想进去，阿蛮就拦住了他："先别过去。"

朴在宫皱了皱眉，小声地问："为什么？"

"让她一个人安静一会儿吧！"

"为什么啊？"

"七彩可能失恋了。"阿蛮猜测道。

"失恋？"朴在宫一脸疑惑。

"你没看到刚刚权熙正离开时的神情吗？如果我们现在过去，她为了不让我们担心，还要强打精神假装微笑面对我们，还不如先让她自己静静。"

朴在宫想想刚才连招呼都不打的权熙正，又看了看一反常态的妹妹，突然觉得阿蛮说得在理。于是他心疼地望着她的背影，并没有迈进那个房间。

"等七彩情绪稍微稳定下来后就带她回家吧。毕竟家庭的温暖不是这种冷冰冰的医院所能比的。"阿蛮建议道。

朴在宫点点头，两人就这样静静地站在原地，守护着七彩。另一边，权熙正一出医院就瘫坐在地。他颤抖地摊开原本放在裤兜里的双手，这两只手早已被他掐得没有了血色。

他努力地压抑着自己不哭出声音，原来拒绝一个爱的人会这么痛苦。

（四）

经历过这件事情以后，几个哥哥更是小心翼翼地呵护七彩，为了给七彩更好的疗养环境，他们早早地将七彩接了回来。

回到朴家安顿好朴七彩以后，他们就开始细致地分析这次公园事故的主要原因，最终一致认定本次的罪魁祸首便是朴在羽了，要不是他，七彩也不会这样！

尤其朴在角气不打一处来，他挥着拳头作势要打朴在羽："你个混账小子！怎么当哥哥的！"

朴在羽自觉有错，也不闪不躲，反而闭上眼睛等着迎接朴在角挥下的拳头，朴在徽见状慌忙去拉架。

朴在角的拳头终究没有打下去，他只是咬着牙愤恨地坐到沙发上。

朴在羽眼睛红红的，因为把七彩弄丢的事，他也很难过："我先去看看七彩。"

"回来！大哥说七彩现在情绪不稳定，我们过去不合适，先让她静一静吧。"朴在角叫住了朴在羽。

"都怪我，要不是因为我，七彩也不会……"朴在羽愧疚道。

朴在角怒吼道："当然怪你！你说说你怎么做哥哥的，七彩现在受了伤，你难道不知道吗？你不照顾她也就算了，还把她给弄丢了！要是这次七彩出了什么事儿，看我怎么收拾你！"

听着三哥朴在角的训斥，朴在羽愧疚地低下了头。

大哥朴在宫走到客厅，扫了大家一眼："好了，都别闹了！七彩没事，只是失恋了。"

"失恋了，真的吗？"

朴在角一脸难以置信，他还以为朴七彩闷闷不乐只是因为身体尚未康复，外加被朴在羽遗忘生气所致，没想到是为情所伤。

众人望了一眼朴七彩卧室的方向，朴在宫冲大家做噤声的动作，大家安静了下来，

朴在徵压低声音问："大哥你说什么？七彩失恋了？"

朴在宫叹了叹气点点头。

"这个权熙正，竟然敢伤害七彩，我现在就去找他算账！"朴在羽说完，便气势汹汹地往外走。

"回来！你以为我没想过吗？"朴在宫叫住朴在羽。

朴在羽讪讪地回过头来。

"我们只有七彩一个妹妹，现在她失恋了，我知道你们心里都不好受。七彩跟权熙正的感情，大家都清楚。七彩也因此受到了不少伤害，现在两个人走到尽头，也未必是件坏事。虽然七彩现在伤心难过，但是我相信总有一天，她会好起来的。我们要做的就是尽量把这段修复期缩短，让她尽快开心起来。"朴在宫慎重地分析道。

几个哥哥沉默地低下了头，思索着大哥说的话。如果短暂的伤痛能够让七彩彻底告别权熙正对她的伤害的话，这次失恋倒不见得是件坏事。

只是，在失恋的这段时间中，身为哥哥，他们理所应当帮她缓解痛苦，一起渡过难关。

第二天早晨，几个哥哥一大早就起来了。他们很担心朴七彩的状况，都迫不及待地想看看朴七彩经过一晚的休整是否好些了。

大哥朴在宫带头去敲朴七彩房门，他轻声问道："七彩，醒了吗？"

房中静悄悄的，没有任何声响。

"七彩，起床了！"朴在宫继续喊道。

朴在角也端着丰盛的早餐来到朴七彩的房门前："七彩，现炸的热乎乎

的南瓜饼来咯！三哥做了很久的，起来尝尝吧。"

房间里仍然没有任何声音。

"七彩不会生病了吧？我们进来了啊！"朴在宫故意提高声音喊给朴七彩听。

房间里仍然没有反应。

于是，两个哥哥就自作主张进去了。

只见朴七彩穿着睡衣双目无神地躺在床上，她睁着大大的眼睛望着天花板，一动不动，头发也是凌乱地散落在被褥上。

朴在角将盘子里的早餐放到朴七彩的床头柜上，然后夹了一个南瓜饼放到朴七彩的面前晃了一圈："很香的哦，你不吃可要被你四哥吃完咯！"

朴七彩摇了摇头，有气无力地说："吃不下。"

大哥朴在宫坐到朴七彩的床头，心疼地看着她为爱感伤的模样："七彩，大哥也有很难过的时候，每当这个时候，大哥就拼命地工作，在工作中找到自己的价值，这样就会开心起来，真的，要不，大哥送你去学校？"

"那正好你去学校帮我延长一下病假期限吧！"朴七彩无精打采地说着，说完便翻过身去戴上眼罩继续睡觉。

朴在宫、朴在角面面相觑，露出无奈的表情，看着这样的朴七彩，他们心疼极了。

可是为了不打扰她，两个哥哥都没有提权熙正。

他们一起走出房间，正好看见朴在徵拿着书走进自己的房间，于是他们跟着走了进去。

"在徵，现在七彩很难过，很伤心，连以前她最喜欢吃的东西，她都没有任何兴趣。"朴在角说。

朴在徵叹了一口气："都怪权熙正，害我们宝贝妹妹这样难过……"

大哥朴在宫建议道："你最近不忙写稿子吧，把你认为能治愈失恋的书拿过去，给七彩念念，让她想开点，早点忘记权熙正那小子。"

朴在徵想了想，这也不失为一个好方法，于是他挑了好几本，准备给朴七彩念。

两个哥哥点了点头，给他做了一个加油的动作。他在哥哥们的鼓励下，抱着一摞书去敲朴七彩的门，但是里面仍旧没有任何动静，所以他便自己进去了。

他坐到朴七彩的床边，捧着一本小说柔声读着，朴七彩裹着被子，眼神空洞地看向窗外。

朴在徵以为妹妹听着这些句子有了触动，读得越发声泪俱下。

"感情的事情总是浮浮沉沉，人的一生总会遇到形形色色的人，有带给你快乐的，也有令你伤心的，但我们仍然要感谢生命中遇到的每一个人，因为他们带给了你不一样的经历。"

读到这里，朴在徵气愤地把手中的书扔到了一边，咬牙切齿地说："喊，感谢个屁！生命中遇到的某些人就是用来忘记和唾弃的！"

听到这里，朴七彩一下子转过头，幽幽地看着朴在徵："四哥，你是在说脏话吗？"

朴在徵使劲地用手揉自己的头发，掩饰道："烂鸡汤。"

"你不是过来劝我的吗？自己倒先否定了这些理论。"朴七彩问道。

"我眼睁睁地看着一个完美的爱情故事在我面前幻灭，我比你还难过，让我怎么劝慰你呢？我觉得我的心才最需要安慰。"朴在徵摇了摇头。

朴七彩扭过头去不再看他，继续盯着天花板发呆。

第二天，因为担心妹妹，一直在国外出差的朴在商也回国了。他回家看到朴七彩一脸颓废的样子，倍感心疼。他本想去找权熙正理论，却被朴七彩拦住了。

但他总觉得自己应该为妹妹做些什么，于是他想出了一个馊主意。

朴在宫正在外面进行拍摄，朴在商找到他，见他拍着不入流的角色便嘲讽道："大哥，现在怎么连这种客串的活儿都接？"

朴在宫瞅了弟弟一眼继续拍摄，朴在商也没再捣乱只是远远地看着。

第一场拍摄结束，朴在宫走到朴在商的身边问道："你不是在法国吗？怎么出现在这了？"

　　朴在商无奈道："七彩都这样了，我当哥哥的当然要回来帮她解决情伤啊。"然后他又自信地分析道："治疗失恋最好的办法就是开始一段新感情，交给我吧！我一定帮七彩摆脱爱情带来的伤痛。"

　　"你又想什么歪主意？别添乱了。"想到这个不靠谱的弟弟，朴在宫便不由得眉头一皱。

　　"你不懂，旧的不去，新的不来嘛！恋爱过的人才了解。快，给我一些男模卡。早点把事情解决，我还得赶紧飞回去比赛呢。"朴在商朝朴在宫伸出手。

　　"男模卡？你想玩那招？我给你讲，这招对咱们妹妹不管用的。"朴在宫当即就否定了自己弟弟的这个想法。

　　朴在商一向吊儿郎当，面对感情也只是玩玩儿，所以朴在宫很清楚他的方法根本不会奏效。

　　不过朴在商还是坚持说道："不试试怎么知道不管用？况且在我这儿屡试不爽。"

　　"你以为每个人都像你这样没心没肺呀！"朴在宫鄙夷道，然后狠狠白了他一眼。

　　这时，组里的副导演走了过来看到朴在商，满意地询问："你是？来试镜的吗？外形不错。"

　　朴在宫冲副导演打招呼："副导好！"

　　朴在商眼珠一转，清了清嗓子："导演您好！我不是来试镜的，但我有其他事找您。"然后他煞有其事地说道："我是UTO赛车组委会负责人——朴在商，也是朴在宫的弟弟，最近我有几个汽车厂商的朋友，想找几个形象品质兼优的男模特做代言人，可我一筹莫展！只好来找我哥，可是他……"

　　朴在商耸了耸肩看了看朴在宫，朴在宫无语地瞪他，看他怎么演。

　　自来熟的副导演开心地搂过他的肩膀："这事你找我呀，找我就对了，

我马上把我手里的模特卡全部找过来给你，保证都是万里挑一的！"

"那真是太感谢您了！"说着还朝朴在宫眨了眨眼睛。

朴在宫无奈地望着二人离开的背影，欲言又止。

朴在商把诓骗来的一堆模特卡带回到了家，而后又依次在朴七彩面前排开，一脸得意地看着她。

倚在床头发呆的朴七彩被他吓了一跳："二哥，这是什么，你拿这个要做什么？"

朴在商指了指面前的模特卡，微笑地看着朴七彩："挑吧，看中哪个告诉二哥！"

面前的模特卡很是养眼，朴七彩也不知道朴在商的目的，就无精打采地翻看模特卡，然后从中间挑了几张出来。

"怎么样？这几个都比权熙正强吧，你看这眼睛，炯炯有神，这鼻子，多挺，这嘴巴，娇艳欲滴！"朴在商指着朴七彩挑出的几张模特卡，王婆卖瓜自卖自夸地推荐着那些模特。

"娇艳欲滴是形容女人的吧！"朴七彩看着朴在商，简直头皮发麻，瞥了他一眼。

朴在商干笑道："别在意这些细节嘛，你就说好不好看吧。"

朴七彩眼神呆滞地看着挑出来的模特卡，拿出一张。"这个，眼睛像他。"说着，她放下这一张又拿出另外一张，"这个，鼻子像他。"完了，她又指了指另一张："这个，嘴巴像他。"

原来，当想一个人的时候全世界都是他。

朴在商疑惑不解地看着她。

朴七彩坐了起来，边说边将这几张照片撕开，然后用照片上这些人的部分部位拼成一个完整的脸，猛地一看，还真像权熙正。

朴七彩抬眼望了朴在商一眼，一本正经地说道："二哥，你看，是不是很像他？"

朴在商摇了摇头："你疯了。"

可是眼前这拼出来的形象，仍然不是他。看着面前这些照片，朴七彩还是没有精神，她伸手将手边的照片打乱："像他，但都不是他，二哥你手机借我用一下。"

　　带着疑惑，朴在商拿出手机递了过去。

　　朴七彩拿着他的手机，翻了翻他的相册，从中挑出一张女孩的照片，放大了递给朴在商，认真说道："二哥，如果真爱一个人，你会发现所有的人都像他。"

　　…………

　　仔细想想，她说的也不无道理，喜欢一个人的时候，世界上的所有人便只有像他或者不像他的区别。

　　朴七彩的话让朴在商想起自己的恋爱，在他的恋情里，唯一让他现在还能记起的人就是他的初恋——奚紫怡，想想在他失恋的时候，确实和现在的朴七彩无异，也是这样的为情所伤，也一样觉得其他事情索然无味，看所有的人都是她的模样……

G XIAO DIAO JIN XING QU

第十二章

跟你合奏的人，
始终不是我。

（一）

　　早晨，权熙正在家蒙头大睡，这也是他这么多年来第一次睡过头。

　　权妈妈发现权熙正竟然还没有醒，于是便去喊他："熙正，上课时间快到了，你快起来啊！我出去了。"

　　"我再睡一会儿，我梦到我们去九溪古镇了，她说要喝那儿的泉水呢！我不要醒。"权熙正迷糊道。

　　权妈妈伸出头无奈地望着权熙正，她轻声叹了一口气，决定不再叫他起床了。

　　多在美梦里沉溺一下，也是幸福的吧。

　　上午，已经过了训练的点，权熙正才背着书包姗姗来迟。

　　指导老师看他迟到了还一副轻松自如的样子，大声批评道："权熙正，你今天怎么迟到了？都快下课了。"

　　"对不起，老师，我睡过头了。"权熙正平静地陈述自己的过失。

　　"虽然你从来没迟到过，可是乐团有乐团的规矩，迟到了就要处罚，你应该知道吧！"指导老师生气道。但他看着一脸木讷、灵魂已不知游走到何方的权熙正，便觉得多说无益，"一会儿下课后你来收拾器材吧！"

　　权熙正没有反驳，越过同学走去了自己的位置上。

　　下课后，权熙正心不在焉地收拾器材。哪里是收拾，他摆弄过的乐器越发地乱了！他觉得"收拾"得差不多了就失魂落魄地离开了，身后的训练室大门也忘记锁了。

中午，权熙正本不想吃饭的，沈诗恩拉着他不让他走，他才跟着她去食堂吃饭，无精打采的他没有胃口，饭桌上的饭菜也一丝未动。

"熙正，是不是菜不合口味？我帮你拿点调料。"沈诗恩关心地问道。

"我自己去拿就好。"权熙正抬头看了她一眼，木然地离开了座位，端着饭菜去拿调料。

权熙正在调料台遇到来加醋的朴在羽，朴在羽气愤地瞪着他，他也没有注意。

"伤害完我妹妹，你倒心情挺好啊，点的菜挺丰盛嘛！"朴在羽叫住他嘲讽道。

权熙正这才注意到朴在羽的存在，但是他没有反驳。

见他没有任何表示，朴在羽一下夺过权熙正的盘子："我跟你说话呢，你听到没有？"

听到动静的沈诗恩走了过来，拉着权熙正："熙正，我们走吧。"

双目无神的权熙正木然地跟着沈诗恩走了。

沈诗恩拉着权熙正出了校门，进到一家餐厅，找了个座位坐下。

"这是什么学校，怎么什么人都有啊！你看你想吃什么？"沈诗恩一脸不悦地吐槽道。

"我说了我不饿。"权熙正皱了皱眉。

"熙正，你还记得这家店吗？咱们小时候经常来呀！那时候我们仨都还很小呢！还够不着桌子。"沈诗恩不理会权熙正的不开心，自顾自说着，说着说着又笑了起来，"这家店还是老样子，我们以前就是坐在这张桌子上的，你还记得吗？"

权熙正顿时一愣，低头便看到桌角上还有沈诗爱用小刀篆刻的钢琴键。

他仿佛又回到那时，可爱的沈诗爱开心地在桌子上用小刀篆刻钢琴键，边刻还边昂起头天真地看着他："熙正，有了我刻的这幅画，这个普通的桌子就变成艺术品了！"

坐在对面的权熙正笑着点点头："嗯。"

可是，时光已逝，篆刻的琴键也在岁月中渐渐淡去，权熙正不自觉想起沈诗爱离开的时候……想着，权熙正难过地低下了头。

"熙正，你怎么了？"沈诗恩发现他有些异常，问道。

权熙正眼神涣散地看着沈诗恩，就像看到多年前的沈诗爱，他说："或许我离开她是正确的。"

"熙正，你怎么了？"沈诗恩听不懂这是什么意思，再次问道。

"如果不是我一心想赢，诗爱就不会超负荷练习，导致心脏病发作；如果不是我取药的时候迷路，诗爱就不会死；如果七彩从来都不认识我，那她现在就不会这么难过，这一切都怪我！诗恩，我该怎么办？"权熙正压抑着情绪说道。

提起以前的事，看到他这么痛苦，沈诗恩也跟着难过起来："熙正。"

"我这种性格的人只会给身边的人带来伤害。"他继续说。

沈诗恩神色哀伤地看着他："熙正，你别这样讲，我会难过的……"

还没等她把话说完，权熙正便摇了摇头转身离开，留下愣在原地的沈诗恩，这一刻，她知道，她是真的失去他了。

…………

权熙正从餐厅回到学校，神情黯然地来到训练室，不料此时孔主任正在训练室等着他。

"孔主任，您找我？"权熙正有些疑惑地看着孔主任。

孔主任严厉地问道："权熙正，你知道你的错误有多严重吗？"

"主任，我知道，我错了，一直以来我都错了，如果没有我，他们都会好好的。"权熙正答非所问。

听到权熙正的回答，孔主任生气地挥了挥手，然后皱着眉头说道："什么乱七八糟的？我是说乐团训练室，刚才是不是你最后一个离开的？"

权熙正回过神来："哦，是的。"

"你说你一个优秀生什么时候变得这么不负责任了！把器材放得乱七八糟的也就算了，竟然连门都不知道锁，你说要是万一有不法之徒进入我们学校，将这些贵重的音乐器具盗走怎么办？幸好我刚才看到一个学生进来帮忙了……"孔主任斥责道。

"哦！"权熙正没有过多的反应。

孔主任学权熙正颓废的口气："哦，就这样？这就是你的态度。"

权熙正低着头沉浸在自己的悲伤情绪中不说话。

"你看你这一脸满不在乎的样子，你知道这些音乐器材多值钱吗？幸亏啊，幸亏我及时发现。对了，还有，听说你今天快到结束了才来训练！怎么不睡到放学再来？这个样子哪有一点上学的样子！"孔主任此时已经对权熙正不满到了极致。

但孔主任的训斥好像对他没有多大影响，权熙正像丢了魂一样，眼神空洞地看向窗外："上与不上又怎样呢，人生会变得不同吗？"

"权熙正，你怎么会说出来这样的话？知识就是财富，读书决定命运。懂吗？"

"人生的命运岂是自己所能掌握的？"权熙正苦笑着说。

"算了，也不惩罚你了，你们长大了，要学会调节自己的情绪，不要让自己陷入死胡同里，除了生死，没有什么大不了。"孔主任打算不追究器材的事，便摆了摆手。

"如果和我走得近，就会死，就会受伤呢？"权熙正摇了摇头。

孔主任完全没听懂他的话，看着他无神的眼神，摇了摇头："疯了，真是疯了！"

实在拿权熙正没有办法，孔主任只得无奈地走了。

（二）

学校教学楼前的小路旁有几张石桌，何沅珠看到失魂落魄的权熙正坐在石凳上拿着书发呆，便小心翼翼地拿着一副塔罗牌来到他身边。

"权熙正，大家都找我算过运势了，现在就差你了。要说塔罗牌，我算得可是一级准。"

"那可以给我也算一下吗？"权熙正抬头看了她一眼，有气无力地说。

"太好了，来，抽吧！我让你看清现在，预测未来！"说着她便将牌递向权熙正。

权熙正随机抽出了一张。

何沅珠一边紧张地翻牌面，一边说："揭示命运的时刻到了！"

对这个塔罗牌，权熙正一点兴趣都没有，任由旁边何沅珠怎么搞。

何沅珠翻开牌面："宝剑十"！看到是宝剑十以后，她深深地叹了一口气："怎么会这样？"

"什么意思？"权熙正问道。

"'宝剑十'呈现了宝剑最犀利残酷的作用，是彻底毁灭的牌。显示了周边环境是不利的，可能会遇到危难或遭到不幸的事件，而这不算是意外，是有外力的作用而被加害的，是长期累积的因果造成的。这张牌的画面，即是濒临死亡的状态，主角人物伤痕累累。'宝剑十'对现在不利的局面更是一种雪上加霜，因为一把剑即可致命，却用了整整十把剑，想要让此人万劫不复。这是一种精神上的痛苦和折磨，更是悲哀和凄凉。"何沅珠解释道。

权熙正苦笑道："算得倒挺准，看来我是命里绝孤。"

何沅珠一本正经地摇了摇头，严肃地说道："不，不，命是掌握在自己手里的，如果想要化解这种逆境，便要学会跟着自己的心走。"

唉，权熙正再次叹了一口气，摇了摇头。

放学后，失魂落魄的权熙正不由自主地走到朴七彩的家门口，他扬起手打算敲门，犹豫再三后还是收回了拳头转身离开了。

他漫无目的地在街上走着，一抬头就看到前面就是朴家的我爱罗糖果店。想了想，他还是推门进去了。

店员看到有顾客，便热情地迎了过来："您好，欢迎光临，请问您需要点什么？"

权熙正在糖果店里逛了一下，他的目光在玻璃柜里扫视着，脚步停留在柜台中摆放着的两种双拼心形糖果上。

店员发觉权熙正在看双拼糖果，很积极地走过来帮他介绍道："这是我们店里新出的订制爱心糖果，名字叫'心里甜'，有爱心双拼、立体渐变爱心两种口味供您选择哦，包您吃到嘴里，甜到心里！"

权熙正感慨道："心里甜，好，这种糖果，来十袋！"

本来不爱吃糖果的权熙正今天破例吃了好多。他木然地打开一盒又一盒糖果，机械地把它们放在嘴里，他的模样让人感觉他只是一个在重复一个动作的机器。

"不是说吃到嘴里，甜到心里吗？为什么我还是只能尝到苦味。"权熙正抬头看着一直盯着他看的女店员说。

女店员被他呆滞颓废的模样吓了一跳，看到有其他客人来了就去招呼别人了，没回答他。

⋯⋯⋯⋯⋯⋯

一直在家里待着的朴七彩正百无聊赖地在床上躺着，她望着天花板，有一搭没一搭地和身边的小乌龟对话，小乌龟也很有耐心地听着。

忽然，门外传来一阵窸窸窣窣的动静，朴七彩皱着眉头，认真地听着外面的动静，发现声音还在。

"咦，今天大家都有事，家里应该没有人啊！难道进贼了？"

想着，朴七彩轻轻地下床，佝偻着身子走过去，拿起房间的台灯，静悄悄站到门后慢慢等着，然后从卧室门下的缝隙中看到一个黑影渐渐逼近。

朴七彩屏住了呼吸，如果真的是贼，她一个弱女子可怎么办，现在流行闯空门还是劫财、劫色……

想到劫色，朴七彩死死抱着台灯，如果劫色，就用这个敲死他。

容不得她多想，卧室的门慢慢地被推开了，她屏声息气举起台灯，门外的人迈步走了进来，朴七彩紧闭双目，咬着牙重重打了过去："我打死你，打死你，竟敢进朴家来偷东西！"

"啊，啊，啊……是我。"

听到熟悉的声音，朴七彩才停止殴打。她看到车允宪痛苦地捂住自己的脑袋。

朴七彩看到是车允宪，大吃一惊，讪讪笑道："怎么是你啊？"

"难道你以为是贼，下手这么重！"车允宪摸着脑袋揉了揉，抱怨道。

"我还真的以为是贼！你怎么进来不敲门啊？"

"我知道你腿受伤了不太方便嘛，所以打算偷偷看你一眼就走的。"车允宪笑笑。

他扫了一眼七彩打着石膏的腿，发现她已经能站稳了，于是开心地问道："你的腿好啦？"

朴七彩见自己站得好好的，也不好意思再装了，于是点了点头。

"那你为什么还一直在床上躺着不去学校啊？我带你去拆石膏吧！这样明天就能去上课了！"车允宪想到朴七彩又能和自己一起上学了，于是一脸兴奋。

"我不，啊——啊——"朴七彩灵机一动，心里的小算盘立马动起来了，她真的不想去学校再面对权熙正，面对所有流言蜚语。她立马慌忙捂着肚子假装肚子痛，"哎哟，我肚子好痛啊！"

车允宪以为她真的肚子痛，紧张地扶住她去坐下："啊？怎么会肚子痛？我们马上去医院！"

“不，不用去医院，我就是那个，特殊时期，我躺会就好了。”朴七彩慌忙摆手摇头，她只是想找个理由支开车允宪。

　　他似懂非懂地点了点头：“哦！我明白了。”说着他便小心翼翼地扶着朴七彩躺下，然后动身去厨房：“我去给你煮点热汤喝，听说会有效果。”

　　听到他要去煮汤，朴七彩连忙制止道：“不用麻烦了！”

　　“不麻烦不麻烦，你等着啊！马上就好！”车允宪说完便冲出房间直奔厨房。

　　厨房里。车允宪边查手机，边按手机上的做法为朴七彩煮汤。

　　“姜、红糖、水……容易！”说着车允宪打了个响指，自信地把锅放在灶台上。

　　红糖、生姜，车允宪都尽量切碎，丢进锅里煮了一会儿，然后用小火焖了一会儿，确定汤的颜色和手机上的差不多，他才盛出来。

　　他端着一个特别夸张的大碗小心翼翼地经过客厅，生怕洒了。

　　一直在家里房间写作的朴在徵抱着电脑出来，他睡眼惺忪地走过来，两人都没太注意到彼此，很不幸地撞在了一起，热汤洒到了两人身上……

　　“啊啊——”

　　“啊啊——”

　　两人同时被烫得尖叫起来。

　　躺在床上嗑瓜子的朴七彩听到了外面的尖叫声，还有瓷器碎裂的声音，惊得立马起身冲出卧室：“怎么回事儿？”

　　她来到客厅，就看到车允宪、朴在徵身上都是水渍，地上是摔碎了的瓷碗以及朴在徵的电脑。

　　“怎么了？出什么事儿了？”朴七彩紧张地问道。

　　神色慌张的朴在徵一把推开车允宪，紧张地上前拿起自己的电脑，电脑上全是水。他紧张地打开电脑，只见屏幕一片漆黑。他拼命按开机键，但是电脑一点儿反应都没有。

"我新写的稿子啊！"朴在徽绝望地惊呼一声，话音刚落，他就两眼一黑晕了过去。

朴七彩慌忙朝朴在徽跑了过去，抱住他的头使劲摇："四哥，四哥！你怎么了？"

以为出了什么大事，车允宪也凑上来看。两人对朴在徽又是掐人中又是拍打，但他都丝毫没有反应。

"四哥！四哥你醒醒啊，你别吓我啊！"朴七彩摇着朴在徽的身子着急地呼喊。

（三）

一个作家的稿子没有保存，这种打击相当于你数了一筐豆子却忘了计数……朴在徽以为自己的电脑被车允宪弄坏了，所有稿子都没有了，于是直接急晕了过去。

出现这种情况，朴七彩和车允宪也不知道该怎么处理，于是打电话给三哥朴在角让他回来。

不一会儿，三哥回来了，四哥朴在徽也慢慢苏醒了。朴在徽瘫坐在沙发上，伤心地喃喃自语道："稿子，我的稿子……"

三哥朴在角从桌上的医药箱里拿出清凉油抹在他的太阳穴上，生气地瞪着车允宪和朴七彩："长这么大了还不知道家里的医药箱放哪里吗？"

"三哥，我的稿子……"朴在徽有气无力地躺在沙发上说着。

"四哥对不起，我真的不是故意的，那个……车允宪也不是故意的。"

朴在徽恶狠狠地瞪了朴七彩一眼："哼。"

"那个，虽然电脑里的稿子没有了，但是我相信你脑子里肯定还是记得的吧。"车允宪干笑。

正伤心的朴在徵又恶狠狠地瞪了车允宪一眼，认为他就是"杀害"稿子的罪魁祸首。

"不记得。"

朴在角叹了一口气，上前将笔记本电脑拿过来，又从抽屉里拿出一个密封袋，将电脑装了进去，仔细地封好。做完这些步骤以后他对朴在徵说道："这样放到大米里干燥三个小时左右就能开机，你的稿子我趁你睡着的时候都已经保存过了，不会丢失的。"

听到自己的心血还健在，朴在徵激动地从沙发上跳起来，上前一把抱住朴在角："三哥！我太爱你了！"

正在这时，朴在羽风风火火从外面冲进家门，他大口喘着粗气："不是说家里出大事儿吗？"

大家你看我，我看你，都不说话。

"既然大家都回来了，我就先走了。七彩你好好休息。"车允宪见状就要走。

"那我也回房了。我的腿还没好呢。"朴七彩也漫不经心地挥了挥手，她装模作样地一瘸一拐地往房间走了。

一场闹剧就这么结束了。但这场闹剧让朴在角对弟弟妹妹们更加担心了，一个个似乎都是低能儿，尤其是朴在徵，简直是低能儿中的战斗机。

经过了这场闹剧，朴家又恢复了平静。

清晨，欢快的闹钟声响起，朴七彩伸了个懒腰，自在地扭动着四肢，看来心情很好。

突然，朦胧中四只庞然大物出现在眼前，吓得她立刻坐了起来："啊！你们在干吗！"

大哥、三哥、四哥、五哥齐齐张牙舞爪地朝朴七彩扑过去，有的拿衣服，有的拿来牙刷和毛巾，有的拿着面包。

207

"你们做什么呀！我现在还是个病人呀！"

"对呀病人妹妹，我们现在就带你去医院！"

"去医院？不不不，我不去！我需要卧床休息！"

"少来！你已经在床上躺了快半个月了，你的脚早就好了！你今天必须去把石膏拆了！赶紧变回正常人！"

不一会儿，朴七彩就被几个哥哥收拾妥当。

朴在角轻松将朴七彩抱了起来，一言不发朝外走去。

"我不要拆石膏啊！就让我一直病着吧！救命啊……"朴七彩无助地反抗着，在他身上挣扎着。

几个哥哥在后面冲她做鬼脸。

医院诊疗室外，朴在宫、朴在角、朴在徵、朴在羽四人站在门口等着。

"七彩在里面拆石膏怎么一点动静都没有，会不会有危险，现在医疗事故很多的！"

朴在角无语地叹了一口气。

"大哥，拆石膏又不是换腿，哪里来的危险啊！"

吱呀——

不一会儿，治疗室的门打开，医生走了出来，哥哥们立马围了上去，争先恐后关心着朴七彩的状况。

"石膏已经拆完了，恢复得很好。"等大家都问完，医生才长出了一口气说道。

"谢谢医生，您辛苦了。"朴在羽凑上前去表示感谢。

"病人在里面休息一下，适应一下没有石膏的感觉就可以离开了。我还有其他病人，先走了。"说完，医生径直去了其他病房。

诊疗室里，朴七彩颓然地坐在治疗的床上，眼睛盯着医生已经拆下来的石膏块。

四个哥哥从外面冲进来围在她身边。

"七彩，怎么这副样子？"

"拆了石膏不习惯了？"

"有什么不习惯的，你看，现在没有石膏的腿多好，不过就是看着腿有点粗……"

看着几个哥哥，朴七彩不由得叹了一口气，有这些哥哥，连想安静一下的时间都没有，她哭丧着脸说："都说了不要管我了！你们真是多管闲事，非要拆掉我腿上的石膏，三哥，这肯定是你的主意！"

"我们还不是为了你好，你要一直装病到什么时候啊？你说你和权……那谁的事，还是想开一点吧，有一位名人曾经说过，强扭的瓜不甜！这个道理很简单的呀。"

听到这些乱七八糟的话，朴七彩忍不住翻了一个白眼，表示不想听。

此时，一门之隔的外面，竟然站着一个黑色的身影，他戴着帽子和口罩，手里拿着蚊虫叮咬膏，看这有备而来的架势，他已经蹲点很久了。

屋里传来朴七彩的声音："四哥你不懂！我对他的感觉我很清楚，他对我的感觉我也能感受到，我就算再迟钝再没经验，我也知道什么是喜欢，什么是讨厌啊，我不讨厌他！我喜欢他！我也看得出来他喜欢我！"

外面穿着打扮奇特的怪人听到里面的声音，眉头紧锁，一脸心疼。

"那为什么他会不理你了呢？"朴在宫继而问道。

"还不是因为他的青梅竹马回来了。"

"权熙正还有青梅竹马？"

朴七彩失落地点点头。

"这事儿可就难办了。"

"傻妹妹，你这连'被分手'都算不上，顶多就是权熙正的备胎啊，现在'原装轮胎'回来了，你这备胎就没用了。"四哥朴在徽还在一旁补刀。

"我觉得四哥说的有道理！这真是今年以来他说的最有道理的一句话了！"五哥朴在羽也跟着附和。

几个哥哥一点也不手下留情地在朴七彩伤口上肆意撒盐巴，朴七彩捂着胸口，感觉心都在滴血。

"我不信！你说什么我都不信！我见过他看我的眼神，那里面是有真心的！反正不管怎么说，我不会放弃他的！"朴七彩捂着耳朵不听，仍然固执己见。

"傻子！"

朴在宫也懒得再争辩了，自己的妹妹什么性格，他当然很清楚，这种事情要让她自己想通才有意义。

"现在能走了吗？赶紧走，我还忙着呢！"

朴七彩嘟嘴问道："没穿鞋怎么走！我的鞋呢？"

"我没拿。"

"我没拿。"

"我没拿。"

············

几个哥哥面面相觑，朴在角无语地盯着自己的三个兄弟："让开。"

说着，朴在角蹲下来，给朴七彩那一只取了石膏的脚穿上"暴走萝莉"的小白鞋。

看着为自己穿鞋的三哥，朴七彩夸赞道："看看，关键时候还是三哥最靠谱！"

不过看到自己两只脚上穿的不是同一双小白鞋后，朴七彩感觉秒被打脸："三哥！我左脚穿的是'暴走萝莉'的小白鞋，右脚穿的是优雅家的小白鞋，这不是一双鞋！"

"那你为什么要买两双一模一样的白鞋？"朴在角一脸无奈。

"一点都不一样！"朴七彩失望地摇摇头，"三哥，你太不靠谱了！"

朴在角憋屈，刚才还夸他，现在就变脸了，这个妹妹太令人伤心了。

站在病房门口的权熙正见朴家一家子准备出来了，赶紧压低了帽檐快步走开。

朴七彩刚走到门口，就看到有一个身影快速转弯离开，消失在了拐角处，她愣了一下，又摇摇头，没有多想，就走了。

（四）

走廊上，朴七彩一脸严肃，思索着："难道刚刚那个人是权熙正？"

因为那个身影，她觉得很熟悉。

知道妹妹朴七彩已经好了，几个哥哥也不再围着她转了，都在各自忙各自的。

大哥朴在宫也开始进入工作，拿出手机给助理阿蛮打了个电话："阿蛮，我已经完事儿了，待会儿就去公司。"

后面朴在微和朴在羽聊着新出的电影。

"最近新出的电影你看了吗？好像叫《龙日一，你死定了》。"朴在微说道。

朴在羽立刻附和道："听说过，好像还挺不错的，有时间我们一起去看一下吧。"

此时，"焦点"朴七彩深感被无视了，她不满地喊道："喂！你们到底有没有听我说话呀。"

哥哥们异口同声道："听了听了，听着呢。"

很显然，他们根本没有听到她说的话。

唉，果然，几个没良心的哥哥。朴七彩在心底把几个哥哥都数落了遍。

走廊转角处，权熙正看他们渐渐走远，才朝着刚刚朴七彩所在的治疗室走去。他走进治疗室，怔怔地望着床上放着的刚刚拆下的石膏碎片，一名护士走过来，利索地将石膏碎片收拾干净。

权熙正失落地转身离开。刚走到门口，却突然撞见迎面赶来的车允宪。

"七彩！不好意思，我来晚了！"

车允宪以为是朴七彩，但看眼前的人是权熙正，就一下子停住了。

两人互相对视着，都没有说话。

权熙正轻咳了一声，然后错身离开。车允宪望着权熙正离开的背影，微微皱眉，若有所思。

医院大厅，朴七彩像是想到了什么，突然停了下来。

"怎么了？是不是取了石膏特别疼，让三哥背你吧。"朴在徽问道。

话音未落，朴在角已经蹲下做出要背的姿势。

朴七彩定在原地，眼神有些迷离，说道："你们先走吧，我……我要回去一趟。"

"回哪儿去？"大哥朴在宫冲着她的背影喊道。

朴在宫还要说什么，朴在角拦住他："算了，看她的样子应该不会有问题了，咱们走吧。"

旁边朴在徽脑洞大开猜测道："她该不会要去拿一块石膏作纪念吧？"

朴在宫一巴掌拍在他脑门上，敲停他不靠谱的猜测。

朴七彩一瘸一拐地走到治疗室门口，但她并没找到预想中的权熙正，只见到车允宪迎面跑过来。

看到朴七彩没有走，车允宪欣喜不已："七彩，我可算找到你了。我听三哥说你来医院拆石膏了，就赶了过来。你没事吧？还疼吗？"

朴七彩没有听进他的话，只是兀自朝车允宪的身后看着，但是她并没有看到那个想象中的身影。

面对车允宪的问候，朴七彩只是敷衍地回应着："嗯，嗯，对了，你刚刚有没有看到……"

"看到什么？"车允宪一脸疑惑。

朴七彩顿了一下，有些失落："没什么，谢谢你来看我，走吧。"

看着朴七彩，车允宪沉默了一下，看她焦急的样子，他大概能猜到她在找什么。"我看到权熙正了，他刚才来过了。"转而他又扯出一抹笑意，"我来扶你。"

听到车允宪的话，朴七彩才肯定刚才的直觉没有错，不过，大概他已经离开了吧！

晚上，一行人一同回到朴家，为了庆祝朴七彩的痊愈，朴家热闹非凡，餐桌上摆了一大堆好吃的，车允宪也在，众人干杯庆祝朴七彩康复。

首先作为大哥的朴在宫举着酒杯站起来："来来来，我先说两句……"这时，朴在宫的电话响起："喂？啊，李总啊，明天下午啊，那必须有时间啊……"他边说边走开了。

三哥朴在角见状，拿起酒杯站起来："既然大哥在忙，那就我来说吧，今天……"

话还没说完，朴在徽就闻着某些味道，吸着鼻子，嫌弃地说道："什么味道？"

朴在角仿佛想起什么，猛地一惊，赶紧放下酒杯往厨房里跑。

"终于轮到我当一次大哥了，我可要好好说一下啦，很短很短，你们别担心，我很快说完，让我想想，怎么样能说得简单又一针见血又精辟又……"朴在徽开心地晃着杯子。

这边朴在羽和朴七彩递了个眼色，马上和身边的车允宪碰杯喝了起来。千万不能给话痨机会！

"哎哎哎，你们怎么这样啊，那行吧，那我也喝了吧。"朴在徽说完也一饮而尽，众人笑开。

酒过三巡，男生们都有些微醉。朴在宫提议玩真心话大冒险的游戏，其他人也不反对。

朴在宫将一个酒瓶放倒，首先开转，所有人屏住呼吸盯着瓶子，有人心里祈祷不是自己就好，有人心里祈祷是自己就好。

然后，瓶口转到了朴在徵面前。

全部人扬起了八卦的心，都盯着朴在徵，却见他一脸不开心。

"老四，一个很简单的问题，你这次的稿子保存了吗？"

听到这个问题，朴在徵吓得一下子变了脸，匆忙看向三哥，朴在角淡定地点了点头。

朴在徵这才松了一口气："大哥你太讨厌了！吓死我了。"

见到朴在徵担心的样子，众人狂笑不止。

车允宪重新转起了瓶子，正好这次瓶口对准了他最想问问题的朴七彩。

朴七彩看着一众盯着自己的人，咽了咽口水，倒吸一口凉气。

车允宪看着她，轻咳了一声，说出早就准备好的话："七彩，你敢不敢跟我打一个赌，你给权熙正打电话，如果他没有接，你就要彻底放下他！"

提起权熙正，众人呆住了，纷纷去看朴七彩的反应。此时朴七彩表情严肃，沉默不语。

朴七彩还是愿赌服输，既然玩了游戏，就要遵守规则，她拿起手机，默默点开权熙正的电话，犹豫着按了下去了。

所有人的目光都盯着手机上的名字。

手机响起的时候，权熙正正在卧室戴着耳机听音乐，突然音乐停住。

安静的房间里，铃声格外刺耳，权熙正看了一眼，手机上显示来电人是"朴七彩"。

他看着手机良久，心中犹豫着到底要不要接，但是到最后，他还是没有摁下接听键。

朴七彩屏住呼吸紧张地看着手机，但手机屏幕上一直显示着未接状态。

响了一分多钟，还是未接状态，朴七彩终于忍不住了，猛地站起来，拿过手机挂断了电话。

她攥着手机，故作微笑："车允宪你太耍赖了吧，你这算真心话还是大冒险，你玩我的吧！"只见她手一挥，把手机扔在了沙发上："算了算了，本小姐大人有大量，不和你一般见识。我去给大家拿酒！"说完她就离开了餐桌。

看着朴七彩眼底闪过的难过，车允宪想要追过去，朴在羽拉住了他。

"让她自己消化一下吧，话说自从上次的篮球比赛，咱俩还没好好说过话呢，今天你可不要先倒下啊！"

车允宪瞪大眼睛："谁先倒下谁就是小狗！大哥三哥四哥，你们帮我和老五做个见证！"

大哥呵呵地笑着："没毛病！"

朴七彩没有去厨房拿酒，而是出了门，坐在花园的长椅上，她低头抚摸着手腕上的手链，满满的失落写在脸上，最后还是忍不住哭了出来。

他，是真的不喜欢她了吗？

G DIAO XIAO JIN XING QU

第十三章

以牙还牙，
以眼还眼！

（一）

前两天玩真心话大冒险，权熙正竟然连她的电话也不接了。朴七彩因此想了很久，纠结了很多，爱情这个东西，真的好复杂，复杂得她一点也不明白他心里到底是怎么想的。

朴七彩坐在糖果店里，无聊地托着下巴发呆。感觉有客人进来，她下意识地说道："欢迎光临。"

来人没有动静，她抬头一看，才发现是车允宪。车允宪看着她，脸上带着见到她惯有的激动和欣喜。

"你怎么来了？"

"跟我走！"车允宪不由分说要拉朴七彩走。

朴七彩一脸不情愿："你到底要做什么呀？"

"陪你玩啊，你已经无聊到来糖果店了，看来真是没人陪你玩了，看你可怜，我亲自来陪了。"车允宪装作满不在乎的样子，可是如果真的不在乎，就应该像权熙正一样不理她，可他还是来了。

"我人见人爱，只要我一招呼，朋友成群结队来呼应！"见朴七彩仍不示弱，车允宪先软化下来："好好好，是你陪我玩好吗？就当成可怜可怜我，跟我走吧，我已经跟三哥请示过了。"

"不去！"

"你是想跟我出去散心呢，还是想让你几个哥哥来陪你？"

听到要跟几个哥哥一起，朴七彩迅速妥协了："说吧，去哪儿？"

"保密。"车允宪朝她眨了眨眼，然后便拉着她出去了。

朴七彩可没心思跟他玩什么猜猜看，两人走了没多久，她一把甩开他的手："你到底要带我去哪儿，能不能现在就告诉我啊！"

车允宪还是很坚定地摇着头，不肯松口。

朴七彩叹了一口气："好吧，反正我现在也没心情跟你争辩，但是你既然说有惊喜，就别让我失望。"

"遵命小姐！"得到许可，车允宪笑得更灿烂了。

一路上朴七彩问了好几次，车允宪都没有告诉她目的地，走了大概十几分钟，他们才在一家真人CS店门口停下。

看到CS店前的广告牌，朴七彩哭笑不得："你说的惊喜不会就是——"

"嗯。"车允宪重重点头，献宝似的为七彩讲解游戏玩法。但他发现朴七彩根本没听，一双眼睛看向不远处，顺着她的目光看去，他看到权熙正和沈诗恩也朝这边走来。

四人相遇，三人都有些尴尬，反倒是沈诗恩落落大方，上前两步，率先开口。

"好巧，你们也来玩这个？"

"是啊。"

"那我们可以四个人一起玩，两两PK你们觉得怎么样，输的那组就请吃冰激凌。"

"放马过来吧，谁怕谁呀！"车允宪冷笑道。

朴七彩看向权熙正，他的脸上没有任何表情，还是和以前一样。原来和她分开，他没有一点感觉。

"砰——"突然，传来一声枪响，朴七彩吓了一跳："什么声音？"

"七彩你怕枪声？这跟游乐场的游戏不一样，你确定要玩吗？"沈诗恩带着些许戏谑说道。

朴七彩立刻被沈诗恩的嘲讽激起了斗志："我当然要玩，正好遇到了你们，我正愁找不到对手呢，来吧！"

身边车允宪拍了拍朴七彩示意她加油。

对面的权熙正看到这一幕，心里有些不是滋味，他微微皱眉，却也没说什么。

一会儿，四个人换好了迷彩服，脸上也画了一两条色彩颜料，伪装粗糙又可笑。

朴七彩其实心虚得很，她紧张地握着枪，嘴唇发干脚底打滑。突然一个彩弹朝她飞来，朴七彩吓得尖叫，车允宪上前一把将她拉走，彩弹擦着朴七彩飞过。

刚刚燃起的斗志瞬间被磨灭不少。

朴七彩被拉着躲开飞弹，仍旧嘴硬道："我朴七彩要开始玩了！你们都'死'定了！"

"七彩靠近我，别自己行动。"车允宪喊道。

沈诗恩对权熙正炫耀："怎么样，我刚刚那枪打得不错吧？"

权熙正漫不经心地说道："不要浪费子弹，游戏才刚刚开始。"

没有听到夸奖，沈诗恩嘟起嘴表示不满。

车允宪带着朴七彩在丛林里穿梭，朴七彩感觉不对："我们这是去哪儿啊？我们不去打他们吗？"

"我们要先找好掩体，等待时机。"

"我不要什么掩体，我要去进攻！"

"会防守才会进攻，你这样冲过去很危险！"

但朴七彩完全听不进去："那刚刚沈诗恩不就直接开枪了吗！你去防守吧，我要进攻杀敌！正面对决！"说完她就抱着枪走了，车允宪没办法只好追了上去。

朴七彩俨然像一个战士一般在丛林里穿梭着，可是她完全是漫无目的地在行动。

突然她看到前方树林闪过身着迷彩服的身影，想都没想就跟了上去。

再靠近几分，那人正是沈诗恩，朴七彩立刻起身举枪。听到响动，反应迅速的沈诗恩也立刻回过身来，举枪对峙。

隔着一道障碍物和两棵树木，两人短兵相接。

朴七彩还不忘放狠话道："投降吧！也许我能放你一马！"

"狭路相逢勇者胜，谁输谁赢还不一定呢！"对面沈诗恩冷笑道。

"开枪吧！"

两人同时瞄准对方，但是谁都没有先开枪。

不远处车允宪也赶来了，他正搜寻着权熙正的身影，没注意到这边两个女生的动静。

沈诗恩倒是看到车允宪靠近，她冷笑了一下，作势要开枪，朴七彩见状立刻扣下扳机。

"啪啪——"

"啪啪——"

两声枪响。

朴七彩和车允宪同时中弹了，权熙正从不远处的树后走了出来，朴七彩彻底傻眼了，原来他之前一直守在暗处伏击，沈诗恩只是诱饵。

沈诗恩双手举枪高兴地喊道："太好了，可以吃冰激凌喽！"

朴七彩瞪着他们，又沮丧又委屈，满腔怒火却无处发泄。

游戏结束后，四人换回了自己的便装。愿赌服输，车允宪大大方方地去买冰激凌了，沈诗恩手机正好响了，只好不情不愿地走到一边去接。

只留下朴七彩和权熙正两人。

朴七彩见状迈步就往前走，权熙正却快步追了上去挡在她前面。

"为什么会给我打电话？"

朴七彩咬着嘴唇，倔强地看着他。

"回答我的问题。"

"玩游戏输了。"

听到这话，权熙正眉头一皱，表情就有些不悦："玩游戏？你最近很开心啊，总是玩游戏是不是？"

"你什么意思？"

"请你以后不要再给我打电话了，我不会接的。"权熙正冷冷地说道。

看着他一脸冷漠的样子，朴七彩又气愤又不甘："你放心！以后我就算输，就算有人抓着我的手让我给你打电话，我都不会打了！我说到做到！"

因为是气话，两人的语调生硬极了。

说完，两个人各自头也不回地朝反方向走了。

（二）

权熙正的态度让朴七彩心中十分委屈，她几次三番地想要原谅他，都被他的冷漠给挡了回来。次数多了以后，就算心大如朴七彩，也觉得受伤。

上课铃响起。朴七彩姗姗来迟，发现教室里已经坐满，大家目光都望了过来，看得她有些手足无措。

见到朴七彩，车允宪兴奋地朝她挥手，示意她过来："七彩，这里！"

朴七彩面带尴尬地跑了过去，坐下才发现在那个座位的后面就是权熙正与沈诗恩。她有些尴尬地笑了笑："我……我去找找沉珠。"她不太愿意离权熙正太近了，容易被刺伤。

车允宪赶紧拉住她，献宝似的说："这是你最喜欢的偶数位置啊，我特意很早来给你占的。"

朴七彩转身看着他，皮笑肉不笑："谢谢你哦，特意给我占的。"

后面权熙正听到两人的对话，嘴角抽搐，然后，他假装漫不经心地戴上了耳机。

朴七彩正准备另外寻找位置，孔主任一手拿着茶水杯，一手拿着有关勃拉姆斯国际钢琴大赛的宣传册走了进来，他一眼见到还杵在过道中间的朴七彩，大声道："朴七彩你干什么？这么重要的动员大会你都能迟到！还不快坐下！"

没办法，朴七彩望着已经有些恼怒的孔主任，只好转身不情不愿地先坐下了。她感觉到身后权熙正冷飕飕的目光直直射在她背上，每分每秒都让她如坐针毡。

孔主任在讲台上开始了宣讲："两年一届的勃拉姆斯国际钢琴大赛即将举行，这也是世界范围内享有极高声誉，欧洲最著名、最专业，也是最高级别的国际钢琴大赛之一。这次比赛，我们圣·迦伯利学院尤为重视。"

说完，孔主任不禁看向权熙正这边："因此学院特意召开这次动员大会，希望大家能够踊跃报名参赛……"

再后来，孔主任就讲起这场钢琴大赛的历史，滔滔不绝说了很久，他在讲台上讲得慷慨激昂，台下的同学却一个个听得昏昏欲睡。

朴七彩也觉得无聊，正准备像其他同学一样神会周公，此时车允宪却神秘兮兮地凑了过来，他低声道："把手伸出来，我送你一个礼物。"

"什么？"朴七彩不解地伸出手，车允宪却笑着把自己的手放在朴七彩手中。

车允宪忍住笑："这个礼物你满意吗？"

这情话太土，却瞬间驱除了朴七彩的困意，朴七彩白了他一眼，说了声无聊，却没有甩开他的手。

后排一直没有正眼瞧过他们的权熙正瞥到两人的小动作，觉得分外刺目，便转开了目光。

讲台上的孔主任开始放一段双人钢琴合奏的视频。

见过原谱的朴七彩瞬间被曲调吸引了，这是她在权熙正家弹奏过的《G

小调进行曲》的调子。她猛地抬起头，果然看到投影上放着的正是十四岁的权熙正跟一个陌生的女孩儿钢琴合奏的画面，那个女孩儿一边弹琴一边温柔地望着权熙正，而她长得跟沈诗恩一模一样。

女孩和权熙正配合得十分默契。这个画面让朴七彩想到那天权熙正跟沈诗恩玩真人CS时的配合，他们的配合也是那么默契十足。

坐在后座的权熙正和沈诗恩都惊异地看着视频画面，他们没想到孔主任会放这段视频。看着视频里的自己和小女孩弹奏钢琴的画面，权熙正皱紧了眉头，沈诗恩的表情也变得难看起来。

车允宪从玩笑中回神，看着朴七彩显而易见的失落神色，他的笑容也慢慢消失了，表情变得若有所思。

讲台上，孔主任指着视频，自豪之情溢于言表，他兴奋地说："同学们，视频里的人其中一位就是在座的权熙正同学。这是首届勃拉姆斯国际钢琴大赛举办时，他和队友的现场参赛视频。他们在不被任何人看好的情况下，冷静发挥，配合默契，表现堪称完美！凭借卓越的演奏，权熙正同学和他的队友一举夺魁，《G小调进行曲》也成为当时青年乐团争先模仿学习的曲目。这对优秀的组合成为了年轻一辈钢琴演奏者们追随和学习的榜样。他们是名副其实的钢琴王子和钢琴公主。今天之所以展示这段视频，希望你们也能和他们一样，积极参加此次比赛，再获殊荣！"

孔主任说得激动，说到兴奋处，孔主任不得不先喝口水平静下来再接着说："可惜的是，有的同学因为身体原因不能参赛，这真是让我觉得非常痛心的事！"

看了这段视频，同学们纷纷往权熙正所在的方向瞟，显然对视频里女孩的身份以及她和权熙正的关系更感兴趣，教室里议论纷纷，只是大家的关注重点都不在比赛上。

"安静安静，我说得够多了，现在，愿意参赛的同学请举手示意！"孔主任道。

孔主任话音刚落,教室里瞬间安静下来了,没有人举手表示自己愿意参赛的。

孔主任失望万分,脸色沉了下来。

突然,一个出人意料的声音大声说道:"我愿意参赛!"

同学们纷纷循声回头,见是车允宪,又不以为意起来,孔主任的表情也一瞬间从惊喜变成惊吓。

孔主任斥道:"车允宪,你胡闹些什么?你学的是民族乐器,瞎凑什么热闹?"

坐在他旁边的朴七彩也被众人盯着,尴尬至极,十分后悔坐在他旁边,她一个劲地在桌子底下拉车允宪的衣角,想让他坐下来。

但是车允宪却满不在乎:"主任,你能允许我现场演示一下吗?"说完,没等孔主任同意,自顾自地,走到钢琴前坐下开始了演奏。

乐声响起,教室里一瞬间变得安静了。

一曲弹毕,教室里掌声雷动,同学们都鼓噪起来,孔主任惊喜溢于言表。众人既惊讶又佩服,车允宪怎么会弹钢琴的?"如果大家觉得我有资格参赛了,那我还要宣布一件事,这个比赛我要跟朴七彩一起参加!"车允宪的举动一个比一个惊人,话一出口,教室里安静了数秒,瞬间炸开了锅。

"我不同意,车允宪,你替我做什么决定?"朴七彩站起来大喊道。

沈诗恩突然站了起来:"报告老师!我也愿意和权熙正搭档代表圣·迦伯利大学参赛。"

沈诗恩说完,所有的同学都倒吸一口冷气,这戏是越来越精彩了。

孔主任没想到是这个局面:"这……可是权同学他……"

一旁的权熙正一言不发,沉默着没有回应。

沈诗恩看了他一眼,自信地说道:"权熙正会参赛的,我保证他会!"

她的话音刚落,整个教室都沸腾了,尤其是孔主任,他兴奋得险些老泪纵横,激动地道:"好好,那真是太好了!沈诗恩同学你立了大功啊!"

但想起参赛名额的事，孔主任又忍不住发愁："这几位同学都很有勇气，精神可嘉，非常值得鼓励。但学校只有两个参赛名额，公平起见，我们三周后举办内部预选赛，来决定哪一对可以参赛。请报名的同学回去好好准备！散会！"

大家望着穿白衬衫的权熙正和穿黑皮衣的车允宪，一黑一白两个男孩迥然不同。

朴七彩看着这一切却什么也没说，孔主任话音刚落就迅速起身离开了。

（三）

为了准备勃拉姆斯国际钢琴大赛的遴选，学生们正在校园里挂横幅。

车允宪从横幅下跑过，焦急地寻找着朴七彩的身影，圣·迦伯利学院占地面积很大，处处都是装点校园风景的花圃，下课后的人群又格外多，想要找人就如同大海捞针。

车允宪跑得一头的汗，最终也没找到朴七彩的身影，矗立在人群里一阵失神。

不远处沈诗恩正在和同班的同学们寒暄。

有女生问道："权同学真的能参赛吗？我好想看他弹琴啊！"

沈诗恩点点头："我会说服他参赛的！"

"诗恩要加油哦，我们看好你！你和权同学肯定没问题的！"另一个女生兴高采烈地在一旁说道。

沈诗恩笑着一一回应："你们放心，我和权熙正一定会得到这次参赛名额，然后赢得比赛的！就像当年那样！"

等要好的同学走后，沈诗恩转身看着身旁空荡荡的座位，权熙正早就独自一人先离开了，沈诗恩收起笑容，对着空座位一言不发。

朴七彩其实没走远，下课后就找了一个隐蔽的角落躲在一旁，听到沈诗恩的话，朴七彩咬紧嘴唇，泪水无声地落下来，她伸手抹了抹脸，脸颊一片冰凉。而在转角的另一边，一个身影靠在墙边，安静地注视着她。

　　此时权熙正脸上的表情还是一如既往地淡然，但心口却揪了起来。他只能在别人看不到的地方像影子一样陪伴着她，而这一切，都是他自找的。

　　阳光从窗口射进来，照射在两个人身上。

　　权熙正正犹豫着要不要上前去，就听到车允宪的声音。

　　车允宪气喘吁吁地跑了回来，一见到朴七彩就走上前去。越走近就越看清女孩哭得凄惨的一张脸，他又急又气，却还是软下声音问道："七彩，你在这儿啊！我说怎么到处都找不到你！别哭了。有我在呢！"

　　朴七彩是背对着权熙正的，直到车允宪出声安慰，他才知道女孩哭了。

　　权熙正觉得胸口疼得更厉害了。

　　朴七彩使劲擦了擦脸，嘴硬道："你才哭了呢！"

　　车允宪只是轻声安慰她："七彩你放心，我们一定可以打败他们的，凭我的能力，再加上你的天赋，我们肯定没问题的！"

　　朴七彩红着一双眼睛瞪了车允宪一眼，他完全会错了意，而她一点也不希望成为权熙正的对手，不是因为实力，而是……她不想因为这些和他针锋相对。

　　"为什么会变成这样呢？"朴七彩喃喃自语。

　　转角处另一边的权熙正默默攥紧了拳头。

　　"七彩你别哭了啊，我最见不得女生哭了，权熙正让你那么难过，你还因为他掉眼泪，太不值了！"车允宪道。

　　车允宪的话却正好说中了她的痛处，朴七彩再也忍不住，靠在车允宪肩膀上哭出了声。

权熙正听着这一切，感觉无比煎熬，他想上前把女孩抢过来，想把七彩搂进自己的怀里安慰她，他真的很想这样做……可是他不能陪伴她，他不是朴七彩看到的那个样子！他是有罪的，那个女孩的死亡是一道枷锁，已经锁死了他的一生。他已经没有快乐的资格了，不能把七彩也拉进来。

朴七彩还有些哽咽的声音传了过来："你说得对！我不会再为他难过了，他既然没有反对参赛，就等于是默认了，他讨厌失败。所以我也不会认输。我要以眼还眼，以牙还牙！"

看着强自振作的七彩，车允宪原本还想开口说什么，但是他却不想再在七彩面前提到权熙正，只重重地点头附和："没错！走吧，我送你回家。"

"嗯。"朴七彩抹干净最后的眼泪，站起来跟着车允宪离开了。

望着他们离开的背影，权熙正缓缓地松了一口气，他望着窗外的夕阳，眸色空茫，唇边却露出一丝笑意，只是那笑容苍凉至极。那样的痛苦，或许只有天上的云才会知道，而其他人，都无法感同身受。

车允宪将朴七彩送回了我爱罗糖果店才走，朴在角见七彩回来了，立马将一份新鲜出炉的炸猪排端到了她面前。

炸猪排分量惊人，朴七彩张大嘴："三哥？你真的是我亲哥吗？"

"当然是啊。"朴在角坚定地说。

朴七彩吸了吸鼻子，炸猪排的香气逼人，她咽了一口口水，但猪排太大，举着刀叉不知如何下手。想了想，朴七彩还是决定向自家哥哥撒娇"告饶"："三哥！我从今天开始不能吃这种高热量的东西啦，吃了这个大猪排，恐怕你妹妹也会变成小猪了！"

"那我问你？你变美要给谁看？"朴在角瞪她，一副她不吃就不罢休的架势。

朴七彩立刻回击："哥哥你讨厌！我漂亮给自己看不行吗？"

朴在角笑了笑，又端上来一盘小巧可爱的小三明治。

朴七彩惊叹了一声，看着面前两份美食，眼神在猪排和三明治之间徘徊不定，显然很想大快朵颐，但还是拼命忍住了："哇，三哥，等我不练琴的时候我要吃一天猪排！"

　　"你哪天不练琴？"朴在角反问道。

　　朴七彩想了一下，表情颓丧，也是，她近来每天都要练琴的。

　　"在内部选拔之前要一直练，只有练习才能……才能赢过他……"

　　说起学校的比赛，朴在角也有所耳闻，他伸手揉了揉朴七彩的头："加油！三哥相信你能行。"

　　朴七彩却忍不住问道："我真的能行吗？"

　　"能，你是我朴在角的妹妹，肯定能行。"

　　不知三哥哪来的自信，朴七彩看着朴在角的粉红色围裙，撇了撇嘴。

　　朴在角摸了摸她的头："傻妹妹。"

　　朴七彩傻乐了一下，拿起刀叉准备和猪排大干一场。

　　（四）

　　清晨，朴七彩和何沉珠一起走在教学楼外的小路上，两旁的树绿油油的，偶尔有几片树叶飘下来，落在地上。脚步带起的微风卷起落下的树叶，树叶翻了个身，现出自己的茎脉。树叶有自己的脉络，人也一样。

　　朴七彩懒洋洋地走在何沉珠后面，何沉珠在前面催促道："快点快点！我说你可真是悠闲，你再晃悠就占不到好琴房了！"

　　后面朴七彩不疾不徐地跟上，皱着眉头说："你急什么呀？"

　　"我是替你着急！学校有人为你们和权熙正、沈诗恩的比赛开了赌局，你可得争口气！"何沉珠一脸夸张地说道。

　　"要不要这么夸张？"朴七彩一脸不屑的表情。

"勃拉姆斯国际钢琴大赛的海选！权王子和车王子，天才和怪才的正面较量，外带四角恋狗血流量设定，你究竟有没有意识到自己现在是什么处境？"何沉珠一脸认真地说道。

朴七彩盯着何沉珠，慢慢说道："你下了多少注？"

何沉珠眨了眨眼："没有的事。"

看何沉珠的样子朴七彩就明白她肯定下注了，脸上的表情瞬间变成奸商模样："说吧，你赌了谁赢？"

"呃……我忽然想起还有很重要的事没做，我先走了。"何沉珠说着就要溜了。

朴七彩一下抓住何沉珠："坦白从宽，还是抗拒从严？"

"说就说，这有什么大不了的，我当然是赌了——沈诗恩！"何沉珠不怕死地道。

朴七彩一脸难以置信地看着何沉珠："何沉珠，你还是不是我的朋友？"自己的闺密，居然不相信她能赢。

望着朴七彩火冒三丈的表情，何沉珠赶紧解释道："你看，人家沈诗恩性格好，长得美，最重要的是才华横溢，我又不瞎，没理由不投她的，对吧？七彩你勇气可嘉，可是……"

好像越说越不对了。

朴七彩盯着何沉珠的眼神越发不善，何沉珠连忙拉着她往前走，试图转移话题引开她的注意力："有工夫瞪我，还不如赶紧练琴！快走快走，我陪你去琴房。"

因为何沉珠不相信自己能赢，朴七彩感觉自己被好友狠狠地背叛了，她躲开了何沉珠伸过来的手："少来，我不想理你！"

何沉珠讨饶："别生气了嘛，七彩……我告诉你个事，咱们校报的记者最近可都追着沈诗恩跑，因为权熙正不肯接受任何采访，所以大家都把目光集中在了沈诗恩身上。不过沈诗恩人确实不错，还挺低调的，听说推了好几拨人，那些校报记者愣是连人都没逮着！哈哈哈……是不是很好笑！"

"我到底是什么运气啊，居然会交你这种损友。"朴七彩才不理会她的笑点，白了她一眼，摇了摇头。

"你肯定拯救了银河系……"何沉珠跟在朴七彩身后嚷道。

"哼——"朴七彩瞪了她一眼，迈开步子就不管不顾地往前走了，何沉珠只好一路小跑着跟上她。

清风拂面，扬起了少女们的长发，天气很晴朗，心情似乎也没有想象中的那么糟糕了。

下课后，权熙正路过朴七彩经常练习的那间琴房，一阵琴声远远传来，他不自觉加快脚步，想去看一看，刚走近琴房门口，就看到一个身影正坐在钢琴前弹奏。他在门口犹豫半晌，正想进去，却发现坐在钢琴前弹奏的人是沈诗恩。

"你怎么在这里？"权熙正问道。

权熙正的表情有些失落，沈诗恩一眼就看出来了，却故意问道："怎么，你以为是朴七彩？"

"没事儿的话，我就先走了。"权熙正说完转身欲走，沈诗恩连忙跑过去拽住他的胳膊。

权熙正不动声色地把自己的胳膊从沈诗恩手里抽出来："你还有事？"

"离预选赛已经没几天了，你到底什么时候才肯跟我一起练琴？"沈诗恩道。

"我从来没说过答应你！"权熙正冷漠道。

"你怎么还像以前一样固执！算了……"说着，她从自己包里拿出一封信件，"我今天来是为了这个，给你！"

邮件递到权熙正面前，沈诗恩道："恭喜你！你的梦想终于实现了！"

权熙正不解地接过邮件，邮件的封口已经被人拆开了，权熙正忍不住皱

了皱眉。

见他不悦，沈诗恩就知道他是在意封口被拆开的事，连忙解释："你不要误会，信件不是我打开的，是伯母，我只是路过帮你带过来！茱莉亚学院的校方很喜欢你提交的曲谱，只要你录段演奏视频发过去，一定能拿到offer的！"

从信封里拿出邀请函，权熙正看了一眼，是成功录取的通知，而这张邀请函，原本是他和另一个女孩的约定。

少年时期的沈诗爱跟权熙正并肩坐在钢琴前，他们合奏一首曲子，两人默契十足。

女孩的声音如黄莺般清丽，常常会调皮地说："权熙正，就这么说定了，等将来我们长大了，一定要一起去茱莉亚音乐学院。"

那个时候的权熙正脑子里满是梦想和希望，他梦想着能和女孩一同去茱莉亚音乐学院，能站上最高的舞台，让两人的演奏能让更多的人听到……

权熙正不自觉地紧紧攥住手中的邮件，指间雪白，录取通知书被他捏得皱起来。

沈诗恩见状问道："你怎么了？"

"我没事。"权熙正回过神来，收好信件后就离开了琴房。

"等等！你不练琴吗？"沈诗恩连忙追了上去。

权熙正冷着脸一言不发，头也不回地走出琴房。

身后沈诗恩紧追不舍："我已经决定要去茱莉亚学院了，你能来，咱们就能一起在茱莉亚音乐学校求学了，姐姐如果知道你替她完成了这个心愿，也一定会为你高兴的。"

听到沈诗恩说到沈诗爱，权熙正忽然停住："沈诗恩！"

沈诗恩被权熙正的语调吓住，停了下来。

见沈诗恩脸色苍白，权熙正反应过来，自己的语调过于冰冷，忍了忍还是放柔了声音："抱歉，我暂时还不想考虑留学的事。"

"为什么？难道是因为朴七彩？"沈诗恩又惊诧又愤怒。

权熙正没有回答，只是低头道歉："对不起。"然后就离开了。

望着权熙正离开的背影，沈诗恩满脸不甘。

校报记者和娱乐记者的狗仔劲头有得一拼，沈诗恩终于推拒不过还是接受了采访。

休息室里，沈诗恩坐在沙发上，身边围着好几个校报记者，但问的问题都是围绕她在国外获得的奖项和成绩，沈诗恩忍不住暗暗得意。

有个校报记者终于抢到机会，立即发问："沈诗恩同学，听说你在三年前就已经拿到了茱莉亚学院的offer，这是真的吗？"

沈诗恩点点头："是的。"

"你和咱们学校的钢琴王子权熙正是青梅竹马，那当年和权熙正一起弹奏《G小调进行曲》的女孩，诗恩是否了解呢？"

沈诗恩顿了一下，继而优雅地微笑道："是的，我认识。"

这个记者不知道从哪里得到的消息，接下来的提问变得尖锐异常："听说这个女孩因为意外过世了，外界都猜测权熙正是因此而产生心理问题导致手部颤抖，弹不了钢琴，请问这也是真的吗？"

这个问题引起了其他记者的兴趣，另一个记者紧随其后："对，权熙正当年已经得到了首届勃拉姆斯国际钢琴比赛亚洲区的冠军，却突然退赛了，请问当年到底发生了什么事？"

沈诗恩在听到记者的话后脸色变得苍白："权熙正……因为手颤不能弹琴了？"

"是啊，所以你知道权熙正当年发生了什么事吗？"记者的声音在沈诗恩耳边回荡，但她的脑子已经一片空白，权熙正不能弹钢琴了，她竟然现在才知道。

少年时的记忆流过眼前，姐姐和权熙正并排坐在舞台上的钢琴前，沈诗爱突然晕倒在地，少年权熙正抱着沈诗爱泪流满面……

"对不起，我什么都不知道……"沈诗恩脸色惨白，慌乱地站起身。

记者的提问还在继续："能请你说明一下……"

…………

许多声音出现在沈诗恩耳边，她伸手捂住脸，对着记者说了声抱歉，便直直越过他们走了出去。

众记者见沈诗恩要走，一个个紧追不舍。

"沈同学你别激动。"

"沈同学我们没有恶意的，只是想了解一下当年的真相，权熙正手抖的情况是否跟当年的事情有关……"

"沈同学……"

"沈同学……"

沈诗恩飞跑了起来，想要甩掉他们，可是记者们就像闻见香味的蜜蜂，怎么甩都甩不掉。

记者们已经追着沈诗恩跑下了学校阶梯，不远处，朴七彩正在路边招呼出租车，一辆车正好停在她面前，她打开车门正准备上车，转头就看见沈诗恩被一群记者包围在中间，模样慌张而狼狈。

记者还在逼问："沈诗恩同学，你一定知道当年发生了什么事吧……"

被包围的沈诗恩不停地摇头，不停地道歉："我不知道，我真的不知道，对不起……"

朴七彩想都没想就关上了车门，一个箭步冲到沈诗恩面前，张开手护住她："她现在不舒服你们没看到吗？你们现在的行为已经严重侵犯了别人的隐私，如果你们再继续纠缠不休，我就马上报警了！"

一众记者见有人插手，不好继续再纠缠，渐渐散了。

朴七彩松了一口气，转过身看着沈诗恩询问道："你没事吧？"

沈诗恩抬头看了她一眼，神情恍惚地摇了摇头。

"我跟说你,这些校报记者吃人不吐骨头,你怎么能接受他们的采访要求!之前权熙正的事情你不知道吗?"

沈诗恩愣了一下,一把拉住她:"朴七彩,我问你,权熙正是不是因为手颤不能再弹钢琴了?"

朴七彩诧异了道:"是啊,大家都知道这件事,怎么?你不知道吗?"

原来大家都知道权熙正不能弹钢琴了,只有她不知道。沈诗恩摇了摇头,放开朴七彩,转身离开了。

朴七彩莫名其妙:"喂!你怎么了?你要去哪儿?"

"不用你管!"沈诗恩头也不回,招呼了一辆出租车上车走了。

望着沈诗恩离开的背影,朴七彩自言自语:"权熙正手抖的事,沈诗恩竟然不知道?"

G XIAO DIAO JIN XING QU

第十四章

原来这就是权熙正一直
封存的秘密。

（一）

权熙正坐在自己房间里，书桌上放着一个小相册，照片里是一个小男孩和两个长得几乎一模一样的小女孩。

是小时候的权熙正和沈诗爱、沈诗恩姐妹。不记得是谁的生日，三个孩子打闹成一团，身上脸上都是蛋糕，笑容格外灿烂。

照片里的他们是那么快乐。

权熙正伸手抚摸着相片里的小女孩，嘴角忍不住浮起一丝淡淡的微笑，又翻过一页，映入眼帘的是一张小男孩和小女孩的合影：照片上权熙正刚刚练完琴，回头去看趴在地毯上写谱子的小女孩，小女孩也正好抬头看向他。两人相视而笑，阳光正好照射在他俩身上。

那画面，他至今回忆起来都是幸福的。

他的手指轻轻地滑过照片里女孩的脸，女孩的笑脸很可爱，两颗虎牙也很可爱，仿佛永不知忧愁。

权熙正拿着相册看了好一会儿，才将相册放回抽屉。

突然，门被"嘭"地推开了，沈诗恩神色复杂地出现在书房门口，她瞪着权熙正，一字一句道："走，跟我合奏！"

权熙正诧异了一瞬，然后猛地抽回手："我不会和你合奏的。"

沈诗恩转身看着他，咄咄逼人地问道："是不会，还是不能？"

权熙正无言以对。

"你为什么不早点告诉我，你再也不能弹钢琴了，还有你的手为什么会抖？是因为姐姐吗？”说起沈诗爱，沈诗恩就满脸都是痛色。

权熙正没有正面回答她："这和你无关。"

"你知道吗？全校都知道你因为手抖不能弹钢琴了，而我呢，现在才知道。当我知道你因为姐姐而不再弹奏钢琴的时候，有那么一瞬间，我真的很高兴，你那么重视姐姐……"说着说着，沈诗恩不自觉地流下泪来。

"我高兴，是因为知道这世界上还有像我一样记着姐姐的人。可是……可是……我希望你记得姐姐，却不是用这种方式啊！你和姐姐一样，那么喜欢钢琴，可你却再也不能弹了，权熙正，你太让我失望了！"

权熙正看着她，沈诗恩已经泣不成声。

"是我的错，就应该我来承担。能不能弹琴已经不重要了，不能弹钢琴也没关系，作曲也很好……"

"你骗人！我从前就很讨厌你这副道貌岸然的样子，你总是笑着把所有的事都说得不痛不痒，为什么你就不能敞开心扉真正地接纳关心你的人呢？我最讨厌的就是你这个样子！"

沈诗恩哭喊着，她不想让权熙正用这种近乎自残的方式去怀念姐姐，他们都是那么喜欢音乐的人……

她要代替姐姐喊醒他！

沈诗恩说完，抹了一把眼泪，转身跑了出去。

权熙正看着沈诗恩离去的背影，一言不发，他的手又不由自主地颤抖起来。他抬起自己颤抖不已的双手，目光里满是痛楚。

"我也很讨厌这样的自己。"

而此时朴七彩正沮丧地趴在书桌前对着鱼缸里的小乌龟讲话，她旁边放着刚刚拆开的国际邮件。

是茱莉亚学院寄来的信，上面写着：很抱歉，朴同学，我们茱莉亚学院不乏技术一流的钢琴手，但我们更希望找到拥有个人风格的钢琴演奏者，感谢您的申请。

虽然知道自己没有多大希望被录取，但是亲眼看到拒绝的来信，朴七彩心里还是有点难过。

"我跟权熙正一起寄的申请书，权熙正肯定也收到回复了，他肯定通过了吧？"

看到桌子上的手链，朴七彩忍不住拿起来戴在手上，不舍地来回摩挲，又拿出手机，找到权熙正的微信，犹豫着要怎么问他。

打开文本框，刚输入了"收到茱莉亚的offer了吗？"几个字，觉得不妥，又删掉，重新输入"你怎么决定的？"还是觉得不妥，又一个字一个字地删掉……

就这么反复输入着，直到门外传来朴在角的声音："七彩，帮我去便利店买瓶洗洁精吧！"

"哦，就来。"

拎着一瓶洗洁精从商店出来，朴七彩远远就看见满脸泪痕的沈诗恩失魂落魄地走了过来……

"沈诗恩？"朴七彩忍不住喊了一声。

沈诗恩抬头看到了朴七彩，她没像往日一样拒绝朴七彩："朴七彩，你陪陪我吧。"

二人沉默地并排走着，走到了小区的公园里，两人各自在秋千上坐下，有一下没一下地晃着。

沈诗恩出神地望着天空，朴七彩望望天空又看看她，没说话。

（二）

朴七彩终于还是忍不住，装作漫不经心地问道："你是不是有话要说？

你不说我就走了……"

沈诗恩伸手拉住她，道："你想知道当年和权熙正一起弹《G小调进行曲》的那个女孩是谁吗？"

谈起权熙正，朴七彩立马来了兴致，问道："那不就是你吗？"

沈诗恩摇摇头，苍白的脸上扯出一抹笑容，看着让人心疼："那不是我，她是我的双胞胎姐姐，沈诗爱。"

这个名字和沈诗恩的名字只有一字之差，朴七彩有些震惊，但也渐渐明白了什么。

或许早就料到朴七彩会有这个反应，沈诗恩抬起头看着远方，陷入了回忆中，她仿佛自言自语地说起来："我姐姐从小就特别喜欢弹钢琴……七岁那年，她在比赛中结识了当时被誉为天才钢琴少年的一个小男孩，两人很快就成了好朋友。十四岁那年，首届勃拉姆斯国际钢琴大赛在全球范围内招募参赛者，他们是中国唯一的两位通过选拔的钢琴选手，引起了很大轰动，很多人都对他们寄予了厚望，期待着他们能拿下冠军……为了拿到冠军，他们共同创作了那首《G小调进行曲》。但是，男孩对曲子的要求太高了，他们一遍遍推翻尝试，反复修改，在临近比赛前才将曲谱确定下来。"

说着说着，沈诗恩仿佛感同身受，姐姐和权熙正是在怎样的压力下将曲子创作出来的。

"两人凭借《G小调进行曲》成功夺得了亚洲预选赛冠军……可是，姐姐因为超负荷练习，精神太过紧张，又因为赢得比赛情绪激动，心脏病发作……她还没拿到奖杯，就倒在了舞台上……"

那时的画面，她永远无法忘记。

"……小男孩去为小女孩买应急药品，却因为迷路没有及时赶回……"

沈诗恩的语调极为平静，她继续说道："……小男孩在街上跑啊跑，摔倒了又爬起来，可是等他回到小女孩身边，小女孩却再也醒不过来了，而那首轰动一时的《G小调进行曲》也从此尘封……"

朴七彩眼眶发红，她问道："那个小男孩就是权熙正？"

沈诗恩笑得恍惚："是……"

"怪不得权熙正总是对自己和别人要求那么严苛，原来是这样……"朴七彩这才明白，那样努力的权熙正背后，有这样一段故事。

"是啊，"沈诗恩苦笑道，"他觉得是自己的原因，害死了最好的朋友，不能弹钢琴是老天对他的惩罚，可这真的是他的错吗？"

朴七彩见过权熙正因为不能弹琴而痛苦的样子，面对沈诗恩的提问，她也不知道怎么回答。

沈诗恩哽咽道："现在看到他这么折磨自己，我很伤心也很难受。还有权熙正，明明弹不了钢琴，居然说自己现在很好，作曲也挺好的，他明明那么喜欢弹钢琴，怎么可能会没关系？"

说着，沈诗恩眼泪流得更凶了，她同情那个活在自己世界里的权熙正，却不愿接受权熙正对自己近乎自虐的行为。

朴七彩的眼睛早红了，她想抬手擦掉眼泪，谁知手腕上的手链忽然断裂，手链上的珠子撒落一地。

朴七彩愣怔片刻，蓦地站起，心底猛然生出不好的预感。

这是什么预示吗？

"沈诗恩，权熙正现在在哪里？在家吗？"

沈诗恩转向朴七彩："在家，怎么了？"

心里的不安越来越强烈，朴七彩转身就往权熙正家的方向跑去。

沈诗恩紧随其后："朴七彩你等等我，我和你一起。"

两人一路跑到权家门口，朴七彩气喘吁吁，一边喘气一边想要敲门，沈诗恩上前一步掏出钥匙："不用，我有钥匙。"

门打开了，两人赶紧进去。

"权熙正！"

她们四下看了一圈都没有看到人，权熙正的房间也是空荡荡的，只找到书桌上留下的一张纸条，上面写着：我出去住几天，不要找我。

两人相视一眼，一起去找权熙正了。

（三）

为了找到权熙正，朴七彩和沈诗恩两人找了很多地方，几乎没停下来休息，回到权家后都疲惫至极，但是权熙正仍下落不明，两人毫无形象可言地瘫坐在沙发上，又累又急，却毫无办法。

权熙正心里有着太沉重的过往，她们都担心他会出什么事。

那样的一个天才少年，本该一帆风顺，早早站在众人瞩目的艺术殿堂的舞台上，却因为那样的意外，活在对自己深深的自责中。

权妈妈从厨房里端出两碗简单的面条，招呼道："来，七彩，诗恩，先吃点东西。找了这么久饿了吧，赶紧趁热吃。"

两人又累又饿，但因为担心权熙正，看着面前的食物却没心思动筷子。

"阿姨，您觉得权熙正还会去哪儿呢？"沈诗恩忍不住问道。

看着累了大半天的两个姑娘，权妈妈叹了一口气："你们都知道小正弹不了钢琴吧？"

沈诗恩和朴七彩点点头。

"其实，当年诗爱突然出事，对小正的打击不仅如此。"权妈妈一贯轻快的声音也低了下来。

朴七彩和沈诗恩对视一眼，又看向权妈妈。

权妈妈继续道："……在那之后，小正有段时间几乎是不吃不喝，不哭也不笑，因为精神问题，还住过一阵子疗养院……"

两人简直不敢相信，沈诗恩问道："疗养院？"

朴七彩也喃喃道："疗养院……"

"是啊，那时休养了大概半年才终于缓过来，人看起来是好了，但从此却再也弹不了钢琴了。而且，小正每年在诗爱忌日前后都会有些情绪失常，需要回到疗养院调养一周左右的时间。"时间已经过去这么多年，再谈起这些事，权妈妈明显平静多了。

朴七彩不由自主地红了眼眶，她有多在乎他，此时就有多心疼他。

权妈妈摇摇头："刚开始，我和小正他爸都觉得，事情过去后，再深的伤痛总有释怀的一天，我们慢慢等他，小正也许有一天就能放下了……但是对他来说，时间或许还不够久……"

为这件事，权熙正承受了这么多，沈诗恩不知该说什么，原来自己一直都错怪他了。

"阿姨……对不起，我……"

"阿姨没事，他这几年都只是在诗爱忌日前后会失落一阵子，今年这还是第一次这样……怪不得莫名其妙给我买了电影票，让我去看那么晚的电影……唉，这孩子……"说着，权妈妈难过地停了下来，自己这个儿子，从来都是自己独自一人默默承受的性格。

"可他还能去哪儿呢？"朴七彩失神地问道。

权妈妈叹了一口气，摆摆手："我们昨晚把能找的地方都找过了，疗养院他也没去，他这是故意躲起来，不想让我们找到！你俩找了一晚上也累了，先去休息吧，我了解小正，丢不了，他想回来就回来了，就让他自己静一静也好。"

听权妈妈这么说，朴七彩和沈诗恩也别无他法，只好各自先回家。

从权家出来，两个女孩都没有回家，两人都疲惫极了，却还是放心不下权熙正。

朴七彩忽然想到什么，问道："沈诗恩，你好好想想，有没有什么地方是对权熙正和你姐姐比较特别的？权熙正有没有可能会去？"

沈诗恩想了想，道："有这个可能，可是我不知道还有什么地方……"

"两人经常一块去的地方，或者喜欢去的地方？"

"那太多了，钢琴练习室、比赛场、公园小广场、肯德基、城市图书馆……"沈诗恩一一举例，但可能性听起来都不高。

朴七彩摆摆手："这些地方都不够特别，我们还是分头去找吧。"

说完两人就分手了。

沈诗恩接下来又找了很久，走到广场，她实在是走不动了，便沮丧地坐在广场的台阶上。

远处教堂传来钟声，让她想起很久之前姐姐和权熙正为婚礼伴奏的事。她心头一亮，强忍着疲惫，赶紧前往教堂。

而此时的朴七彩还在大海捞针，正在思考还有哪些可能的地点，她的手机响了，电话一通她就听到沈诗恩的声音："朴七彩，我想起来了，新开路大教堂，姐姐和权熙正一年总会有几次给婚礼做伴奏！姐姐曾经说过，那是她和权熙正的秘密基地。"

朴七彩回复道："……好，我这就去。"

权熙正和沈诗爱的秘密基地，知道这个地点的朴七彩松了一口气，但心里却忍不住难受起来。

（四）

路上堵车严重，车流缓慢，沈诗恩坐在一台出租车里焦急地透过玻璃看着窗外的路况，司机师傅看她着急，也被感染了，喇叭按个不停。

"叮咚——"

沈诗恩收到一条语音，紧接着是一条视频文件的分享地址。

是沈妈妈发来的消息。

沈诗恩戴上耳机听语音，沈妈妈在语音里说道："诗恩，今天妈妈整理东西的时候，从你姐姐的箱子里发现了一张光盘，有段视频你一定要看一下，最好让小正也看看……"

沈诗恩犹疑了一瞬，还是输入密码点开了视频，看着看着，她的眼眶渐渐红了，她难以置信地捂住嘴，眼泪不由自主地落下来，最后实在是忍不住，也不管是不是在车里，放声号啕大哭了起来。

司机师傅闻声吓了一跳，以为她遇到什么事，急忙安慰道："小姑娘你这是……"

沈诗恩摇摇头，哽咽道："我没事……师傅你在这里让我下车吧。"说完给了师傅一百块，不等找零就拉开车门跑了出去。

后面传来司机师傅焦急的声音："欸，还有三四公里路呢，小姑娘？"

沈诗恩关上车门就跑走了。

下车后，她迅速绕过堵塞的车流，飞快地往新开路大教堂跑去。

一路上她都在想刚刚看到的视频。

视频里的姐姐、她自己还有权熙正，他们三个人的少年时光是那么的美好，一起追逐着自己的音乐梦想，到底是什么让他们变成如今这样……

他们的生命里，缺少的到底是什么？

光线昏暗的教堂里，有几缕单薄的日光透进来，身着白色衬衫的权熙正独自坐在教堂中央，双手合十，垂首忏悔。

沈诗恩推门走进来就看到这样一幅场景。

"权熙正！"

权熙正转头看见沈诗恩，起身要走，被跑过来的沈诗恩一把抓住。

"权熙正！你要逃到什么时候？"沈诗恩伤心又愤怒地质问道。

权熙正看着她，脸上的表情十分痛苦，却没有回答。

沈诗恩心情复杂，还是开口道："……伯母把事情都告诉我们了，我们找了你一整天。"

权熙正甩开沈诗恩的手，背对着她，只淡淡道："你回去吧，我想一个人安静地待会。"

沈诗恩不想就这样离开，她把手机递给他："我想给你看一段视频，你看完了我就走。"

沈诗恩面带恳求，权熙正到底不忍心，还是伸出手来接过手机，点开了视频，画面中出现了沈诗爱的镜头，视频里的她正坐在钢琴边，微笑地望着镜头。

"诗恩，小正，我是诗爱，如果你们看到这个视频，那就说明我已经不在这个世界上了。我知道我总有一天会先离开你们，我怕我走得太突然，没能好好跟你们道别。所以，我提前录下了这段视频。我不想因为我突然离开，给自己和亲人留下遗憾。所以想把一些话告诉那些对我来说很重要的人。小恩，我好想像其他姐姐一样陪你一起长大，去保护你，去分享你的成长，但是很抱歉，我有可能不能陪你一直走下去了。所以你一定要交很多的朋友，这样即使我离开，你也不会孤单。从小你就是那么地耀眼和要强，这点和小正很像。可是姐姐却想要你难过的时候一定要哭出来，不开心的时候一定要找别人倾诉，遇到难题就去找人帮忙，这样你才会活得轻松快乐。你的快乐便是姐姐最大的愿望。"

"权熙正，这个世界上我最放心不下的就是你和我妹妹。上小学的时候，大家就觉得你很难相处，可是那不是真正的你。其实你的内心也是很热情的，只是你太被动了，不懂得去表达，所以大家才觉得你很难相处，也很少有人能走进你的心里。作为你唯一的朋友，我真的很不放心。你一定要答应我，如果我离你而去，你也要找到另一个能走进你心里的人，这样我也会很开心，虽然你今后的人生我没法参与了，但你也一定要幸福。还有，一定要好好弹钢琴，我们说过要一起考上茱莉亚音乐学院的。你可不能赖账！小恩，我知道你从小就觉得权熙正很笨很傻。所以在我不在他身边的时候，你一定要照顾好他，不要让他一个人。"

视频结尾，沈诗爱还俏皮地送上了一个飞吻，自此无言，只是泪水无声地从沈诗爱的眼中流了下来。

看到这里，沈诗恩又哭了起来，她低声道："一直不愿意面对姐姐去世的人其实是我。姐姐一直希望我和你能够开心快乐，可是我却自私地要求你跟我一样，永远都活在悲伤中不能自拔。"

权熙正听到了沈诗恩的话，但他看着视频中已经静止下来的沈诗爱的脸，无声地哭了出来。

沈诗恩红着眼道歉："权熙正，我错了，是我一直无法面对姐姐的离开，才一再自私地想要你也和我一样，可是我错了，我们都错了……姐姐她希望我们活出最开心的样子，希望我们能够带着她的心意勇敢地生活下去，所以……够了！你已经用四年的钢琴梦祭奠了姐姐，已经足够了。不要再惩罚自己了，姐姐她……从没怪过你……"

说完，沈诗恩就再也说不下去了。

权熙正转身背对着沈诗恩，痛苦地闭上眼睛，他的痛苦是第一次这样毫无遮掩地释放出来，但他不想让沈诗恩看到。

不远处，朴七彩静静地看着这一幕。

这是朴七彩第一次看到权熙正流泪，为什么看到这样的他，她会那样的难过……

教堂外，沈诗恩和朴七彩并肩走着，两人都有些沮丧。

天空昏暗，星月黯淡。

沈诗恩叹了一口气，道："……到底……他还是没出来。"

朴七彩道："如果那么容易，他就不会四年了还是没能原谅自己。"

"现在在权熙正心里，你才是特别的，如果谁能让他重新弹钢琴的话，那个人一定是你！朴七彩，你能不能帮帮权熙正？"沈诗恩突然转过身去定定地看着朴七彩。

沈诗恩已经对她改观很多了，也因为权熙正的事情，两人可以说是早就达成共识。

朴七彩苦涩地摇头："我帮不了他。如果他不能原谅他自己，不管我做什么都没用的。"

沈诗恩焦急地说："可是权熙正心里有你呀，他只是……他只是……"

朴七彩摇了摇头，打断她："在这段感情中，我已经前进跋涉了很久了。一直是我在向前迈步，而权熙正总是不断往后退开。他现在安然无恙，我也就没什么好担心的了。从现在开始，我不会再主动往前去接近他，这一次，我希望是他自己靠近我……不管需要多久，我都可以等。"

说完，朴七彩先行离开了。

朴七彩"嗒嗒"的脚步声不断拨响着门内权熙正记忆中的琴键，演奏声从旧时的梦魇中飘出，连接着他过去的伤痛与此时的不忍。他听得入神，眼泪一滴一滴砸在琴键上，而那脚步声最终消失在了门外。

她已经走远了，他却觉得内心深处真实的自己与七彩的距离前所未有的近。他忽而又想起那只带着明显裂痕的音乐盒，拨动开关时只能发出断断续续的声音。伴随着回忆中那细碎的乐声，他禁不住陷入了沉思。

人生真的有重新来过的机会吗？我真的可以把所有的一切都放下，重新开始吗？真的可以重新开始吗？

他一遍又一遍地询问自己，可是，每一次他都没有找到答案。

日升月落，也许只有时间可以给这一切答案。

沈诗恩看着朴七彩的背影，心中对她的厌恶渐渐消失，是从什么时候开始，自己没有那么讨厌这个人了。她转过身去，伸手试图扣响教堂的大门，却又想起了朴七彩的话。悬在半空的右手还来不及放下，那门便轻轻开启了一道缝隙。

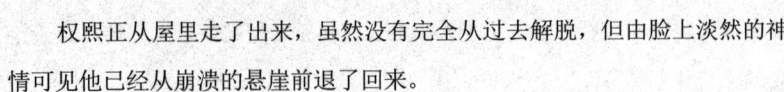

权熙正从屋里走了出来，虽然没有完全从过去解脱，但由脸上淡然的神情可见他已经从崩溃的悬崖前退了回来。

第十五章

从现在开始，
我不会再往前一步。

（一）

权妈妈一边化着妆，一边打着电话："什么？堵在路上了？那怎么行，晚上就要用的，十万火急好不好？没办法？你说没办法就行了吗？你知道我从国外加急空运过来是为了什么？不就是要你们赶时间的吗？"

对方不知道说了什么，权妈妈更烦躁了："好吧好吧，你不用说了，地址发给我，我自己去取！别移动位置！"说着她急忙挂了电话。

权熙正从外面回来，刚进家门，权妈妈就风一样冲了过去："小正！小正你回来了？饿不饿？累不累？"

权熙正疑惑道："不饿，妈你怎么了？"

权妈妈着急地把一串钥匙递给权熙正："那太好了，这是你爸爸的车钥匙，你现在去帮我取个东西，地址等下我发给你！"

权熙正无语地拿着钥匙："到底怎么回事？"

"今晚是朴在宫的生日会，他们公司每年都会为他庆生，我特地从国外买了稀有鲜花空运过来，谁知堵在了半路上了，你帮我去拿来送到生日会上，记着小心点。"说着她就把权熙正推到了门口。

权熙正问道："你不会自己去吗？"

权妈妈指指自己的脸："我还有最后一点点就OK了，我们生日会上见！乖啊，快去吧！"

另一边，我爱罗糖果店的员工为了筹备朴在宫的生日，也正在奋力鼓捣着一个巨型糖果塔，塔尖竖着一个朴在宫的卡通形象。

朴七彩围着糖果塔转悠，啧啧称奇道："每年都搞这么隆重，他自己又不吃，浪费食物！"

装饰糖果塔的员工停了下来，回答道："六小姐，大公子说了，这是给最爱他的粉丝们的！"

"……那赶快弄完送过去吧，放着占地儿！"朴七彩半点不客气地说。

此时我爱罗的员工们突然齐刷刷地看向朴七彩。

朴七彩浑身恶寒："看我干什么？"

"六小姐，其实今天原本是轮到二公子看店的！按照惯例，一般是两个人亲自把糖果塔送过去。"一个员工说道。

"可惜今天二公子不在。"另一个员工接口到。

又有员工接着补充道："三公子在忙学生会的事儿。"

"四公子在写稿。"

最开始挑起话头的员工将目光转向朴七彩："所以这个光荣的任务就交给六小姐你了！"

朴七彩反问道："五哥呢？你们怎么把五哥算漏了？"

众员工齐声道："当然是因为他不在啊！"

朴七彩看着糖果店员工将巨型糖果塔搬到车上，忍不住道："真不知道这虚假生日有什么好庆祝的！"

"虚假生日？"员工们都一脸惊诧。

朴七彩叹了一口气："对呀，啊，你们都不知道，我大哥他为了装嫩，故意把自己的出生年月说晚了一年半，公司不知道就信以为真了，每年都大张旗鼓地给他过生日，他倒好，看着别人为他铺张浪费地庆祝假生日，也没有一点愧疚之心！最奇葩的是，朴在宫同志假生日过得太多，估计早就把自己真正的生日给忘了，这些年都没听他提过！"

说话间糖果塔已经装好，司机也已经准备出发了。

员工们将朴七彩推到副驾驶位上："好好好，六小姐，我们都知道了，快走吧，路上注意安全！"

朴七彩无奈道："知道了！"

朴七彩匆匆忙忙把糖果塔送到了现场，刚走到门口，就不小心和一个人撞了个满怀。

"对不起，对不……"抬头一看，撞到的人居然是权熙正，朴七彩瞬间止住了话头。

权熙正淡淡地道："你果然还是这么笨。"

朴七彩委屈又不满地瞪了他一眼："你怎么在这儿？"

权熙正有些尴尬："我来帮我妈送点东西。"

这时，权妈妈恰好冲了过来："儿子！太好了，你还没走！欸？七彩也在？正好，我们现在缺人手，你俩都跟我过来。"

权妈妈说着，一手拉着一个走进了会场。

"哎，伯母，我……"朴七彩还来不及拒绝，就被权妈妈拉走。

生日会场中央是个小舞台，舞台前放着一个三层的蛋糕，台下左右两边放着桌子，桌子上摆满了精致的甜品和精心制作的餐点，粉丝们散开在中央的空地周围，身上带着五颜六色的应援灯牌、装饰，每个人都是满脸欣喜和期待。

不远处，权妈妈拉着权熙正和朴七彩从粉丝堆中挤到前面，又将两个应援牌塞到二人手里，一个上面写着"朴在宫我爱你"，一个上面写着"宫宫生日快乐"。

因为声音嘈杂，权妈妈大声地说道："七彩啊，最近都不见你来我们家里玩，今天在这儿碰到你正好，待会生日会结束了伯母请你吃饭。待会你们俩一定记得举高点，我去那边，你们先练练。"随后她指了个方向，又艰难地离开了。

朴七彩和权熙正尴尬地举着应援牌，他们站在粉丝堆里，只好学着周围的粉丝举着五光十色的灯牌晃动，但他们两人实在是与周围异常热情的粉丝们格格不入。

周围的人群太拥挤，两人时不时总能碰到一起，气氛尴尬又暧昧。

朴七彩忍不住问道："……我们的事，你没跟伯母说明吗？"

"不是什么大不了的事。"权熙正回答。

朴七彩瞪了权熙正一眼，随后又低下头，落寞地说道："是啊，在你心里，我的事从来就不是什么大不了的事。"

权熙正看着朴七彩，最终还是没说什么。

朴七彩还想问些什么："你……"

权熙正立马转移话题："找好位置，快开始了……"

朴七彩顿时丧气了。

生日会后台，朴在宫坐在椅子上，敷着面膜。

阿蛮斜睨着朴在宫："你怎么每天还敷面膜啊，不是说不打算靠脸吃饭了吗？"

"你当我傻吗？再说了，我可以不用靠脸吃饭的手段，但一定要有靠脸吃饭的资本！"朴在宫满不在乎地说道。

阿蛮翻了一个白眼。

"你开心就好。"

造型师拎着一件舞台服装走过来，是件红色的衣服。

"朴先生，您看这件合适吗？"

朴在宫扫了一眼，道："红色是不是太不稳重了？要不换那件黑色加亮片的怎么样？"

阿蛮忍不住毒舌："你已经换了七八遍了，换来换去也是换皮不换心，朴在宫，你不会是紧张了吧？"

朴在宫咳嗽一声，掩饰道："笑话！我是谁？我可是朴在宫！我怎么会紧张？"

阿蛮的眼神明显就是不相信。

"你那是什么眼神？"朴在宫指着阿蛮说道。

"没什么，你看错了。"

朴在宫心烦得摆了摆手："行了行了，这点事情我一个人就能搞定，你快休息去吧，别待在这儿了。"

阿蛮怀疑地看着他："你确定？"

"当然，等着瞧吧，这次我一定要将最好的朴在宫展现给大家！"朴在宫拍着胸脯保证道。

阿蛮悄悄松了一口气，眼神中的担忧少了不少。

但造型师趁两人不注意，将朴在宫的手机关机，随手塞到了衣架上的某件衣服口袋里。

（二）

权熙正和朴七彩仍旧站在粉丝群里充当人肉应援牌标杆。

权熙正悄悄注视着朴七彩，朴七彩似有所觉，但只要她转过头去看权熙正，权熙正就会赶紧移开视线。

忽然朴七彩身后不远处有位戴着鸭舌帽的大叔悄悄靠近朴七彩，似乎想对她实施"咸猪手"行径，但都被她不经意的晃动躲过。

权熙正留意到这幕微微皱眉，他悄悄挨到朴七彩身边，隔开那位大叔。

朴七彩回过神来发现权熙正离自己那么近，吓了一跳，连忙躲开。权熙正留意着大叔的位置，漫不经心地往朴七彩身边挨。

忽然，门外涌进来一波粉丝，人群一下子变得拥挤起来，朴七彩因为和权熙正挨得很近，一下就被撞进权熙正怀里。

两人对视了一眼，朴七彩率先推开权熙正，将头扭向了别处。权熙正只好先松开了她。

"啪——"的一声，全场灯灭了，舞台上的灯光瞬间亮了起来。粉丝们只安静了一秒，现场气氛瞬间爆炸，粉丝手中的应援牌和应援棒舞动得更狂热了。

背景音乐紧接着响起。

摄影师方晨诧异道："还没到时间啊，怎么提早了？"她以为朴在宫要出场，连忙把摄影机对准舞台等待着。

一个新人哼唱着《Falling Slowly》出现在舞台上。

方晨看到镜头中出现的新人，十分惊讶。

阿蛮在会场里指挥着工作人员，听到声音转头望向舞台，看到上台的是一个新人，她忍不住一阵诧异，赶紧拿出手机给朴在宫打电话。

电话中传来机械的回复声："对不起，您所拨打的用户已关机。"

阿蛮烦躁地拿开电话："怎么关机了？"

方晨跑过来问道："怎么回事儿？你们家朴在宫呢？之前你没跟我说有嘉宾暖场演出啊。"

阿蛮皱眉说道："是没有！你跟我来。"说着阿蛮带着方晨往后台入口走去。

化妆间里，朴在宫走到门口，却发现门被锁住了，他用力推门却怎么也推不开。这时，外面传来高昂的音乐声。

"什么情况！我还在这儿呢？谁在台上。"他着急地撞着门，"来人

啊！放我出去！"

粉丝们看着台上新人的演出，窃窃私语起来。

"这是谁啊？"

"不知道啊？朴在宫呢？"

"我也不知道……"

粉丝们不满地看着新人，纷纷发出嘘声。

很多粉丝拿起朴在宫的应援牌，齐声大喊："朴在宫！朴在宫！"

新人有些慌张地看着观众，下意识望了一眼舞台一侧的尤小全，尤小全冲他挥挥手，示意他继续演唱。于是新人只好硬着头皮继续演唱起来，他索性闭上眼睛，不看台下。他闭目深情地演唱着《Falling Slowly》，一张年轻的脸在舞台灯光的映照下更显出一种英俊的单薄。

粉丝们听到新人的歌声，渐渐开始转变了态度。

有人低语："唱得还不错嘛。"

另一人猜测道："估计是我们在宫的师弟吧，这次让他先来暖个场？"

刚开始说话的人点头同意："估计是这样。"

那人又说道："我们在宫人真的超好哦，肯定是想给师弟机会吧。"

"那既然这样，作为在宫的粉丝，我们也要多多支持他。"

随着新人歌声的韵律，粉丝们慢慢安静下来，身体也随歌声的节奏摆动了起来。

新人见粉丝的态度转变，也渐渐放开了，随着背景音乐切换成劲歌，他开始表演起炫酷的街舞动作。新人的演出彻底激发了台下粉丝的热情，粉丝们不由自主地为新人舞动喝彩。

人群里的朴七彩皱眉看着这一幕。

权熙正也狐疑地问道："你大哥呢？"

"我也不知道……我去后台看看……"朴七彩说着往后台方向挤去。

权熙正见状有些担心，跟在朴七彩身后。

朴七彩和权熙正一前一后挤到了后台入口附近，却被保安拦住："对不起，这里不能随便进入。"

朴七彩凑上前说道："我是朴在宫的妹妹，我大哥呢？"

"对不起，你不能进去。"保安仍旧做出禁止入内的姿势。

权熙正拉住朴七彩，瞥了一眼站在一旁的影视公司的工作人员尤小全："看来是有人打过招呼了。"

尤小全立刻走开了。

朴七彩气愤地冲到保安面前："这是我大哥的生日会！他还没出现，凭什么让别人上台去演出？"

"对不起，这不是我们负责的。"保安仍旧不为所动。

"你！"朴七彩气愤道。

这时，阿蛮与方晨正好火急火燎地赶过来，朴七彩连忙跑过去："阿蛮姐，他们故意拦着我们，不让我们去找大哥。"

阿蛮冷着脸走到保安面前："让开！"

"阿蛮姐，对不起，我们也是听吩咐办事。"保安解释道。

阿蛮冷冷道："我的吩咐就没用了，是吗？"

保安低下头。

阿蛮继续道："别忘了现在还是朴在宫的生日会场，这里所有人可都是朴在宫的粉丝，如果我现在告诉他们，你们故意拦着不让朴在宫出场，你觉得结果会怎么样？"

方晨鄙夷道："台上的新人应该是你们公司打算力捧的吧，还没出道就用这种手段抢前辈资源，报道出去肯定上头条。"他充满危险意味地盯着保安："到时候我肯定在新闻稿里专门感谢你这个爆料人。"

保安神色立刻慌乱了起来："你别乱写啊，我可没说这话。"

"那就赶紧让开！"阿蛮呵斥道。

保安思考半晌，还是让开了。阿蛮转身嘱咐朴七彩："你们在这儿等着，我们去找你大哥！"

"嗯。"朴七彩点了点头。

阿蛮说完，带着方晨快步离开。

阿蛮、方晨急匆匆地跑进后台，半路上就听到朴在宫的求助声："来人啊！放我出去！"

阿蛮快速走到化妆间门口，一边拽门，一边喊道："别喊了！"

朴在宫听到阿蛮的声音，兴奋地贴在门上喊道："阿蛮！是你吗？"

阿蛮用力拽了几次门，门都没有反应。

方晨说道："门被锁了，你没钥匙吗？"

"钥匙在尤小全那里！"阿蛮也猜到这个事情是谁搞的鬼。

"我去找他。"说着方晨就要走。

"来不及了。"阿蛮边说边四处找可用的工具，然后冲门内的朴在宫喊，"你先别急，我这就想办法放你出来。"

阿蛮看到不远处有个灭火器，连忙跑过去拿起来，方晨见状，也忙跟过去帮忙，两人一起拿着灭火器砸向门锁。

朴在宫听着外面的动静，皱起了眉，正准备上前细听，门突然被撞开了，连着朴在宫也被撞倒在地上。

阿蛮扔了灭火器，连忙上前来扶朴在宫："你没事儿吧？"

朴在宫捂着后腰龇牙咧嘴："你就不会去找钥匙吗？"

"来不及了！"说着阿蛮把朴在宫拽起来，"跟我走！"

阿蛮嘱咐方晨道："你把这些都拍下来，以防万一。"

方晨比画了一个OK的手势："没问题！"

（三）

朴七彩焦急地等着，看到阿蛮拉着朴在宫赶来，兴奋地凑上去："大哥！你来了！"

朴在宫看着台上新人热情四射的演出，以及粉丝为新人喝彩的画面，失落地道："看来，我没必要上台了。"

朴七彩心疼这样的哥哥，看着舞台上的新人，愤怒地就想冲上去。

权熙正一把拉住朴七彩："你想干什么？"

朴七彩固执地说道："不知道，不过我就是看那个人很不爽，我要把他拉下来！"

"你先冷静点！"权熙正拉住她。

朴七彩急得跺脚："我能冷静下来吗？他们太欺负人了！"

"别这么冲动，弄不好，会给你大哥帮倒忙！"

"那你说怎么办？"朴七彩焦急地道。

权熙正看着舞台的背景板，问道："舞台应该有主控摄像头吧？你去弄个麦克风给大哥，我去挪摄影机位置……"

朴七彩眼前一亮。

两人迅速分开行动。

新人一首歌曲完毕，正要自我介绍，忽然话筒传出一阵忙音，朴在宫的歌声渐渐响起。

粉丝们安静不过一瞬间就激动起来："是朴在宫！朴在宫！"

现场立即响起震耳欲聋的为朴在宫应援的呼喊："朴在宫！朴在宫！朴在宫！"

新人尴尬地站在舞台上，不知所措。

背景板亮起，显出朴在宫的身影。拦着朴在宫的工作人员见状赶紧躲开到一边。

朴在宫边唱边慢慢走到舞台上。

粉丝们沸腾了，欢呼尖叫着，跟着歌曲的节奏晃动着手中的应援牌。

朴在宫眼睛湿润，强忍着继续唱了下去。

机器设备放置处，尤小全鬼鬼祟祟溜过来。他左右看了看，发现没有人注意，就拿出钳子切断了音箱线。

朴在宫唱到动情处，却忽然没了背景音乐，他只得停下来，尴尬地站在舞台上。

站在音响旁边的尤小全得意地笑起来。

突然一阵动听的敲击乐在会场里响起来了。

在场所有人都循声望去。

高高的香槟塔前，朴七彩正用筷子敲击着玻璃杯，演奏出动听的音乐为朴在宫伴奏。朴七彩望着朴在宫，伸出一只手向朴在宫竖起大拇指。

朴在宫点点头，自信地拿起话筒，面对着观众继续他的演出。

一直以来，都是大哥护着我，这次我也绝对不能让他们欺负大哥。朴七彩想着便踮起脚来努力去够香槟塔上面的杯子，却总是差一点，她索性跳起来去敲，却还是没有敲到。

一只修长的手越过朴七彩的头顶，敲到了上面的杯子。

朴七彩回头一看，权熙正站在自己身后，他配合着朴七彩敲击她够不到的杯子。朴七彩看着权熙正，感激地一笑，两人合力演奏完了整首曲子。

有了伴奏，朴在宫拿起话筒继续刚才的演唱。

观众们的目光再次被朴在宫吸引，既兴奋又陶醉。

尤小全气得脸都抽搐了。

朴在宫一首歌唱完，台下粉丝们发出雷鸣般的掌声。阿蛮也不由得欣慰地鼓起掌，随后盯着尤小全露出一个冷笑。

尤小全悄悄退出会场，阿蛮见状跟了上去。

尤小全满脸不爽、气急败坏地在走廊上来回踱步，路过女洗手间门口，突然一只手伸出来，一下将他拉进洗手间里，按在了墙上。

"说，是不是公司让你这么干的？"阿蛮质问道。

尤小全嘴硬："不是！阿蛮姐，你有什么证据，你不能血口喷人！"

阿蛮冷笑："会场装着摄像头，你干了什么都被录下来了，你要不说实话，信不信我送你到警察局？"

尤小全畏缩地摇了摇头。

阿蛮更进一步，她扬起拳头："还有我这个人有个毛病，向来动嘴不行就动手！"说着作势要揍尤小全。

尤小全吓得赶紧道："欸，我说我说我说……"

阿蛮拳头停在尤小全眼前一厘米的位置，尤小全就全招了："公司……公司说朴在宫论演技不如实力派，论……论颜值，比……比不过年轻小鲜肉。所以让我在他生日会上趁机……趁机推出一个同类型的新人。都是公司……公司让我干的，我就是听命行事而已。"

阿蛮气得攥紧拳头："朴在宫现在是我的艺人，想放弃他也得先问问我阿蛮同不同意。"说完，头也不回地转身离开了。

尤小全长出一口气，身体松了下来。

权熙正匆匆从会场出来，朴七彩追在他的后面："权熙正，你跑什么，等一下！"

权熙正闻言停下脚步。

朴七彩犹豫道："今天……谢谢你。"

权熙正点点头，又要走。

"等等！"朴七彩再一次喊住了权熙正。

权熙正看向她。

朴七彩看着权熙正，欲言又止，最终只是说道："算了，你走吧。"

权熙正有些难受又觉得有些憋屈，但最终还是转身离开了。朴七彩看着权熙正的背影，目光闪烁，眼中含泪。

"傻瓜，你怎么不回头啊？"朴七彩哭着说道。

朴七彩离开后，权熙正突然站住，双拳紧握，忐忑地回过头来，但是身后已经没有朴七彩的身影。

（四）

清晨，几兄妹坐在餐桌前一边看着动画片，一边吃着早餐。

突然，朴在宫房间传来高分贝的尖叫声，几人吃惊地看向楼上朴在宫的房间。

"大哥不会出事了吧！"朴在羽猜道。

朴在徽侧目感概道："难道大哥被公司雪藏这么久之后终于疯了吗？这可是恐怖悬疑小说中发现死人的标配叫声啊。"

而电视里此时也很应景地传来一声刺耳的女声尖叫。

朴在羽、朴在徽和朴七彩互相看看，突然意识到什么不好的事情，都猛地站起来，一个个先后往楼上飞奔，只有朴在角一脸镇定地吃着早餐。

楼上，朴在宫的房门一下子被撞开，朴在徽、朴在羽和朴七彩冲了进来，惊讶地发现朴在宫正半裸着上身。

几人一脸吃惊地看着朴在宫，非礼勿视，朴在羽赶紧捂住妹妹的眼睛。

同样一脸发蒙的朴在宫慌乱中赶紧拿起浴巾披在身上，责备道："你们怎么不敲门呢？我可是知名艺人，公众人物，是有隐私的。"

"刚才那个死人的尖叫是怎么回事？"朴在徵问道。

朴在宫翻了个白眼："什么死人的尖叫！你们听不出来那一声里充满了斗志吗？"

朴在徵、朴在羽、朴七彩无语地看着他，刚才的声音怎么听都不像是充满了斗志。

像是没看到他们嫌弃的表情一般，朴在宫继续兴奋地说道："阿蛮给我打电话，说她给我争取到了《金陵缭乱》中的试镜机会。我当然要欢呼庆祝一下。"

朴在徵、朴在羽、朴七彩再次对自家大哥行注目礼，不是很相信自家大哥能遇上这样的好事。

可再想想，这是值得那么高兴的一件事吗？

朴在徵凑到朴在羽耳边，嘀咕道："大哥现在已经到了接到试镜就这么兴奋的地步了吗？"

朴在羽也小声回应："我看这次要是不成，估计可能就真疯了？"

朴在宫显然听到了他们的对话，一个冷冽的眼神扫了过来："你们在说什么？"

朴在羽、朴在徵表情一致地收敛神色，干笑着比画出加油的手势："没什么，大哥，你加油！"

二人说完，偷笑着先离开了。

朴七彩刚想转身离开，就被朴在宫叫住了："你等等。"说着他把一个精美礼品袋塞到朴七彩手中。

朴七彩还以为是给自己的礼物，于是兴奋地打开，发现是个女士包包。

"伊米妮的包包？你还给我买包，大哥，你太客气了，我怎么好意思收呢。"朴七彩明显口不对心，说着不好意思，却喜滋滋地就要抱着包离开。

"原本也不是给你的，是给权妈妈的，上次我办粉丝会她出了不少力，

这是特意感谢她的。"朴在宫说道。

听到这，朴七彩的脸瞬间垮了下来，又想到去权家可能会遇到权熙正，她撇了撇嘴，问道："你亲自送过去，不是显得更有诚意？我……我现在和权熙正不方便见面……"

朴在宫才不管她的事情，一脸得意："你哥我好歹是个公众人物，这种抛头露面的事情当然不能自己做了。要不然我现在打电话让权熙正过来取？"说着作势就要掏出手机。

朴七彩睁大眼睛，急忙按住朴在宫："别！我去！我去还不行吗？"

朴在宫笑着摸摸朴七彩的头："乖，贴心。"

朴七彩一脸苦相地重重叹了一口气。

…………

权妈妈此时正在家中做早餐，她正往盘中的面包片上涂果酱，听到朴七彩打电话过来说朴在宫要送她礼物，她真的高兴坏了。

偶像有礼物送给自己，权妈妈兴奋得双眼放光，笑得连嘴都合不拢了，她激动之下还将玻璃杯中的牛奶当成果酱倒在了面包片上。

"朴……朴在宫要特意送我礼物啊！"权妈妈满脸都是少女般的兴奋。

见到自己亲妈一副少女怀春的模样以及连连失误的行为，权熙正走过来无语地伸手夺走了权妈妈手中的玻璃杯，救下已经变得惨不忍睹的面包片。

这边权妈妈还在继续讲电话："那多不好意思啊七彩，还让你亲自过来送一趟。"

听见"七彩"两个字，本来准备出门的权熙正瞬间止住了脚步，他急忙蹲下身假装系鞋带，实则侧耳仔细听着母亲的对话。

"伯母，熙正在不在？"电话那头问道。

电话里朴七彩的声音隐隐传到了权熙正的耳朵里，照两人现在的关系，朴七彩肯定会因为他在而不来家里，但他又有些想见她。

思考了一瞬，权熙正悄悄将包里的充电器拿出来放到一边，然后站起身，一脸着急地拉开门走了出去。

权妈妈看了一眼离开的儿子，笑着对电话里的七彩说："他出门了！本来想让他陪我逛公园呢，这孩子怎么也不答应……"

G XIAO DIAO JIN XING QU

6

第十六章
为什么在你身边，
我才能感受到心跳的频率？

（一）

上午，权熙正背着背包在林荫小道上徘徊着，终于看到朴七彩从远处走了过来，他眼中闪过喜色，故意装作没看见她转身慢慢往前走。

走在去权家的路上，朴七彩和权妈妈打电话，听闻权熙正已经出门了，她松了一口气："权熙正出门了，真不巧啊，本来还想向他请教钢琴……"

挂掉电话，朴七彩手一扬就碰到什么东西，一转身，见到站在面前的人，她诧异到不行，差点咬到舌头："你……你不是出门了吗？"

"忘带充电器了！"身后权熙正冷冷地回答。

"哦，那个我……"朴七彩刚想说点什么。

"给我妈送礼物？"权熙正打断了她，看着朴七彩手里的礼品盒问道。

朴七彩疑惑道："你怎么知道？"

权熙正笑了一下："总不会是送给我的！"

朴七彩看了看礼品，扑哧一声笑了，直接否认："绝对不是！"说着她将礼品盒递到权熙正面前："既然碰到你了，那就……"

权熙正假装没听懂，冷淡地转身往回走："那就顺道一起吧！"

朴七彩吐了吐舌头，还是快步跟了上去。

到了权家，权妈妈来开的门，朴七彩门都没进就将礼品盒递了过去。

"伯母，这是我大哥送您的！"

"麻烦七彩了……在宫亲自送我的礼物啊！"权妈妈满脸兴奋，开心地接过礼品袋，爱不释手地抚摸着，拿出包包来看了又看，显然已经高兴得什么都顾不上了。

权熙正无语地看了眼自己的妈妈,简直被这个少女心爆棚的中年妇女打败了,朴七彩坐在沙发上,她也顾不上去招呼,权熙正只好自己拿了一瓶饮料递给她。

朴七彩犹豫了一下,伸出手正要接。

那边权妈妈看见了,扑哧一声笑了出来:"哟,我儿子居然懂得照顾女朋友了!"

听到"女朋友"三个字,朴七彩手足无措地急忙放下手,解释道:"伯母你误会了!我们不是……"

"啊?不是什么……"权妈妈的兴致还在朴在宫送的礼物上,所以没怎么注意朴七彩的话。

权熙正看了眼朴七彩,没拿水的手指攥紧,递出去的水又收了回来,低头没说话。

权妈妈瞪了权熙正一眼,急忙坐到朴七彩身边拉住她的手:"你别介意伯母问得直接啊,你知道的,伯母最喜欢你了……"

权妈妈欲言又止地看了眼权熙正,权熙正有些紧张地拧开那瓶饮料喝了起来。

"你这么好的女孩儿,肯定有很多人喜欢的。这样吧,伯母这里还真有几个条件不错的男孩子,回头介绍给你,好不好?"权妈妈故意说道。

那边权熙正一口饮料呛在嗓子眼咳嗽了起来。

朴七彩下意识拿纸巾递过去,权熙正有些尴尬地接过纸巾。

权妈妈扫了权熙正一眼:"别管他,没事儿!来,给你看伯母的'后宫'。"说着掏出一摞照片:"哈哈,你们现在这些年轻人不都喜欢这么说嘛。你看看,都是优质男生!"

朴七彩附和道:"哇,伯母您'后宫'可真大!"

权妈妈得意地一张张挑选着:"一般般啦!我可是你大哥粉丝会里的会长,除了维护粉丝外,也在特别留意遇到的优质单身男士,帮助粉丝会里的单身女性解决单身问题啦!哇,这个帅,快看看……"

权妈妈将筛选出来的照片递给朴七彩。

权熙正端着一盘水果冷冰冰地走过来"啪——"的一声放到两人面前的茶几上，并将小金属叉重重地插进果肉里，狠狠地剜了自家母亲大人一眼。

权妈妈直接无视了自己儿子愤怒的目光，看也不看就把水果盘推到一边，将照片一一铺展在茶几上："拿开！美男当前，哪还顾得上吃水果！"

权妈妈极力为朴七彩展示各色美男，朴七彩却对着照片忍不住想象权熙正各种不同的穿衣风格，两人心思完全不在同一件事上。

"你看这张，身高一米八，六块腹肌，行走的荷尔蒙！"权妈妈指着一张照片说道。

朴七彩咽了一下口水："我觉得男生一米八五才够性感。"

权妈妈又挑出一张："这张，画家，这扑面而来的艺术家气质，简直就是件艺术品！"

朴七彩眼睛都直了："我觉得阳光下认真思考的男生更有魅力。"

权妈妈叹了一口气，挑了好一会儿，这才满意地挑出了一张："这个，暖男，够阳光。"

朴七彩不自觉地摸了摸心口处，正想开口，抬头就看到权熙正正拿着抹布擦拭着茶几上的水渍。

他的举动影响她俩探究配偶质量的"终身大事"，权妈妈摆了摆手，恼怒道："别擦了！我说你这孩子今天怎么回事？老在我眼前晃悠，跟变了个人似的。你不是有事要出去吗？赶紧走，别耽误七彩挑选对象！"

权熙正扔下抹布，转身拿起手机和充电器准备离开，只是出门的时候还不忘看一眼朴七彩，不过她还低头在挑照片，根本没看自己一眼。

权妈妈望了一眼还挨在门口的权熙正："还有事儿？"

"就是想起一句诗跟您共勉一下，'曾经沧海难为水，除却巫山不是云'！"权熙正不咸不淡来了这么一句。

朴七彩闻言，愣了一下。

"什么意思？"权妈妈疑惑地抬头。

权熙正自信满满地笑了："就是说，人一旦吃惯了满汉全席，就再也咽不下那些粗茶淡饭了……"

没理会权熙正意有所指的话，朴七彩惊喜地从桌上挑出一张，笑着说："哇，这个完美！"

见某人一点反应也没有，权熙正站在门口走也不是，不走也不是。

晚上，朴七彩走后，权妈妈在厨房边喝茶边打电话，权熙正一脸无事状地拿着杯子在一旁倒水。

"……那小周你可别忘了相亲的时间和地点！"权妈妈对着电话说道。

一边权熙正还特别"好心"地提醒道："周五下午三点，我爱罗糖果店，记住了。"

权妈妈立刻接上话："对对对，年轻人记性就是好。"不过，上一刻还在谈笑风生的权妈妈下一秒就意识到说话的是自家儿子，放下电话疑惑地问道："我说你最近怎么总在我眼前晃悠，转型当妈宝啦？"

"我想转型中二少年离家出走几天！"权熙正瞥了妈妈一眼，丢下这句话就回屋了。

权妈妈看着权熙正离去的背影，得意一笑。

这孩子，终于会着急了！

（二）

朴七彩确实是交友不慎，被车允宪用包包和衣服收买的何沅珠把朴七彩要去相亲的事一五一十全交代了，于是车允宪也知道了。

阶梯教室里，车允宪在下课后拦住正要离开的朴七彩，问道："你真的要去相亲？"

朴七彩睨了他一眼，推开他走下台阶："何沅珠告诉你的吧？她这嘴简直比老婆婆的裤腰带还松！"

车允宪跳下两个台阶拦住朴七彩："那人有我高？"

"没有！"朴七彩摇头道，然后推开车允宪又下了一个台阶。

车允宪继续跟上去拦住朴七彩："有我帅？"

"没有！"

车允宪再次挡在了朴七彩面前："那你就是想用一段新的感情来疗伤！你这么做是在伤人伤己，饮鸩止渴！"

"大哥，你真的想太多了！我有非去不可的理由！"朴七彩推开车允宪跑了出去。

"什么样的男人让你非见不可！"车允宪攥紧拳头跟了上去。

朴七彩没有回答，而是直接往糖果店走去。

同样在意的权熙正也不远不近地跟在她身后，他观察了一下四周，见没有熟人就快步跟了上去，远远就见朴七彩和一个帅气男生走进糖果店。

权熙正走到了糖果店门口，纠结地来回踱步，几次想要走进去却又停了下来。

车允宪气喘吁吁地跑到糖果店外，看到权熙正的身影，问道："嘿，你也来买糖啊？"

权熙正作势要走："路过这里而已。"

"来就来了，你再站一会，小心七彩和相亲对象连婚期都定好了。"说着车允宪拉着权熙正就要往店里走。

权熙正挣开车允宪，在糖果店门口的椅子上坐下："那不关我的事。"

车允宪不屑地一笑，坐到权熙正对面："同是天涯沦落人！你就别装了，我就讨厌你这点，明明关心她却总是装作一副不在意的样子，你这样累不累啊？"

权熙正抬眼看了他一眼，没说话。

车允宪继续分析道："你就不好奇七彩的相亲对象是什么来路？能让七彩来相亲的，那个男人的条件肯定非同一般啊！"

权熙正像是在叙述一件很平常的事情，淡淡地道："很一般！姓周，身高183厘米，体重65千克，拥有八块腹肌，硕博连读……"

车允宪连忙打断道："别说了，太……太一般了！权熙正，作为朴七彩的前任，你应该比我这个现任更了解七彩。她虽然不像何沉珠对帅哥免疫力那么低，可是她心太软又容易感性，面对这样'一般'的男生极有可能同情心泛滥控制不住自己。"

"所以，" 车允宪拍了拍权熙正的肩膀，"我们联手，一起将小三这种生物扼杀在摇篮里！"

权熙正可不是那么容易就被说服的人，他矜持得很，听了车允宪的话，虽然早就心动，还是冷漠地拒绝道："我要纠正你三点，一，我不是权七彩的前任；二，你也不是现任；三，那个一般的男人对我根本构不成威胁。我只是不想七彩练琴三心二意。"

车允宪笑着说："头一次见你一口气说这么多话！放轻松！咱俩强强联手还怕搞不定这种一般的男人！你我这次建立统一战线，让他见识一下什么才是真正的影帝……"

这时糖果店里传出一阵开心的笑声吸引了两人的注意。

难道……她真的对相亲对象很满意？看来自己真的有必要和车允宪"强强联手"了。

紧接着传出的就是那个周先生夸朴七彩的话："……你真幽默！和你说话很开心，你的朋友也一定是个让人开心的女孩子！"

"能成为好朋友，三观和气场肯定都很合拍！你要真有意，那加个好友吧！"朴七彩建议道。

周先生点头同意，拿出手机准备和朴七彩互加好友。

眼看着两人就要"勾搭"上了，外面两人立马大步走进去，车允宪俯身插进两人中间，故意大声道："哟，这相亲啊！你们继续！"

周姓男士怒道："你谁啊？"

朴七彩站起身往外推车允宪："你别捣乱！"

车允宪一把将朴七彩拉过来揽在怀里，一脸深情："我真是自作自受，明知道你不会爱我那么久，却还是痴心妄想想把你留在身边！"

"车允宪，你胡说八道什么？"看着与平日不一样的车允宪，朴七彩有点被吓住了。

朴七彩的眼里只有被戏弄后的恼怒，却没有一点在乎的神色，车允宪突然觉得好累，哪怕自己是和权熙正故意演戏，也真的好累。

故意装作一脸既受伤又愤怒的样子，车允宪放开了朴七彩，苦笑起来："你敢和我抢女人，是嫌活得太舒服了吧？"说着他一把揪住对方的衣领，作势要揍上去。

正在这时，权熙正突然闯进来，一把抓住车允宪的拳头，拉开了他们。

看着突然出现的两人，周先生又惊又怒："这个又是谁？"

朴七彩也没料到权熙正会出现在这里，目瞪口呆："权熙正，你怎么也来了？"

"碰巧路过。"权熙正回答得十分简洁。

朴七彩望着权熙正，权熙正躲开了她目光。

车允宪一本正经地开始胡扯："周先生，欢迎加入以七彩为中心的大家庭，以后你就是我们的小弟了，虽然你年纪比我们都大，可是在七彩面前讲究先来后到，以后你就是小八。噢，还好你不姓王！"

"小八？"周先生满脸疑惑，这个人说的话他一句都听不懂。

"对，小八，你是第八个让七彩用心的男人！我是你哥小七，权熙正是小六，前面还有五个哥哥。"车允宪认真地道，说着他还认真地掰起指头数起来，"分别是宫、商、角……"

权熙正听到车允宪胡说的排位顺序，瞪了车允宪一眼。

车允宪一边数，一边得意地看着权熙正。

周先生听着听着终于听出了点意思，一脸不可思议地看着朴七彩，道："朴七彩，他们说的都是真的？"

朴七彩又气又怒，可是她又不知道怎么跟面前的"相亲对象"说明，只能奋力解释："不是你想的那样，你别误会，他在夸大其词！"

"都这样了，还要怎么误会！"周先生拿起随身物品就要走。

朴七彩想追上来，却被两人挡住，只能大喊道："等等，我们好友还没加上啊！"

"物以类聚！想必能和你成为好朋友的人都一定和朴小姐口味相当，我就没必要加入了！"周先生说完，果断推开权熙正和车允宪，起身离开了糖果屋。

朴七彩转过头，气急地看了权熙正和车允宪一眼："你们捣什么乱！"

"这种小气吧啦的男人还敢出来相亲，谁给他的自信？"车允宪在一旁大言不惭。

权熙正也开口道："确实一般，有单身终老的潜质。"

朴七彩更加气愤地看过来："一边凉快的是你们吧！我给沉珠介绍男朋友碍着你们什么事了？你们这么闲的？"

车允宪和权熙正都被说得愣住了。

"给何沉珠相亲？"车允宪傻眼了。

"不是你吗？"权熙正难得开金口问道。

看着两个既白痴又没有情商的男人，朴七彩冷哼一声，再不想搭理他俩，转身就要离开。

车允宪和权熙正急忙追了上去。

朴七彩气呼呼地走在两人前面，权熙正跟车允宪两人乖顺地跟在身后，像是两个做错事儿的大小孩。

她边走边忍不住教训起两人："本来周先生对何沉珠挺感兴趣的，你们这一闹腾，他把我们都当成神经病了！"

权熙正和车允宪跟了一路，朴七彩就念叨了一路，两人乖乖听着，一句话没回。

直到看到七彩安全进门，他们俩才长舒一口气。

"既然七彩安全回家了，你也回吧，以后七彩我接手了！"车允宪摆摆手道。

权熙正冷冷地回道："我说过放手吗？"

车允宪道："我知道七彩喜欢你，不过那都是过去，不代表以后也是，我同样不会放弃她！"

权熙正态度依旧："既然我们都不肯放弃，那就各凭本事吧！"说完转身离开了。

（三）

沈诗恩回到家，推开沈诗爱的房门，房间里被打扫得一尘不染，整齐地摆放着沈诗爱以前爱玩的玩具洋娃娃、两人的合照，还有沈诗爱弹过的钢琴，所有物品的摆放与以前一样，没有变化。

沈诗恩朝钢琴望去，仿佛姐姐还坐在钢琴前，弹奏着她喜欢的旋律……

可是钢琴前什么也没有，琴声已沉寂多年了。沈诗恩的眼泪滑进嘴角，又咸又苦。

沈诗恩拿出手机，将那段视频看了一遍，里面传来沈诗爱的声音："小恩，我知道你从小就觉得权熙正很笨。所以在他需要帮助的时候，请你帮他一下。"

画面定格在沈诗爱抛出飞吻的一刻。

她忍不住嘲笑道："还是这么傻，都已经不在这个世界了，还是只知道为别人考虑。"

可是自己会帮权熙正的，不仅是因为姐姐，还因为这是沈诗恩自己想做的事。

沈诗恩再次来到权家的时候，发现权熙正正坐在钢琴前弹琴，可他的手只要一接触到琴键就控制不住地颤抖起来，虽然他很努力地想要控制，可依然是徒劳的。

沈诗恩焦急地上前握住他的手，问道："你还好吗？"

"习惯了。"权熙正答道。

沈诗恩在权熙正旁边坐下，把一个U盘推到他面前，权熙正看着递过来的U盘，眼神探究地看了沈诗恩一眼。

"说实话，之前我一直认为是你害死了姐姐。可是现在想想，姐姐病了那么长时间，也许在我们都不知道的时候，她就已经有了自己会比我们先离开的感觉。她比你，比我，都要坚强，反倒是你我一直因为自己的懦弱和自私，自我折磨。是我们自己活该，我很后悔，后悔没有早点看到这个视频，没能早点明白姐姐的心愿，而你也不会变成现在这样。我想把它交给你保管，希望你能明白，姐姐最大的心愿就是希望你能继续弹钢琴，希望你能快乐，最重要的是，希望你能继续完成你的梦想，哪怕不是和她一起。"沈诗恩说完就起身离开了。

权熙正沉默着望着桌上的U盘。

沈诗恩走到门口，突然停下来，她含泪道："如果需要帮忙就告诉我，毕竟你那么笨，真是让人不放心。"

她说完就走了。

权熙正微微一愣，随后轻笑了一声，将U盘紧紧握在手心。

（四）

下课铃声响起，同学们陆陆续续走出教室，朴七彩正要走，权熙正和车允宪两人就挡在了她面前。

自从有关"沈诗爱"的心结慢慢解开后，权熙正也渐渐变得主动起来。

权熙正道："我有事找你！"

车允宪紧接着道："我也有事！"

何沅珠走过来活动了一下手腕："我也有事！听七彩说，她给我物色的男朋友被人搅黄了！"

车允宪还没来得及说话，就被何沅珠一把揪住衣服拽走了。

权熙正见到车允宪被何沅珠拉走，赶紧走到朴七彩身边，说："七彩，我有话跟你说！"

朴七彩抬手打断他，直接进入正题："你先回答我的问题。你去糖果店搞破坏，是不是担心我喜欢上别人？"

"嗯，我……"

朴七彩再次比画了个暂停的手势："那你喜欢我吗？"

"我……"权熙正不知道该怎么回答。

朴七彩苦笑："最后一个，你能和我一起合奏《G小调进行曲》吗？"

权熙正的手不由自主地颤抖了起来。

朴七彩看着权熙正的手，无奈一笑："看来不能！那我们就没什么好说的了！"说完她就推开权熙正准备离开。

"七彩，我需要时间。"权熙正站在朴七彩的身后出声道，说完定定地看着她。

朴七彩停住脚，但没有转头："我明白你需要时间，可我只是问你愿不愿意跟我合奏那首曲子？"

"朴七彩，我愿意的！"权熙正答道，无比坚定。

朴七彩攥紧了拳头："那就证明给我看！"

权熙正低下头看着自己颤抖不已的双手，咬住了嘴唇。

朴七彩回过头看着权熙正："在你自己原谅自己之前，你没有资格阻止我跟别人在一起。"说完她就离开。

权熙正低下头，到底不敢再追上去。

何沅珠将车允宪一路揪到一处角落里："听七彩说，她给我物色的男朋友被你一通胡闹搅黄了！说吧，准备怎么补偿啊？"

车允宪笑嘻嘻地说："我把乐队里的哥们介绍给你！"

"哦，那别光说不练！上次你还欠我一个呢，一起补！"何沅珠叉着腰说道。

车允宪笑得贱兮兮的："这次一定兑现！我哥们多着呢，每种类型给你来一个，凑齐十二星座怎么样？"

"你当我集邮吗？不过，创意不错，可以考虑！"何沅珠满意地放开车允宪。

车允宪趁热打铁道："那你再考虑考虑帮我向七彩表白的事呗！"

"你不是前不久表白过了吗？"何沅珠满脸疑问。

车允宪满不在乎地说道："所以再表白一次巩固加强啊！"

何沅珠拍了他一下："七彩的心在权熙正那儿，你连地基都没有，巩固什么呀！"说着她便摇摇头自顾自地往前走去。

车允宪跟在她后面边走边说："地基没有可以盖空中楼阁，只要我不放弃，总有一天七彩会选择我的！"

"帅哥，那你准备好了福利吗？"何沅珠转过身，对着车允宪翻了一个白眼。

"只要你帮我约到七彩，乐队里的哥们随时恭候女王大人的宠幸！"车允宪拿出手机划拉出几张乐队里帅哥的照片。

照片上的帅哥们，何沅珠还是很满意的。

所以晚上何沅珠这才不辞辛苦、连坑带骗地把朴七彩拉到公园里一处敞亮的空地上，帮助车允宪实施他下一步的表白计划。

朴七彩抱怨道："大老远来这儿做什么？"

何沅珠看看手机上的时间："哎呀，你先闭上眼睛，有人要给你一个浪漫的惊喜！"

朴七彩只好闭上眼睛："你快说！否则我睁眼了！"

不过她没有听到何沅珠的回答，再次睁眼后也没有见到何沅珠的影子。

朴七彩以为何沅珠和她开玩笑，一转身却看到车允宪出现在身后，诧异地问道："怎么是你在这儿？"

车允宪看着朴七彩，笑得很开心："陪你看开在星空里的花呀！"

朴七彩突然明白是怎么回事了，懊恼地骂了一声："何沉珠这个没节操的花痴！"

只见车允宪伸出手边数数，边走向她："五、四、三、二、Yes！"

朴七彩闻声转身望去，天空中绽放出绚丽的烟花，整个夜空都被照亮了，朴七彩情不自禁地赞叹道："好美！"

车允宪兴奋地搓手："漂亮吧，还有呢！"说着他又点燃一个。

朴七彩和车允宪兴奋地在绽放烟花的星空下欢呼，隐藏在黑暗中的权熙正却没有走出来打扰他们。

突然，一个严厉的声音从远处传来："谁在那边燃放烟花爆竹？都给我站住！"

是公园里的巡园保安！

车允宪提上烟花，拉起朴七彩的手就跑。

权熙正怕朴七彩被抓到，于是站出来大喊了一声，巡园保安看到这边还有一个，便没追上去了。

车允宪拉着朴七彩躲到了暗处，朴七彩忍不住捶了他一拳，但还是忍不住笑了。

过了一会儿，车允宪见没人追上来，又拉着朴七彩走了出来，他拿出剩下的烟花，与朴七彩蹲在墙根下点燃。烟花绽放，火花很小，可是朴七彩却开心地笑了。

车允宪看得有点呆："第一次看你笑得这么开心！这烟花明明比刚才的要小很多！"

朴七彩感慨道："是很小，但是有种劫后重生的美，绽放出了坚强和希望的光！车允宪，谢谢你！"

"七彩，我有话跟你说！"车允宪定定地望着朴七彩。

朴七彩大概知道他要说什么，急忙低下头，躲开了车允宪的目光。

"朴七彩，我……"

282

车允宪话还没有说出来，天空就突然下起了雨。

朴七彩站起身来，有些庆幸这场及时雨："哎呀，下雨了！"

"这老天真是不长眼，我还话没说完呢！"车允宪愤愤地抱怨道。

雨越下越大，再不走就要被淋成落汤鸡了。

车允宪拉着朴七彩跑走了："快走吧！"权熙正望着前方逐渐消失在雨幕中的两个身影，神色黯淡，他淋着雨走到燃烧的烟花残迹前，看着满地狼藉，心却不自觉地痛了起来……

那边车允宪拉着朴七彩跑到一个有遮蔽的屋檐下，屋檐下恰好摆放着一张长椅，车允宪走过去用衣服擦了擦椅子上的水，让朴七彩坐下。

朴七彩看着他的动作，有些过意不去："车允宪，你不用这样，衣服都湿了。"

车允宪挠挠头笑着站在朴七彩身边："反正一路跑过来也差不多淋湿了，能让你好过一些，我觉得挺满足的。"

朴七彩一怔，心里说不感动是假的："车允宪，谢谢你！你为我做的我都知道，可是我……呜……"

感谢的话还没有来得及说完，朴七彩就觉得腹部绞痛，弯腰蹲下身。

车允宪被吓住了，焦急地扶住朴七彩："怎么了，七彩？"

"好……好疼！"说完，朴七彩便晕了过去。

车允宪抱起七彩四处寻找出租车，好不容易找到一辆，忙拦下来："师傅，去医院。"说着他就抱着朴七彩钻进车子里。

权熙正一直跟着他们，见状也赶忙招了一辆出租车，他指着车允宪的那辆车说道："跟上前面的那辆车。"

G XIAO DIAO JIN XING QU

第十七章

为了你，
我愿意忘记我自己。

（一）

医院里，医生检查过后拿着病历单向车允宪走了过来。

"轻度肺炎，不具有传染性，需要住院观察一段时间。尽快通知家属，办住院手续！"

车允宪看着七彩的病房的方向，露出担忧的表情，担心地点点头："谢谢医生。"

医生点点头，然后去做自己的事情了。

权熙正也随后赶到了医院，外面下着雨，他的全身都淋得湿透了，雨水顺着发梢流到脸上，他也感觉不到。

病床上的朴七彩脸色苍白，静静闭眼躺着，没有往日的生气。这样的她，让他看到就觉得非常心疼，是他没有保护好她，他明明说过不会离开她的，可是，终究还是他失信于她了。

病床里，权熙正就那样站在门口静静地望着病床上的可人儿，不敢走近，也不知道该不该走近。

"权熙正……"

迷迷糊糊中，他听到她呼唤自己的名字，那样的憔悴，他急忙大步走到了病床前，握住她的手："我在！"

明明知道她是在说梦话，他还是蹲下身握住了她的手，一直强调着："我在！"

就这样待了好久好久。

车允宪提着袋子回到病房的时候就看见这样一幕，他想，她最想要的是权熙正的陪伴。

车允宪默默地站在外面，又看了看两人便离开了。

病房里，权熙正紧紧握住朴七彩的手，看着这样憔悴的她，特别悔恨地说道："七彩，对不起，是我太固执太自以为是，才一次次把你推开，本想你会更快乐，却没想到夺走你快乐的人竟然是我自己。我喜欢从前那个无论什么时候都元气满满的朴七彩！这一次，为了你，我愿意改变我自己。因为没有你的生活，真的难以忍受！"

可病床上还在熟睡的人儿，无法回应他的表白。

他在病房待了很久，走出病房的时候，看到提着一个袋子倚在走廊墙上的车允宪，他走近说道："七彩不爱吃糖果，吃了会吐！她很懒，做事没个计划，带她出去玩一定要事先查好天气，做好准备！她喜欢……"

这算是拱手相让吗？对于居高临下的让，他不稀罕。

车允宪一把将糖果袋摔在地上，他眼中压抑着复杂的情绪："你有什么资格跟我说这些！你知道吗？我今天本来想表白的……"

情绪濒临失控的权熙正冲上来愤怒地打了车允宪一拳："那为什么没保护好她？与其搞这些花里胡哨的东西，怎么不事先查查天气预报？你只想着你自己吗？有没有想过对她来说什么才是最好的！"

车允宪愤怒地反击了一拳，他揪住权熙正的衣服，大声吼道："那你呢？你弄丢了她的快乐，可我今天帮她找回来了。你一个连手抖都克服不了的懦夫有什么资格在这儿教训我？"

被戳到了痛点，权熙正愤怒地扬手要打车允宪。眼看着这两个人就要打起来了，幸好被赶来看望七彩的朴在商和朴在羽拉住了。

看着厮打在一起的两人，朴在商冷冷地问道："七彩在里面躺着，你们俩就只会打架吗？"

无言的两人互相看了看，没有说什么了。

"我会让七彩重新找回快乐！"权熙正丢下这句话大步离开了。

夜雨依旧。

公园的角落处，权熙正在寻找着什么，他捡起一只烟花点燃，发现点不着便扔了继续找。他一次次地捡起烟花点燃，一次次失望地扔掉，又继续寻找。直到累得蹲在地上，才突然在不远处发现了一只干燥的烟花。

那边权熙正在为朴七彩的快乐努力，这边朴在商和朴在羽，守着昏睡的妹妹聊天。

朴在商说："七彩的事别告诉大哥，他好不容易拿到新戏《金陵缭乱》的角色。"

朴在羽点点头，贴心地帮妹妹掖了一下被子。

此时，窗外的夜空绽放出烟花，很微弱，却很美。那是权熙正在公园里点燃了剩下的烟花。他明明知道她可能看不到，但只要她喜欢的事情他就会去做。

希望你在梦里能够看到眼睛看不到的一切，包括这场雨中的烟花，包括我对你的心。权熙正站在雨里，看着头顶顶着雨水还在开放的烟花祈祷。

烟花仿佛能听到权熙正的祈祷一般，真的开在朴七彩的心里，她在睡梦中呓语道："权熙正……"

车允宪泪水终于流出了眼眶。他抬起头望向窗外，那样美丽的烟花，也开在他的心里，只是这烟花也将他灼伤。他也是为她燃起烟花的人，只可惜她只想看权熙正的烟花，自己的烟花，大约只是这个城市的夜晚的陪衬。

七彩，我真的真的很喜欢你，可也清楚明白，你只有和权熙正在一起才会真的幸福快乐！所以请你告诉我，我该怎么办？

（二）

昏迷中的朴七彩安稳躺在病床上。

权熙正点燃烟花以后，并没有离开，而是一直守在病房外。

二哥朴在商一直认为权熙正会伤害七彩，所以很不待见他。

朴在商一把将权熙正推到墙上，扬手想要揍他，朴在羽赶紧过来拉开。

他咬牙切齿地说："既然不喜欢我妹妹，你还来干什么？"

权熙正擦了擦脸上的雨水："请再给我一次照顾七彩的机会。"

朴在商指着权熙正警告道："你做梦！我妹妹是你想甩就甩，想追就追的吗？你以为太阳、地球、月亮都围着你转？再纠缠，信不信我让你的小提琴没手拉！"

权熙正低下头没有言语。

"哥哥！"

旁边响起朴七彩的声音，只见她在车允宪的扶持下走了过来，整个人憔悴了不少。

"七彩，是哥哥吵醒你了吗？"朴在商说。

朴七彩挥了挥手，没有回答，只是望向权熙正，失望地说道："你走不出过去，就不要再试图走近我，这一路我追得太累，等得太久了！请你离我远一点！"她说完就转身，在哥哥们的搀扶下回病房了。

身后响起权熙正的声音："七彩！相信我！再给我一次机会！再相信我一次！"

车允宪望着朴七彩瘦小的背影，心疼不已，于是他推了权熙正一把："走啊！"

权熙正不舍地望着他们的身影消失在病房转角处。

外面雨越下越大，为了展现自己的决心，权熙正站在楼下，仰头望着朴七彩住的那间病房。浑身湿透的他坚持了一晚上，直到清晨，车允宪从窗外看下去，他还在原地僵站着。

车允宪静静地站在窗前望着窗外，心情复杂，他回头看了一眼躺在床上熟睡的朴七彩，她连做梦都是那个人："权熙正……权熙正……"

朴在商和车允宪一样在医院守了一夜，他打着哈欠端着一个杯子走到窗边："梦里还想着那个臭小子！"

趴在床边打盹的朴在羽被他的声音吵醒，起身揉了揉眼睛："也难怪，我也挺佩服权熙正这么有毅力，为了七彩，站了一夜，还淋着雨，昨晚半夜的时候我还看到他在雨中！"

车允宪面露惊讶，这样的毅力，他细想，自己能做到吗？不免苦笑道："为了七彩，给他一次机会吧！"

正在喝水的朴在商和朴在羽听到他的话也是一惊，揉了揉眼睛，相信自己看到的是本人，才放心。

车允宪叹了一口气："虽然不想承认，可是我们都知道，朴七彩只有在权熙正身边的时候，才会真正开心快乐！七彩的幸福不正是我们共同的愿望吗？这次我护花不利，七彩……真的很抱歉！"

朴在商慢慢笑了，走近他拍了拍他的肩膀："我觉得车允宪说的没错，不管我们再怎么嫌弃权熙正，可是咱家七彩稀罕他呀。"

朴在羽也点点头。

从医院回来以后，权熙正郑重地思索一番，他想她朝自己走了那么远，接下来的时间，是应该由自己慢慢走向她了。

"沈诗恩，校园选拔赛的时候，让朴七彩替换你当我的搭档吧。"权熙正找到沈诗恩，然后请求道。

听到权熙正的话，沈诗恩一怔："我没问题！你呢？你手抖怎么参加预选赛？这不是坑朴七彩吗？"

权熙正深吸一口气，郑重地看着沈诗恩："我最后再尝试一次！"

看着权熙正的手："没问题，我帮你！"

权熙正点点头，他再试了几次，可终究没能跨过心里那个坎，最后在沈诗恩的一再要求下，他还是去看了心理医生。

约好与心理医生见面的时间，沈诗恩就带着权熙正过去了。

沈诗恩介绍的这个心理医院还是比较权威的，在心理学方面得过许多大奖，所以对于权熙正的病，他还是很快找到了病因，并帮助他展开治疗。

心理咨询室里，权熙正正在心理医生的帮助下治疗，突然他猛地坐了起来："诗爱！"他挣扎着从躺椅上坐起来，脸上都是虚汗。

心理医生叹了一口气，递给权熙正一杯水："你太紧张了。"

沈诗恩走了过来："你想要前功尽弃吗？想想我姐的话，想想朴七彩！她们都等着你能再弹《G小调进行曲》！别让她们失望！"

心理医生觉得沈诗恩的方法不对，指出道："沈小姐，你这是在给他增加压力！"

沈诗恩想了想也是，便没再说什么了。

权熙正重新躺回椅子，闭上眼睛说："医生，继续！"

幸运的是，在医生的再次催眠下，权熙正重新回到当年的比赛场地。

梦中的他们，还一起在舞台上弹奏着《G小调进行曲》，小男孩和小女孩一同相视一笑，露出可爱的小虎牙，两人弹奏的默契也一点点体现出来，节奏也在相互摩擦中进入高潮，轻灵悦耳的琴音特别美妙，舞台下的观众都沉醉在这个画面中。

那时的他们，还很美好。

那个女孩，沈诗爱，还是那么可爱。

一曲结束，台下满堂喝彩，雷鸣般的掌声将两个孩子从陶醉的音乐中拉了回来。

小权熙正和小沈诗爱激动地拥抱，一起站在台中央领奖。

一道光照过来，权熙正扭开了头，在刺耳的光线下，他慢慢睁开眼看到小沈诗爱向他微笑摆手。

沈诗爱并没有倒下，而是笑着和他说："权熙正，属于我们的《G小调进行曲》已经完结，现在是时候开始新的篇章了——再见了，权熙正！"

沈诗爱在一束耀眼的白光中渐渐消失。

权熙正流着眼泪苏醒过来，感觉身体中有什么东西被抽走了，多年来，第一次感到前所未有的轻松。

再见了，沈诗爱！

权熙正，也终于打开了心底那道心结。

回到家里。权爸爸正坐在客厅里的那台钢琴前调音，可怎么也回不到以前那种感觉，不时地叹气。

权熙正看到了，静静地站在后面看着他。

权爸爸看到权熙正，急忙起身，他一边拿起一块布将钢琴遮盖起来，一边说："这台钢琴是爸爸当年特地给你定做的，既然你用不上，爸爸打算捐出去！"

权熙正走过来，站在钢琴旁，一把揭开遮盖在钢琴上的那块布，诚恳地说道："爸，我想重新找回我自己！你能重新指导我练琴吗？"

听到他的话，权爸爸先是一怔，再是眼眶有些湿润，最后笑容爬满了他的脸，他高兴极了，激动得有些手足无措。

见到爸爸再次露出这样由衷的笑容，权熙正也跟着高兴。

很久没有看到爸爸这样的笑容了！

（三）

在医院躺了两天，朴七彩终于能去学校了，虽然在学校没怎么和权熙正讲话，但是她还是想他，放学后，她自己走着走着就走到了权熙正家楼下，屋里传来一阵钢琴声，她骤然停住了脚步，仔细聆听着。

灯光下，权熙正坐在钢琴前一遍遍弹琴，琴声断断续续，权爸爸站在钢琴前闭眼倾听着，时不时走到权熙正身后给他指点。

权熙正手疼得直抽筋，但是他依旧咬紧牙关，重新将手放到钢琴上，继续弹奏。

权熙正为了自己对朴七彩的承诺，无论是在家还是在圣·迦伯利大学他都不敢懈怠地练琴。

朴七彩则时刻关注着权熙正，她知道他在琴室练琴，便刻意过去倾听。

权熙正弹着弹着突然手抖起来，他气恼地一拳砸在钢琴架上。

朴七彩很是担心他，想要过去帮忙，却被沈诗恩拉住了。

沈诗恩拉着朴七彩走出琴室，轻轻地关上了门，道："朴七彩，我知道你现在很担心权熙正，不过现在是他克服心理障碍的关键时期，请你一定要相信他！"

朴七彩走到窗前望向里面："就算失望过一千次，可还是忍不住相信他一千零一次！"

沈诗恩笑了："是我瞎操心了！校园选拔预选赛即将开始了，你可要做好准备，我可是不会手下留情的！"

沈诗恩拍了拍朴七彩的肩膀转身离开，留下一脸疑惑的朴七彩。

此时，琴室内再次传来钢琴声，断断续续，却深藏感情。

朴七彩静静地转身倚在墙上，闭上眼睛倾听着，低垂的双手不自觉地跟着钢琴声空弹起来。

突然，钢琴声断了一下。

朴七彩闭眼呢喃道："错了两个音符！这里需要你敞开心怀，你一定想起了小时候肆意大笑的时光。"

然后，钢琴声急促且重。

朴七彩睁开眼，泪水在眼眶里打转："情绪太激动，节奏乱了。你是不是想起了那个惨烈悲伤的比赛结局？这次，我陪着你……"

校园选拔预选赛那天，礼堂里坐满了人。

车允宪身穿一身礼服，帅气地站在礼堂入口，每进来一个人，他都会抬头看过去，没有找到心心念念的人，又失望地低头。

这时何沆珠风风火火地跑进来。

车允宪拉着她问道："七彩呢？比赛马上就要开始了！"

何沆珠笑笑，转头对朴七彩说道："快进来啊！有什么不好意思的！"

何沇珠转身跑了几步，牵着朴七彩走了过来。只见朴七彩穿了一条漂亮的裙子，洁白得像是遗落人间的精灵，加上她水灵灵的大眼睛，美丽极了。

车允宪瞬间看呆了："七彩？"

"怎么？不认识了？"朴七彩不好意思地笑道。

车允宪摇头："不不不，更漂亮了！"

何沇珠得意地指了一下自己："那当然，这条裙子可是我挑的，费了好大劲才哄着七彩穿上。"

车允宪对着何沇珠竖起大拇指："今天要是得了冠军，那绝对有何女侠一半功劳！"

"小意思啦！"何沇珠摆了摆手。

车允宪走到朴七彩身边抬起胳膊，想要朴七彩挽着他一起入场。

何沇珠扑哧一声笑了："感觉你们俩今天像结婚似的！"

朴七彩迟疑了一下，望着车允宪痴情的眼神，慢慢抬起胳膊。突然，沈诗恩一把拉住了朴七彩的胳膊，将她拉到一边。

"七彩，帮帮忙啊，急缺人手整理演出服装！"沈诗恩焦急地说道。

何沇珠一把推开沈诗恩："缺人手就去找人啊，干吗麻烦我们家七彩，不知道一会儿七彩要上台比赛吗？"

车允宪紧接着说道："没错，现在我和七彩，是你和权熙正的对手！非常抱歉！"

沈诗恩请求道："权熙正这些天练琴都疼得抽筋儿了，我不敢再让他动手！反正一会儿我们都要去后台准备，七彩你就帮把手吧。"

"好吧！就剩五分钟了，别耽误时间了，走！"说着朴七彩就和沈诗恩一起跑着离开。

礼堂内的灯一盏盏熄灭。

比赛开始，舞台上闪出一道耀眼的白光，权熙正穿着白色西装缓缓出现在一束追光中，他走到台中央礼貌地弯腰向观众致敬，然后致辞："今天本来我的搭档是我最好的朋友，也是你们的校园女神沈诗恩，可是因为我要演奏的曲子特殊，我只知道二分之一的曲谱，另外一半曲谱只有它的原创者才知道，所以我想请那位原创者与我一起来完成。"

顿时，台下响起一阵议论声。

权熙正优雅转身走到钢琴前坐下，轻轻地将双手放到琴键上，修长的手指弹奏出的优美音符，正是《G小调进行曲》。

听到久违的曲子，台下观众更是好奇了，议论声也越来越大声，直到场内维持秩序的人站起来对大家做了一个手势，议论声才渐渐变小。

正在整理衣服的朴七彩听到权熙正弹奏的钢琴声，顿时怔住："是《G小调进行曲》！"

沈诗恩从朴七彩手中接过整理好的演出服装，流露出一丝怀念神情，说："是权熙正和我姐姐一起创作的《G小调进行曲》！没想到权熙正执念这么深，短短几天，不仅克服了手抖，还将这首曲子练得与以前一样好。"

朴七彩有些失落和伤心，还没有反应过来，就被沈诗恩推了出去，推到了台上。舞台上，朴七彩显然很茫然，这不是第一次站在舞台上了，可她还是很紧张。她看了看正在弹琴的权熙正，尴尬地准备转身要走。

权熙正却温柔地看向她，唤道："朴七彩，过来！"

朴七彩一怔，慢慢转身看向权熙正指了指自己："我吗？可是你的搭档明明是沈诗恩！"

权熙正手指间的旋律骤变："朴七彩，我的《G小调进行曲》要有你才完美！"

朴七彩惊讶地瞪大了眼睛："是我修改过的《G小调进行曲》曲调。"

乐声从权熙正指尖缓缓流出，朴七彩情不自禁地走到权熙正身边。

权熙正没有完整的曲谱，所以现在只能不断地重复同一段旋律。

台下观众渐渐发现异常，又开始议论纷纷起来。

朴七彩情不自禁地坐在另一架钢琴前，看了权熙正一眼，抬起了手指。

虽然两人从来没有一起弹奏过，但是彼此交缠的音符将二人静静地牵引

在一起，二人配合默契，曲调渐渐合二为一。

沈诗恩从后台慢慢走出来，站在权熙正的对面台子的一侧，静静地望了过去，眼中渐渐蓄满泪水，在权熙正重新找回自己的那一刻，她也释怀了。

"姐姐，你看，权熙正回来了！他找到了新的搭档，找到了新的心灵归属，你可以安心了！我也释然了！"

权熙正望着站在一侧微笑着望着自己的沈诗恩，仿佛看到当年的沈诗爱。他低下头闭眼流下一滴眼泪，他终于彻底释怀，黑白键上的手指也越来越稳。

朴七彩眼中露出一种惊艳的目光，情不自禁地望向权熙正，缓缓地笑了起来。

他终于彻底告别了过去，选择了重新开始！

（四）

车允宪静静地站在后台幕布后面看着这一幕，他的双手攥得紧紧的，眼中闪烁着泪光。

何沅珠皱着眉头走过来，拍了拍车允宪的肩膀并安慰道："我理解你现在的心情，比赛当前，搭档跟竞争对手合奏去了，就跟结婚的时候，新娘跟情敌跑了一样！不过，这曲子太震撼太好听了，也只有他俩珠联璧合才能合奏得出来！你不觉得七彩有些不一样了吗？不是那条漂亮裙子衬托出来的美，是一种骨子里散发出来的光！"

"因为这一刻她找到了自己的信仰！"看到舞台上闪闪发光的朴七彩，车允宪由衷地赞叹。

何沅珠懵懂地看着车允宪摇了摇头。

车允宪继续呢喃道："因为她现在意识到了，钢琴和音乐已经成为她流淌在血液里的信仰，不是为了追求权熙正而爱屋及乌的兴趣爱好，而是她自己真正想要追求且为之奋斗的事情。从此以后，她再也无所畏惧了。"

何沉珠有些明白地点了点头："好事啊！那你怎么一副要哭的样子？"

车允宪苦笑："因为让七彩找到自己人生方向的人，是权熙正。"说完他就转身离开了。

何沉珠望着车允宪落寞悲伤的背影，神情有些复杂。

一曲结束，整个会场寂静无声，舞台上两人一起睁开双眼，相视而笑。那种画面，唯美且赏心悦目。

瞬间的安静过后，雷鸣般的掌声夹杂着欢呼声响彻整个会场。

朴七彩欣然落泪，然后哭着笑了。

权熙正站起身，主动走到朴七彩面前，拉起了她的手走到舞台中央弯腰行礼谢幕。

伴随着热烈的掌声，幕布缓缓落下。

朴七彩与权熙正手牵着手站在缓缓紧闭的幕布后面，她才发现他们俩正双手相握，却觉得忐忑不安。她慎重地问道："权熙正，我知道现在问这个问题很煞风景，很不合时宜，可是我还是想最后问一次。"

权熙正转头望向朴七彩。

"你……你不必回答，只要摇头或者点头就可以。"

权熙正朝朴七彩点了点头，紧了紧握着的手。

"你……你是不是真的喜欢我？"

权熙正深情地凝望着朴七彩的眼睛："我喜欢你！一直……"

朴七彩惊喜地望着权熙正，心"怦怦"地跳着犹如小鹿乱撞。权熙正的心跳也早已乱了频率。二人四目相对，彼此眼中都是对方浓得化不开的深情。而两人此起彼伏的心跳声也在他们的凝视中合奏出最完美的乐章。

权熙正跟朴七彩来到后台，朴在角、朴在徽、朴在羽纷纷围上来祝贺朴七彩。

朴在羽第一个凑上来说道："七彩，你刚才弹得太棒了！"

朴在徽也夸道："真的不错，都依稀可以看到老妈当年的风范了！"

朴七彩低下头去神情羞涩："哪有……"

"那倒是，跟老妈相比，还是差了点！"朴七彩有些诧异，朴在宫明明没来，怎么会有他的声音，朴在角神秘兮兮地拿出手机，屏幕上是朴在宫古装装扮的造型，还戴着一个面具。

"大哥？你怎么戴着一个面具啊？"朴七彩好奇地问道。

"哎……这不是重点，重点难道不应该是你大哥我拍戏这么辛苦都没忘给你比赛捧场吗？"朴在宫挑眉，做出一副你应该表扬我的样子。

"那我真是谢谢您了，我的亲大哥。不过话说回来，二哥呢？"朴七彩话锋一转问到了朴在商。

朴在宫闻言，神色有异，尴尬地咳嗽了一声："啊，那个我先不跟你说了，我马上要开拍了。"

朴在宫迅速点了挂断。

朴七彩诧异道："什么情况？"

众哥哥同时无奈地耸肩，表示不知。

朴七彩也不再理会这几个哥哥了，她拉着权熙正走进化妆室。

何沉珠冲进门，兴奋地抱住朴七彩："哇，你弹得太好听了，我在台下都听呆了。"

朴七彩抬起头自恋地说道："一般般啦，我可是天才少女朴七彩啊！"

何沉珠兴奋地推着朴七彩往外走，边走边说道："走走走，为了庆祝你今天的表现，我们去逛街，去购物，去大吃一顿。"

朴七彩转过身期待地看着权熙正："要不要一起？"

何沉珠在一旁附和道："好啊好啊，一起去吧。"

权熙正沉默地看着朴七彩，朴七彩以为他不去，显得有些失落。直到权熙正笑着答应，朴七彩才露出笑容。

沈诗恩穿着白裙，公主范十足地坐在校园，手里抱着电脑，点了一下发送键，将朴七彩和权熙正的合奏视频发送了出去。

车允宪穿着一身黑色皮衣站在沈诗恩旁边，弯腰探头看着屏幕。

沈诗恩扭头对身旁的车允宪露出如释重负的表情："我已经把视频发给茱莉亚音乐学院，还有勃拉姆斯国际钢琴大赛亚洲预选赛的负责人罗特斯先生，接下来就等结果了。"

车允宪点了点头，站起来说："审核的人只要不是聋子就一定没有问题。那可是七彩啊。"说着看了看手机，急匆匆地离去："哎呀，我突然想到还有事要做，先走了。"

没想到好消息来得如此突然。下课后，朴七彩在琴房练琴，一副沉浸在音乐中的样子，沈诗恩拿着一封录取通知书从外面走进来。

沈诗恩对朴七彩说："七彩，这是茱莉亚音乐学院的录取通知书。恭喜你被茱莉亚音乐学院录取。"

朴七彩不敢相信地接过录取通知书。她看到封面写着自己名字，兴奋地抱住沈诗恩："诗恩，我被录取了！诗恩！我被录取了！"

沈诗恩微笑地看着她，心底也为她高兴。

朴七彩突然想到什么，拉着沈诗恩往外走去："走，我请你吃烤肉。"

沈诗恩苦恼地说："吃烤肉很容易长胖的。"

朴七彩无所谓地说道："无所谓啦，长胖是吃饱后才要担心的事。一会我要吃烤鸡翅、烤鸡腿、烤香肠、烤五花……"

餐厅里，朴七彩垂涎欲滴地望着烤盘上"滋滋"作响的烤肉，口水都快流出来了。

坐在一旁的权熙正和沈诗恩看到她的样子，相视一笑，权熙正见烤肉也烤得差不多了，拿着筷子将烤盘上的肉夹起来放到她盘子中。

沈诗恩坐在两人对面，满怀心事地看着他们。

朴七彩用筷子将盘子中的烤肉夹起一口吃掉，又烫得舌头直伸缩，她眯着眼，幸福地说道："呼呼呼……好烫，不过好好吃啊。"

　　权熙正也笑着将她的刘海拨了拨，然后疑惑地看着沈诗恩说："诗恩，有什么心事吗？"

　　沈诗恩摇了摇头："没事。"

　　权熙正没有多问，拿出纸巾宠溺地帮朴七彩把嘴边油渍抹去。

　　两个人之间的气氛是那样和谐美妙，满满都是恋爱的味道。

尾 声

朴七彩，
我的《G小调进行曲》
要有你才完美。

（一）

　　"非走不可吗？"权家大门前，朴七彩拉着沈诗恩的手问道。朴七彩因为不舍而难以抑制地微微抽泣着，权熙正一手帮沈诗恩拿着行李箱一手拍了拍她的背。

　　沈诗恩看着眼中还闪烁着泪花的朴七彩，学着权熙正的样子拍了拍她的肩膀，而后又笑着说道："怎么？你舍不得我吗？"

　　朴七彩点了点头却又有些扭捏地说："才不能，你那么讨厌，之前还欺负我，我怎么可能舍不得你，只是……只是……"她憋红了脸蛋，眼中眷恋的神色却早已出卖了她。

　　沈诗恩咧嘴笑了，她明白眼前的女孩早已将自己当成真正的朋友放在心底，因为这种不舍不仅仅她有，自己也同样深沉地眷恋着这段时间陪自己走出曾经的执念的这些朋友："你们两个马上就要去德国参加比赛了，比赛结束后就该去茉莉亚音乐学院深造。你们都走了，我一个人待在这里有什么意思呢。正好我父亲也要调到别的地方工作，我想想，还是觉得跟着他转校离开比较好。"

　　"可是……"朴七彩看了看沈诗恩，又望了望权熙正，她是以自己的方式默默珍惜着自己所在乎的一切。

　　"我们可以网上联系啊，而且我们有时间了，也可以飞过去找诗恩玩。"权熙正拍了拍朴七彩的背，又真挚地跟沈诗恩说，"这儿随时欢迎你回来。"

沈诗恩笑着将右手攥成了拳头,不重不轻地在权熙正胸口打了一拳:"好好照顾七彩啊,否则我真的饶不了你。"说着便伸手从权熙正的手上接过自己的行李箱。

权熙正握着行李箱的手微微向后缩了缩,说:"诗恩,让我们送你到车站吧。"

"不用了不用了,送什么送啊。你这个样子可不是我认识的那个权熙正啊。"说着沈诗恩将朴七彩推到权熙正的身边,不舍地看了看两人后,潇洒地钻进了早已等在一旁的车里。

权家的轮廓逐渐消失在了沈诗恩的视线中,这时她才意识到自己并没有想象中的那么洒脱,一关上车门,不舍的眼泪便夺眶而出:"权熙正,朴七彩,你们一定要很幸福,这样的话,姐姐也会真的开心的。"

看着诗恩离去的背影,朴七彩有些感伤地对权熙正说:"熟悉的家庭,被回忆充斥的学校……原来我们也快离开了呢。"

权熙正安慰她道:"无论走到哪里,想回来时我们都可以回来,重要的是,我们会一直在一起,无论何时,无论身处何地。"说着他的手轻轻地扣上了七彩的手。

朴七彩擦了擦眼角的泪水,脸上却浮上了一团红晕,他的心意她清清楚楚,只是这样直白的话语却多少让她心中有些小鹿乱撞。

"害羞了?"他用肩膀轻轻撞了一下她。

"胡说什么,谁害羞了?自己的男朋友,我想牵就牵!"朴七彩嘟着嘴紧紧地抓住权熙正的手,"我们去学校好好逛逛吧,出国可就没机会了。"

权熙正笑着,点了点头,手心滚烫。

朴七彩和权熙正手拉着手在校园中走着,门口的一棵树,花坛的一枝花,昔日里极平凡的事物,此时都因为夹杂着两人一路相遇相识的情分而显得格外珍贵。

　　两人有说有笑，不经意间便来到了操场，草坪中央放着一架硕大的钢琴，旁边还摆放着各种其他乐器，一张写着"校园音乐节"的横幅挂在一旁，正在微风之中轻轻摇晃着。

　　朴七彩走到钢琴前，不由自主地伸手抚摸着黑白琴键："人生真是难以预料。开学时我想着大学四年只要不挂科就阿弥陀佛了，从不敢奢望自己能够将这段日子变得意义非常。结果，现在的我竟然能够考上茱莉亚音乐学院，还能参加勃拉姆斯国际钢琴大赛。"她转过头去，权熙正英俊的脸庞满满当当地落在她眼里，她忽而很认真地说道："遇到你，或许是我人生最大的幸运。"

　　权熙正拉过朴七彩顺势将她抱在怀里，她的身形、她的味道，关于她的一切他都熟悉无比，但与她的每一次拥抱都仍然能够让他感觉到前所未有的新鲜感："这句话应该我说才对。七彩，你就是我的幸运。"

　　朴七彩心满意足地依靠在他的胸膛上，这个地方让她感到安全和温暖。

　　这时，一名同学走到他们身边，本想提示两人这儿是"活动准备区，不允许靠近"，但一眼认出了两人："钢琴王子权熙正，钢琴公主朴七彩！"

　　听到这个称号，朴七彩尴尬地看了看权熙正，眨巴了一下眼睛："钢琴公主？哈哈哈，这外号也太难听了吧。"

　　"前不久你们在音乐厅弹奏的《G小调进行曲》真是太好听了，能不能在这里再弹奏一次，让我们学习学习？"那名同学激动地说道。

　　听到闻名全校的《G小调进行曲》，同学们纷纷围了过来："是啊，再弹一次吧。"不少人应和道。

　　权熙正看着朴七彩，宠溺地说道："你来决定吧。"

　　"可是这里只有一架钢琴……"朴七彩小声说。

　　"可以四手联弹嘛。"一名同学兴奋地建议道。

　　两人相视一笑，手牵着手走到钢琴前坐下。下一秒，灵动的乐声便抚慰了在场所有人的耳朵，越来越多的人被这美妙的曲调吸引，最后整个操场都是围观的人群。

而在这个充满音乐的幸福时刻，演奏的两人眼中却满是彼此。

人群还在不断地汇集，却没有一个人大声喧哗，去破坏这极致的听觉享受，他们沉醉着，微笑着。

一曲弹罢，操场上响起阵阵热烈的掌声和欢呼声。

"勃拉姆斯国际钢琴大赛上，你们一定是冠军。"

"没错，冠军，必须是冠军。"人群中响起此起彼伏的附和声。

权熙正和朴七彩平静地看着一直呼喊着"冠军"的人群，他们相视一笑，十指相扣，感觉此刻便是此生最美的时刻。

（二）

权熙正答应朴七彩，在离开中国之前，要把时间全部用来陪朴七彩做她想做的事。熙熙攘攘的百货商场里，朴七彩正幸福地牵着权熙正的手逛着，突然，她眼睛一亮，想到了一个主意。

"我们去玩那个吧？"

权熙正摇了摇头。

"你的女朋友，想跟你去玩那个。"朴七彩嘟着嘴指了指玻璃橱窗那边的一台跳舞机可怜兮兮地冲权熙正说道。

"可你男朋友一点都不想。"看着朴七彩满脸渴望的样子他强忍着笑，故作冷淡地说着。

权熙正近来越发喜欢逗七彩，她看见美食馋嘴的样子，她想坏主意淘气的样子，她弹钢琴认真的样子，她逛街撒娇的样子……

他如同上瘾般收纳着七彩的一切，她的笑，她的愁，她的小无赖和小懒惰，他都很喜欢。

"走啦走啦，去前面逛逛。"说着他便大踏步地朝前走去。

往前走的权熙正发现朴七彩没有跟上来，回头看到她依然看着跳舞机发呆，他轻轻走回她身后，从背后抱住她，温柔地说："真的很想玩这个？"

朴七彩转过身，欢快地点了点头。

权熙正温柔地抚摸着朴七彩的头发，露出宠溺地笑："那，你要怎么说服你男朋友陪你去玩呢？"

听到这话时，两人的距离甚至能够看清彼此的每根睫毛，朴七彩往后缩了缩，又很快踮起脚亲了一下权熙正的脸，转而十分害羞地说道："这个可以吗？"

权熙正摸了摸自己的脸，一手拉过朴七彩："我们进去玩吧。"

朴七彩开心道："你放得开吗？"

"只是去游戏厅玩，有什么放不开的？"然后他便揉了揉朴七彩的头，"再说，只要你开心，我没有什么放不开的。"说着两人一起进了游戏厅买了游戏币。

朴七彩指着一台放置在拐角处的跳舞机说道："那个没有人，快，我们去玩。"

"事先说好，我可没玩过，一会儿不许笑话我。"

朴七彩拿出游戏币："没事，我教你。再说，不能让这些游戏币浪费了。"说着她就将游戏币投入跳舞机，然后跳上去，转身对他说，"我先给你做个示范。"

朴七彩随着音乐跳起了欢快的舞蹈，权熙正一脸幸福地看着她的背影，不由得掏出了手机。她的可爱，他要完完整整地保留下来。

他看得入神，并未留意到手机镜头前的朴七彩已经结束了舞步。

朴七彩将权熙正拖到跳舞机上："好了，该你了。别害羞，很简单的，就是随着音乐踩格子就对了。"

"你再跳几次，让我再好好学习学习。"他意犹未尽地看着朴七彩，脑海中尽是舞动时她的可爱模样。

朴七彩将游戏币投入跳舞机，选好舞曲："光看不练可不行，得实战，不适应舞步可以先随着音乐摇摆，放松，我看好你。"

音乐从跳舞机中发出，看着权熙正僵硬地随着音乐摇摆的样子，朴七彩在一旁嘻嘻地笑出了声，还不忘拿出手机记录下权熙正不为人知的一面。

一曲跳罢，权熙正满头大汗地走下跳舞机。

"跳得很不错呢，再跳几次吧。"看着手机中刚刚拍下的权熙正各种的滑稽图片，朴七彩卖力地怂恿道。

"别，我们去玩别的吧。"权熙正轻轻喘着气，看着七彩一脸兴致勃勃的样子，他又接着说道，"可能是刚才的吻的能量已经耗尽了，要想接着玩跳舞机，恐怕得补充一点能量才行。"

"想得美，你最近都学坏了。"朴七彩俏皮一笑朝门外走去，"我们去玩别的吧。"

权熙正抹去头上的汗水，温柔地笑了。

"下次我们再来玩吧。"朴七彩回头道。

"下次？"

朴七彩拉着权熙正："是啊，下次再玩。下次给你补充很多很多能量。"她越说声越小，脸上的笑容却越来越灿烂，"我们现在去找个地方把照片打印出来吧。"

"嗯。"他满足地点了点头。

（三）

时间走得飞快，转眼就到了两人离开中国前往茱莉亚音乐学院的日子。

"丁零——"床边的闹钟一阵又一阵地响着，朴七彩躺在床上睡得正香，听到闹铃后眯着眼睛看了看时间，意识到今天是启程的日子后，一下子坐了起来。

她理了理自己乱糟糟的头发，从床上爬了下来，拉开窗帘，一束晨光洒入房间，伴着清晨的鸟鸣，悦耳动人。

此时朴在徽穿着厨师装，在厨房聚精会神地颠着锅铲做着早餐，朴在宫则一脸憔悴地躺在餐桌上补觉。

"当实力派演员好累啊，好怀念以前靠脸吃饭的日子。"朴在宫手机响了，他瞄了一眼，看到屏幕上显示的"阿蛮"二字，立即惊坐起身，接通了电话。

"没有，我没有在睡觉。"朴在宫一脸诚恳地说道。一旁的朴在徽看着他的样子不由得捂嘴笑了。

朴七彩特意打扮了一番过后走进客厅，看着两个哥哥嬉笑的样子嘟起了嘴："今天你们可爱的妹妹就要去德国了，你们真的不准备表示表示？说，你们是不是不爱我了？"

朴在角从房间里拿出早已准备好的行李箱递给朴七彩："谁说的，给，全新的旅行箱，连行李三哥都给你收拾好了。"

"去吧，少女！"朴在商在一旁夸张地做着起飞的手势。

朴七彩看了下旅行箱："你们真的让我一个人去啊？"

朴在角安慰她道："你已经大了，哥哥们不可能永远在你身边。不过，会有人始终陪伴在你身边，和你一起解决所有困难的。"说着便朝七彩挤了挤眼睛，露出心照不宣的笑意。

朴七彩抱着不舍和对几个哥哥的埋怨站在朴家大宅外，她盯着紧闭的大门看了三秒后用力地跺了跺脚，而后怒吼道："喂，我可是你们可爱的妹妹啊，你们就这么对待我！我要告诉爸爸妈妈，你们几个欺负我！"

"要不要我帮你报仇呀？"权熙正伏在她耳边温柔地说道，他手中正拿着跟她情侣款的旅行箱，满脸笑意。

　　他宠溺地看着她，拿过她手上的行李箱，走向停在一边的轿车："好了，我们该出发了。"

　　"他们这次竟然不送我，让我一个人走！"明明是抱怨的话，她却因为权熙正之前的亲昵举动而说得十分轻柔。

　　"怎么是一个人呢？不是有我陪着你吗？"权熙正温柔地说道。

　　朴七彩看着权熙正，脸上通红一片："哼，今天先放过他们，等我回来了再找他们算账。"而后她十分自然地牵起了权熙正的手，"我们走吧。"

　　权熙正帮朴七彩把行李箱放到车中。

　　朴七彩看到权熙正的行李箱兴奋地问："我们的箱子竟然是情侣款欸！难道我们真的这么心有灵犀？"

　　权熙正关上车子的后备箱门，淡定地望着朴七彩："我们确实心有灵犀，但是这个箱子，是你三哥给我的。"

　　朴七彩微微一愣，嘟囔着："三哥，真是的。"说完嘴角露出了一丝甜甜的笑容。

　　汽车轰鸣声响了起来，贴在门上留意着门外动静的五个哥哥知道妹妹已经走了，脸上爬满了不舍和难过，本来他们为了今天能好好送七彩，买了同样的西装想给她惊喜。可是，哥哥们实在不忍心眼看着妹妹从他们视线中离开，导致他们而今穿着漂亮整齐划一的西装，却无人欣赏。

　　他们怎么可能舍得妹妹呢？

　　七彩才离开一会儿，几个人便开始计划着怎么去德国，怎么去看望她。

　　大哥朴在宫打电话向阿蛮询问自己的时间行程："我们什么时候去德国拍外景？明天去可不可以？"

　　二哥朴在商则和女友恳求道："女王大人，咱们一起去德国旅游吧。"

　　连四哥这个不爱外出的宅男都决定去德国一趟，拿出电话对助理说：

"我决定和三哥一起去德国收集下一本书的素材，你帮我们订下机票。"

五哥朴在羽也不知道在向谁询问他的成绩："你看我的成绩能否被慕尼黑大学录取呢？"

…………

一时间，五个哥哥忙碌得不得了，恨不得举家迁移到德国，刚才的无所谓全然不见了……

机场外，权熙正、朴七彩拉着行李箱往机场大厅走去。

很早就等在机场的何沅珠看到朴七彩，一下子扑了过来，将她紧紧抱住，眼泪止不住地流了下来："七彩，我好舍不得你啊。答应我的帅哥什么时候介绍给我啊？"

原本因为她的泪水感动的朴七彩在听到最后一句话后，生生把眼泪憋了回去，她尴尬地环顾四周，敷衍地说道："好了好了，我到德国后一定抽空给你介绍日耳曼帅哥。"

听到有帅哥，何沅珠立马精神起来了，抱着朴七彩又哭又笑。

谁都没有留意到，一个高大的身影正拉着行李箱越走越近。

"车允宪？"朴七彩瞪大了眼睛。

车允宪朝他们三个人挥挥手，一脸不怀好意地笑着说道："呀，怎么这么巧，你们也在啊，真是有缘。"

权熙正无奈地叹了一口气："你怎么在这？"

车允宪从背包中拿出一张茱莉亚音乐学院的录取通知书，笑意盈盈地说："我这次是跟着经纪公司去德国拍摄。想着你们也要去德国，我担心你们寂寞，所以专门选择了和你们同趟的航班，是不是特别感动？"

朴七彩疑惑地看着车允宪手上的录取通知书，问道："这个是？"

车允宪得意扬扬地说："你说这个啊，没错，我也被茱莉亚音乐学院录取了。"

权熙正和朴七彩互相看看对方，也好，一起在陌生国度，也有个伴儿。

…………

天空划过一架飞机，在这个晴空万里的日子，他们的征途是……

逐梦音乐……